치명적인 결혼 1

치명적인 결혼 1

초판 1쇄 발행 2021년 4월 9일

지은이 | 소민(유카)

발행인 | 김성룡
기획, 편집 | (주)스마트빅(쉼표)
교정 | 김은희
표지디자인 | 우물
출판등록 | 제2014- 000017호 (2011년 6월 30일)

펴낸곳 | 도서출판 가연
주 소 | 서울시마포구 월드컵북로 4길 77, 3층 (동교동 ANT빌딩)
전 화 | 02- 858- 2217
팩 스 | 02- 858- 2219
ISBN | 978-89-6897-089-4 03810

치명적인 결혼

Fatal Marriage

1

소민(유카) 장편소설

차 례

1. 통보 7

2. 적응기 53

3. 술의 용기 93

4. 호감 혹은 호기심 132

5. 시나브로 173

6. 호기와 오기 213

7. 벚나무 253

- 작가만의 글맛과 표현을 살리는 쪽으로 문장을 편집했습니다.

1. 통보

"이름이 뭐야?"

남자가 칼로 고기를 슥슥 썰며 물었다. 자칫 유쾌하게 들리는 그의 목소리엔 서슬이 퍼랬다.

"유이랑이요."

"유이랑……."

남자는 팔걸이에 삐딱하게 기댄 팔을 올려 포크에 찍힌 고기를 빙빙 돌리다가, 입에 넣고 성의 없게 씹었다.

"유 회장님 돌아가신 지 한 3개월 됐나?"

남자는 고개를 갸웃거리며 물었다.
"네. 오늘이 90일 되는 날이에요."
"음."
그가 자세를 반듯하게 고쳐 잡더니, 다시 고기를 썰었다. 허리를 꼿꼿하게 세운 그는 격식이나 품격이 빠짐없이 잘 갖추어져 진 듯 보였지만, 분명한 건 뱉는 말마다 성질이 올바르지 못했다.
"넌 혼외 자식이라며. 맞아?"
"……."
이랑은 풀만 뒤적이던 포크를 조용히 내려놓았다. 이럴 때는 대답보다는 침묵이 제게 유리하다는 걸 잘 알고 있었다.
"뭐, 그게 흠은 아니잖아. 네가 유 회장님 핏줄인 게 중요하지."
남자가 두 번째 고깃덩이를 포크로 푹 찍어 가볍게 입 안으로 던져 넣더니 씹으며 말했다.
"사실 내가 이런 식으로 예의 없는 사람은 아닌데, 유 회장님 장례식장에서 널 본 기억이 없어서 말이지."
장례식장 근처에도 발을 못 붙이게 한 어머니의 심정을 어떻게 잘 포장할까. 머리를 굴렸다. 잠깐 우물쭈물하는 사이 그의 포크가 이랑의 접시를 톡톡 때렸다.
"네?"
고개를 들자 어느새 턱을 괸 그가 무료한 얼굴을 하고 눈을 마주쳐 왔다.
"나랑 결혼하면 지켜야 할 게 딱 세 가지가 있어."
"……."
"첫 번째, 거짓말하면 안 돼. 두 번째, 숨기는 게 있어서도 안 돼.

세 번째, 방금처럼 머리 굴리는 티.”
“…….”
“얼굴에 고스란히 드러내서도 안 돼.”
남자가 이랑의 접시를 가져가더니 힘 있고 절도 있는 움직임으로 고기를 먹기 좋은 크기로 썰었다. 다 식어 빠진 고기인데, 가져가는 걸 보니 먹성이 좋은가 보다 싶었는데 자신의 앞으로 다시 접시가 돌아왔다.
“아무리 부유하게 사는 인생들이라지만, 음식 남기면 쓰나.”
남자는 다정함으로 포장된 야수 같았다. 어릴 적 아버지가 사다 준 동화책에서 보던, 그런 야수 말이다.
두 번째 만남이었다. 결혼 날짜를 상의, 아니, 통보받은 날이었다.

* * *

맨 꼭대기 층에 있는 펜트하우스에 그제야 두 사람만 남겨졌다. 이랑은 욕실에서 젖은 머리를 대충 말리고 얇은 슬리브를 입었다. 긴장을 풀려고 작은 주먹을 쥐었다 펴기를 반복했다. 바짝바짝 마르는 입술을 물어뜯으며 도환의 집무실 앞에서 한참을 망설였다. 수많은 고민 끝에 내뱉은 첫마디에 결론적으로 갈라진 음성이 덧붙여졌다.
“안 자요?”
“피곤하면 자면 돼. 침실이 어디인지는 고개만 몇 번 두리번거려도 알 수 있을 텐데.”
“…….”

집에 마련된 집무실 책상 위로 늘어놓은 노트북들을 번갈아 보며 도환이 무심하게 말했다. 반나절 동안 치른 성대한 결혼식은 그에게도 하나의 비즈니스였다. 마치 쇼를 치르고 온 듯 남자는 얼핏 표정이 유쾌해 보이기도 했다.

"제 말은……."

머뭇거리는 목소리에 고개를 든 도환은 어설픈 얼굴로 전신이 비치는 얇은 슬리브 한 장만 입고 있는 이랑을 발견했다. 빳빳한 가죽으로 된 의자 등받이에 몸을 느리게 기대며 노트북에서 손을 거두었다. 그제야 하루의 고단함이 몸을 덮쳐 왔다.

"옷차림이 그게 뭐야. 감기 들겠어."

"첫날밤이니까……."

"침대에서 뒹굴기라도 하자고?"

"그, 그러니까 제 말은."

도환은 손가락으로 인중을 꾹꾹 눌렀다. 웃지 않으려고 무던히도 노력했지만 실패했다. 어설프고 여린 몸이 욕실에서 바지런하게 움직였을 걸 생각하니 이상하게 웃음이 났다.

"너, 경험은 있어?"

여성에게 무례한 질문이지만, 도환에게 있어서 질문을 가려야 할 상대는 이 나라에 존재하지 않았다.

"제가 나이가 몇 살인데요."

"그러게. 너 몇 살이더라……."

나른하고 오만한 시선이 가녀린 허벅지와 허리를 훑고 올라와 시선을 마주했다.

"결혼했으니까, 할 건 해요……."

“침대 위에서? 아니면, 밖에서 번듯한 부부 노릇?”
“둘 다요.”
“할 줄은 알아?”
“…….”

아마도 남자가 하는 거지, 여자가 하는 게 아닌 거로 알고 있는 이랑은 당혹스러운 얼굴을 감추지 못했다. 남자는 굵직한 손목에 차고 있던 시계를 풀어 집무 책상에 아무렇게나 던졌다. 그리고 타이에 손가락을 걸어 죽 늘어트리며 자리에서 일어나 다가왔다.

“그래. 첫날밤이니까. 그러자. 그냥 넘기면 서운하겠어.”

순식간에 잡혀 버린 손목에 몸이 비틀거리며 끌려가 거대한 침대 위로 내동댕이쳐졌다.

남자는 침대 모서리에 걸터앉았다. 커프스를 떼어 내고 단추를 풀더니 침대 위로 올라와 순식간에 몸을 덮쳤다.

“읏…….”

무게감 있는 남자의 허벅지 사이로 작은 골반이 붙잡혀 버렸고, 그사이에 자신의 셔츠를 여유롭게 풀어 헤쳤다. 애처롭게도 짧은 슬리브가 속옷 위로 밀려 올라가 메마른 배를 훤하게 드러나게 했다. 예고 없이 그의 손이 허벅지 사이로 들어와 천으로 덮인 여린 살결을 지분거렸다. 적나라하고 수치스러운 기분이 들었다. 아랫배에 누군가가 성냥을 그어 놓은 것처럼, 불꽃이 일어나는 것 같았다. 시선을 조금이라도 피하려 치면 그가 턱을 부여잡고 눈을 마주쳤다. 이랑은 의도와는 다르게 스스로가 상황에 유연하지 못한 것이 한심해 결국 표정이 무너졌다.

“흐읍…….”

"누가 봐도, 우리 관계는 정상적이지 않지."

그가 귓가에 대고 속삭이며 손을 가슴 위로 올려 부드럽게 쓸었다. 봉긋하고 아담한 것이 손 안에 꼭 감기는 게, 귀엽다는 듯 그가 조심스럽게 쥐었다.

"그렇지만 정상적인 척해 보자. 어때?"

이랑의 눈가에 스멀거리며 눈물이 차올랐다.

"너는 나에게 무척이나 사랑받는 아내인 척."

"……."

"나는, 네게 구원자인 척."

목 안에 가득 고인 침을 간신히 넘기고 이랑은 무겁게 고개를 끄덕였다. 그제야 턱을 놓아준 남자가 상체를 들더니 손을 뻗었다.

"오늘 밤은 네게 선택권을 줄까."

이랑은 이를 꽉 깨물고 고개를 적극적으로 끄덕였다. 손을 뻗어 그의 손을 잡자 그가 잡아당겼다. 그리고 자신의 목에 팔을 두를 수 있도록 했다.

목에 매달렸던 것도 잠시, 그의 얼굴에 손을 얹고 어설프게 키스를 퍼부었다. 꼭 반드시 이루어 내야만 하는 의지는 그 무엇도 하게끔 만드는 힘을 내게 했다. 뒤늦게 눈을 감고 키스를 받아 낸 그가 순식간에 그녀를 침대 위로 눕히고 목에 입술을 뭉갰다. 유연하고 익숙하게 슬립 안으로 미끄러져 들어온 손이 속옷의 매듭을 풀자 여지없이 맨살이 들어났다.

"으……."

눈을 꾹 감을라치면, 그가 봉긋하게 올라와 있는 여린 살결을 꼬집었다.

"눈 떠야지."

"아!"

"똑바로 봐. 어떻게 하는 건지."

단단한 근육이 자리 잡은 그의 몸이 위를 덮쳤다. 아득하게 밀고 들어오는 탓에 정신이 혼미했지만, 그도 잠시 곧 밀려오는 통증에 눈앞에 별이 가득했다. 마침내 고였던 눈물이 관자놀이 옆으로 흘렀다. 내내 해석하기 힘들었던 그의 표정이 묘하게 바뀌었다. 그리고 한참 동안 움직이던 허리가 뻣뻣하게 굳는 것 같더니, 행위의 마침표를 찍었다.

앞으로 오직 이랑이 선택할 수 있는 건 백화점에 나열된 물건들뿐이었다. 그날, 처음 본 남자가 자신을 결혼 상대로 지목했을 때 그제야 가족들은 바라봐 줬다. 그가 다 쓰러져 가는 집안을 지탱해 줄 기둥 정도는 손쉽게 꽂아 줄 재력이 있다는 건 나중에야 알았다.

"하……."

도환은 깊은숨을 뱉고 난 뒤, 잔뜩 인상을 썼다. 금세 끝난 행위 끝으로 묵직한 통증이 골반에 자리 잡았다. 억지스럽고, 엉망이었다. 다정함을 포장한 이기적인 행위였다.

"읏."

사랑도 없고 끝까지 갈 수 있을지도 모르는, 확신할 수 없는 결혼 앞에 무엇을 손에 쥐어야 할지 이랑은 어머니를 통해 익히 들었다. 저릿한 통증을 숨기고 그의 목에 팔을 뻗었다. 턱과 입술이 파르르 떨렸지만, 다시금 그에게 관통당하고 싶은 마음이 들었다. 그의 습한 숨소리가 얼결에 한 번도 느껴 보지 못했던 감각에 눈을 뜨게 했다. 봉긋하게 솟은 하얀 피부 위로 남자의 손이 올라와 부드럽게 쓸었다. 마침내 거추장스럽게 걸쳐 있던 옷을 완벽하게 던져 버리고 그가 다시 한번 여린 몸 위를 올라탔다.

"으, 흣."

강하게 억누른 힘은, 의도치 않은 색색거리는 숨소리가 튀어나오게 했다. 전신에 경련이 일었다. 근육이 수축하고 은밀한 곳이 움찔거렸다. 작은 손이 낯선 곳에 닿아 의지하려고 할 때면 남자는 손을 쳐 냈다. 그리고 여린 팔목을 위로 올려 고정한 뒤 반동을 줬다. 거친 숨소리를 흘리며 울먹이는 찰나가 오면 그가 빠르게 끝을 봤다.

두 번 행위 내내 반동을 준 건 그였는데, 오히려 이랑 혼자서만 땀으로 흠뻑 젖어 있었다. 단단한 근육이 번들거리는 걸 마지막으로 시야에 담은 뒤 까무룩 잠에 빠졌다.

"정신 차……."

그가 몸을 일으켜 작은 볼을 한 손에 잡고 살살 흔들었다. 감정적으로 진이 빠지는 기분이 들었다.

오늘 밤 결혼식이 끝나고 절친들과 한바탕 술독에 빠지고 오 마담의 풍만한 가슴이나 쓰다듬을 예정이었다. 일은 핑계였다. 왜 노트북을 열어 놓고선 일하는 척, 그녀의 움직임을 내내 주시했는지 모를 일이었다. 관계는 고사하고, 두 번 다시 슬립을 입고 어설프게 눈앞에서 돌아다니지 못하게끔 겁을 주려 했을 뿐이었다. 웬만해서는 계획이 벗어나는 경우가 없었는데, 도환은 양손을 올려 마른세수를 했다.

씻고 나온 그는 계속해서 진동하는 휴대 전화의 전원을 꺼 버렸다. 그러고선 어느새 깊게 잠든 이랑을 바라봤다. 가까이서 목청을 가다듬어도 도통 깨어날 기미가 보이지 않았다. 눈에 띄게 땀을 많이 흘린 탓에 그녀를 들어 올리고선 욕실로 들어갔다. 발로 은색 버튼을 툭 치자 물이 욕조로 콸콸 쏟아졌다. 빠르게 고인 욕조 안으로 여린 몸을 내려놓자, 설핏 눈을 떴다.

"아! 으……."

"잠 좀 깨고. 씻고 나와."

그가 문을 닫고 나가자 이랑은 그제야 정신을 차리고 반쯤 잠긴 욕조인 걸 인식했다. 온몸 구석구석에서 심한 열기가 느껴졌다. 생각했던 것보다 처음은, 통증이 심했지만 두 번째는 묵직하게 밀려오는 통증이 기분 나쁘지 않았다.

깨끗하게 몸을 씻고 수건을 몸에 칭칭 감고 문을 빼꼼 열자, 조금 전 진득하게 뒹굴었던 침대 시트가 엉망이었다. 그리고 먼 바닥 끝에 입고 있었던 슬립이 떨어져 있었다. 깨금발을 하고 다시 집어 든 뒤, 침실을 두리번거렸다. 어색하고 낯선 공간에 빨리 적응해야 했다. 울적한 마음이 드는 건 외면하기로 했다.

그가 침실에 없는 걸 확인한 이랑은 싸 온 트렁크를 열어 평소에 입던 잠옷으로 갈아입었다. 어머니가 오늘 입으라고 주신 슬립은 다시 벗어 낸 뒤 고이 개어 트렁크 구석에 넣었다.

잔뜩 긴장한 탓에 갈증이 고개를 들었다. 한 걸음씩 발을 내디딜 때마다 하체에 화끈한 통증이 자리 잡았다. 방문 손잡이를 잡고 조심스럽게 밀자, 그의 집무실 문이 열려 있었고 아득하게 인기척이 들렸다. 그 소리를 듣는 순간, 조금 전 외면하고자 했던 울적함이 달아나는 것 같았다. 이랑은 깨금발을 들고 주방으로 들어서 물을 양껏 마셨다.

조용히 개수대에 빈 컵을 넣고 다시 침실로 돌아와 슬라이딩하며 베개에 고개를 푹 처박았다. 누군가를 향한 감정이나 혹은 무언가를 선택하는 것조차도 스스로 할 수 없는 인생이었다. 일상이 고요하기 그지없었고 제 속도 그러했다. 하지만 그를 만난 짧은 순간에, 잔잔하던 바다 위로 너울이 일고 있었다.

* * *

의도치 않게 두 번이나 일을 치른 탓에 잠이 오질 않았다. 도환은 모로 누워 곁에서 잠이 든 이랑의 이목구비를 한참 동안 관찰했다. 도심 위로 새벽이 내려앉았고 잠시 후면 동이 틀 거였다. 기지개를 켜고 깊은숨을 푹 내쉰 뒤, 도환은 일어나 드레스 룸으로 향했다.

출근 준비를 마친 그가 셔츠를 갈아입으며 비죽 침실로 고개를 돌렸다. 새근새근 잘 자는 걸 보자니 아무 탈 없을 건 분명해도 커다란 집 안에 작은 몸 하나 달랑 남겨 두고 가는 것이 묘하리만큼 신경에 거슬렸다.

"5분 후 내려갑니다."

제 말만 하고 끊어 버린 전화는 다시 울리지 않았다. 그가 펼쳐 놓은 노트북 중 하나만 손에 잡고 집을 나섰다.

"신혼 첫날인데 너무하지 않냐. 변함없이 정시 출근이라니."

"타시죠."

뒷좌석 문을 열고 정문에서 기다리고 있던 표 비서의 얼굴이 말이 아니었다. 그도 그럴 것이 한국에 들어와 회사에서 그동안의 핵심적인 역사를 함께 일구어 낸 동지나 다름없는 그가, 작은 반항심에 일궈 낸 한 달 만의 결혼식은 배신이나 다름이 없었다.

"그래도 나 신혼여행은 안 갔어."

"자랑이십니다."

옆자리에 앉은 그가 태블릿 PC 두 개를 겹쳐서 건넸다. 일간 기사들이 나열된 걸 무심한 눈이 훑고 내려갔다.

"다 내 기사네?"

"아주 핫합니다. 이사님."

기사 메인은 당연히도 하상 그룹의 차기 사장으로 지목된 도환에 대한 글이 가득했다.

"근데 조금 너무하다."

"뭐가 말입니까."

"아무렴 결혼식인데, 어떻게 신부에 관한 이야기는 일언반구 없어? 쯧."

잘빠진 세단 한 대가 빼곡하게 들어차 있는 도시의 건물 사이를 빠르게 스쳐 갔다. 도환은 빳빳한 가죽 시트에 등을 기대고 늘어졌다. 회장님이 갑작스럽게 병상에 눕자 앞으로 경영을 맡아야 할 사장직을 두고, 1년 동안 주주들의 씨름이 대단했다.

임시 대표를 맡은 큰형 배도영이 얼마 전 주식을 가지고 장난을 조금 쳤던 게 발각되는 바람에, 임원들에게 눈총을 받는 상황이었다. 당시에 열렸던 사장직을 결정하는 주총에서 예정되어 있던 형의 자리는 무산이 되어 버렸다. 그리고 뒤이어, 제일 막내였고 망나니였던 놈이 경영권 승계를 앞두고 발톱을 드러내는 바람에 일각이 술렁였다. 그 와중에 하상 그룹 막내아들의 결혼식으로 언론의 포커스까지 받는 이상, 상황은 더할 나위 없이 만족스럽게 굴러갔다. 표를 얻으려면 인지도는 필수였다. 이런 식으로는 치사하지만, 사업에 있어서 정의로운 승부는 없다.

"내실을 다지는 건 좋다지만, 아무래도 본가에서 말이 많습니다. 이랑 씨가 대외적으로 잘 알려지지 않았던 인물이기도 하고. 하필이면 은나기업에서 혼외자로 낙인찍힌 여자라는 명찰이 붙어 버리는 바람에……."

"주훈아."

"예."

"인생은 도박이지. 모험이고."

"……."

"걘, 내가 만들어 놓은 자리에 예쁘게 웃으면서 잘 앉아 있기만 하면 돼. 내가 벌어다 주는 돈이나 펑펑 쓰면서 말이지. 룰렛을 돌렸는데 마침 내게 필요한 성향을 지닌 여자가 잘 뽑혔을 뿐이야."

미끈한 세단 두 대가 회사 입구에 도착했다. 마침 앞서 도착한 형이 직원들의 도움을 받아 차 문밖으로 발을 내밀고 있었다.

"공주병도 아니고."

답답함에 못 이겨 손잡이를 잡아당기려 하자 주훈이 말렸다. 형이 내리고 난 뒤 동생이 내려야 한다는 진부한 관습이 자리 잡고 있는 게 가장 큰 불만이었다.

"직원들이 문을 열 때까지 기다리세요. 이사님."

"1년 남짓 회사 다니면서 항상 내 차례를 기다리는 게, 엿 같아."

그 순간 뒷문이 열렸다. 매섭고 서늘한 공기가 얼굴에 와 닿았다. 차에서 내려 반듯하게 서자 도영과 눈이 마주쳤다. 매 아침 자신의 부서 직원들의 마중을 받는 게 익숙해 보였다.

"와우. 회사 가기 싫은 표정을 너무 적나라하게 짓는 거 아닌가?"

"신혼여행도 물릴 정도로 회사 일에 아주 적극적이군."

"아."

추운 듯 그가 양손을 느리게 비비며 형을 바라봤다.

"이제 나도 가족이 있잖아. 형. 벌어먹여 살리려면 열심히 일해야지. 마침, 우리 와이프가 가진 게 많이 없는 사람이라서."

"……."

"내 꿈이 애처가라."

입술을 비튼 도영은, 날 선 눈으로 도환을 바라봤다. 두 사람은 나란히 회사로 입장하고 직원들이 뒤를 따랐다.

"영악한 새끼."

낮게 중얼거리는 소리가 도환의 귀에 꽂혔다. 임원 전용 승강기에 나란히 선 두 사람 주변은 사늘한 공기가 맴돌았다. 문이 닫히고 단둘이 남게 되자, 형은 그제야 도환에게 고개를 돌렸다.

"세상이 만만해? 해외나 떠돌던 놈이 아버지 병상에 누우니까 한 번쯤은 주인 자리에 앉아 보고 싶어? 그 자리는 너 같은 애송이가 앉을 수 있는 자리가 아니야."

"형이 양아치 같은 짓만 안 했어도, 내가 욕심은 안 부렸을 텐데 말이지."

손목을 들어 시각을 확인했다. 출근 카드 찍기 2분 전이였다. 지각하면 경위서 써야 하는데, 라며 중얼거리자 형이 목소리를 높였다.

“말 가려서 해라. 양아치라니.”

“양아치 같은 짓은 집안 내력이잖아. 뭘 그렇게 창피해 해. 수고해, 형.”

그의 팔을 툭 치고, 열리는 승강기 문을 빠져나왔다. 형은 한층 더 올라가야 했기 때문에 문이 빠르게 닫혔다.

사무실에 들어서자 먼저 올라온 주훈이 따라붙었다. 그 뒤로 따라 들어온 직원들에게서 파일을 전달받아 오늘 당장 결재를 받아야 할 것들을 넘겼다.

“좋은 아침.”

“출근길에 인사드렸습니다만, 결혼식 일정 때문에 많이 밀렸습니다. 빠른 결재 부탁드립니다.”

“독촉 좀 하지 마.”

“어차피 회삿돈인데, 뭐가 독촉입니까.”

그 옆으로 산처럼 쌓인 결재 파일들을 곁눈질로 바라봤다. 비서팀 막내 직원이 그의 집무 책상 위로 커피 한 잔을 내려놓고 사무실을 빠져나갔다.

“이랑이 인적 사항 좀 부탁해도 될까.”

“…….”

“왜 대답이 없어.”

대답이 바로 오지 않는 주훈에게 고개를 들자, 다급하게 부자연스러운 미소를 짓고 있었다.

“이제서요?”

“지금 나랑 언쟁을 부리겠다는 건가?”

"아닙니다. 바로 준비하겠습니다."

멋쩍게 웃으며 걸음을 뒤로 물린 주훈은 문을 닫고 집무실을 빠져나갔다.

널찍한 책상 위로 거대하게 쌓여 있는 결제 서류철들과 함께 홀로 남은 도환은 머쓱하게 유리 벽 너머로 도심을 바라봤다. 곧 눈이 내릴 것처럼 하늘이 잿빛이었다. 손끝에 잡혀 있는 만년필을 바라봤다. 모든 것들이 명품에 새것인 집필실 안에서 오로지 만년필 하나만 오래되어 빛이 바래 있었다.

도환은 멍한 무표정으로 떠오르는 누군가를 회상했다.

"……."

언제부터인지 엉켜 버린 실타래를 풀기 위해 다급하게 한국으로 들어왔다. 그때는 이미 가장 사랑하던 둘째 형이 이 세상 사람이 아니었다. 그때부터였던 것 같다. 죽은 둘째 형의 몫이 이리 떼들에게 먹히는 게 미치도록 싫어서, 모든 것들을 다 제자리로 돌려놔야겠다고 다짐했다.

* * *

"유이랑……."

이름은 알고 있었지만, 실로 나이는 처음이었다. 스물네 살밖에 안 먹었다니. 당혹스러움에 한쪽 눈썹이 일그러졌다.

"얘 나이가 스물네 살이었던가?"

당혹스러움에 두꺼운 뿔테 안경을 추켜올리던 주훈은 움직이던 숟가락을 내려놓았다.

"예. 은나기업 혼외 자식은 귀에 쏙 박혔으면서 그 외의 것들은 안 들으셨나 봅니다."

코를 쓱 문지르던 도환이 맥주병을 집어 들었다. 늦은 점심에 집무실로 초밥을 배달시켰고, 마침 들어온 그의 비서와 함께 자리를 마주했다.

"인적 사항은 저번에 쭉 읊어 드렸었습니다. 로터리 클럽에서 갑자기 술에 취해 유이랑 씨랑 결혼하기로 했다면서, 깜짝 발표하신 탓에 저도 모르는 분에 대한 인적을 조사하느라 꽤 애를 먹었죠."

"아, 그건 미안하게 됐어."

전혀 미안하지 않은 표정과 함께 맥주병을 내려놓고, 유이랑의 모든 것들이 적혀 있는 서류를 받았다. 도환은 한 대목에서 인상을 미세하게 찌푸렸다.

"얘한테 남은 유산이 하나도 없다?"

"예. 그렇습니다. 마침 고르셔도, 아. 무. 것. 도 없는 분을 콕 집으셨더라고요."

"그게 나한테 의미 있던가."

"없죠. 없지만, 혼외 자식에 대외적으로 노출시키지 않는 특이점을 가진 분을 마침 골라내신 것도 능력입니다."

"칭찬으로 듣지."

도환은 맥주를 입에 물고 볼을 부풀리며 한참을 머금은 뒤 꿀꺽 삼키며 심드렁한 눈으로 다른 대목을 살피며 내려갔다.

"그분 급하게 알아볼 때 이상한 소문이 많았습니다. 그거 가려내느라 애를 먹었습니다. 얼마나 대외적으로 활동을 하지 않았던지, 외눈박이다, 한쪽 다리가 짧은 신체적 장애가 있어서 꼭꼭 숨겨 놓고 공개 안 하는 거다, 등등이요."

"하하."

도환은 낮게 웃었다. 그 무성한 소문과는 다르게 그녀는 제법 귀엽게 도발도 잘했고 그 얕은 술수에 자신은 넘어가기까지 했다. 도환은 여자한테 딱히 취향이 없었다. 은연중에 자신이 혹시 어린 여자를 좋아하는 성향이 있는 게 아닌가 생각했다. 미간이 일그러지자, 주훈이 눈치를 살폈다.

"왜 그러십니까?"

"그러기엔, 너무 멀쩡한 앤데……."

"애죠. 애."

"……."

'애'라는 말에 뜨끔한 표정이었다.

"저도 약간 의아한 부분은, 유이랑 씨도 이사님을 모르는 눈치였습니다."

"무슨 소리야?"

"대통령은 모를 수 있어도, 하상 그룹 자제들을 모른다는 게 사실 저로서도 유치한 장난이라고 생각했었습니다. 하지만……."

주훈은 결혼 준비를 위해 그녀를 몇 번 찾아갔던 상황을 상기했다. 도환은 말을 아끼는 그를 재촉하지 않았다. 대신 파일첩을 탁 닫고는 옆으로 치워 버렸다.

"하긴, 내가 지랑 결혼한다고 했을 때 어리둥절하면서도 싫다고는 않더라. 날 언제 봤다고. 두 번 본 남자랑 결혼하겠다고 순순히 따라오는 게 정상은 아니지. 쯧. 내가 어떤 놈인 줄 알고……."

초밥 하나를 입에 던져 넣고 기다란 회의용 책상에 다리를 떡하니 올리고선 몸을 늘어트렸다. 주훈은 그런 그를 내버려 두고 자신에게 할당된 초밥을 싹 먹어치우고 자리를 정리했다.

"막말로 내가 막 변태거나, 엄청 나쁜 놈일 수도 있잖아. 그 집안에서는 뭘 보고 시집을 보내."

"뭘 보다니요. 이사님……. 여기 하상 그룹입니다. 이사님은 병상에 누워 계신 배 회장님의 셋째 아드님이시고요."

"……아. 잊고 있었어."

"그리고 그건 맞습니다……. 좋은 놈은 아닌 것 같습니다."

그가 한쪽 눈썹을 추켜세우고 다급하게 포장 용기 분리수거를 하는 주훈을 좇았다.

"은나기업 유 회장 살아 있을 적에, 좋은 일 많이 했잖아. 그 집 사모도 사회적으로 좋은 일 많이 했던 것 같은데. 다 메이킹이던가?"

"예."

"흠. 제대로 속을 뻔했네."

물티슈를 한 장 뽑아낸 주훈은 식사를 했던 자리를 슥슥 닦으며 말을 이었다.

"그 서류에도 적혀 있지만, 은나기업 지금 위태롭습니다. 어쩌면 유이랑 씨가 이사님과 결혼을 하게 되면서 재기를 꿈꾸게 된 계기가 됐을 수도 있습니다."

"하하. 실 경영자가 죽은 마당에 무슨. 매각은 아니고?"

"그 여자, 그러니까. 유이랑 씨 어머니 되시는 분 보통 사람은 아닌 것 같습니다. 자본만 조금 생기면, 그 여자가 대표직에 앉아 은나기업을 지휘하는 데 있어서 부족한 그릇은 아닙니다."

"……."

주훈의 말을 듣던 도환은 멍하니 시선을 허공에 던졌다.

"아직 정리가 덜 돼서 올리진 않았지만 조금 더 확인해야 할 부분이 있습니다. 곧 그녀의 어머니에 대한 인적도 보고할 예정입니다. 어차피 안 해도 시키실 테니까요."

도환은 까슬한 턱을 쓸며 어둑한 도심으로 멍한 시선을 던졌다.

"장모 되는 사람이랑 친해질 생각은 없는데……."

"아까도 말씀드렸지만, 은나기업 회장이 죽었습니다. 사돈에 팔촌까지 유언장에 유산을 나누는 세세한 대목이 있는데 그 안에는 유이랑 씨에 대한 내용이 없다는 겁니다."

"왜 이렇게 미운 오리 새끼 취급일까나. 키우려고 데려온 것 아닌가. 혹시 혼외 자식인 것도 소문이고, 애초에 입양 아니었는지 알아봐. 친자식 아닐 수도 있잖아."

"……."

주훈은 고개를 가로저었다.

"그러기엔, 유이랑 씨가 죽은 유 회장님 자식 중에 제일 많이 닮았습니다."

결국, 창밖으로 눈이 내렸다. 아까부터 집에 퇴근해야만 하는 이유가 떠오르지 않았는데, 일찍이 퇴근해야 할 이유가 생겨 버렸다.

* * *

이랑은 온종일 집 안에서 하는 것 없이 리모컨만 돌렸다. 드넓은 주방은 애초에 부담스러웠다. 그래서 물과, 커피, 그리고 에너지바 몇 개를 챙겨서 나온 뒤 들어가지 않았다.

이랑은 한순간에 뒤집힌 인생이 당황스러울 법했음에도, 이 와중에 흐뭇하게 달력을 넘기며 개강 날짜를 셌다. 장학금을 받으며 학교에 다녔던지라 딱히 돈은 필요 없었다. 하지만 아버지가 돌아가시고 난 뒤 생활비가 끊겨 버리는 바람에 휴학을 하고 아르바이트를 하는 등 답답한 상황에 놓여 있던 차였다.

본가는 숙식 제공만 해 줘도 감지덕지했다. 매일매일 차고에 딸린 작은 문으로 들어가 자신의 방으로 쥐 죽은 듯이 소리를 감추고 들락거렸다. 그나마 집안일을 챙겨 주던 한 여사님이 아니었으면 배까지 곯았을지도 모른다.

여기서 학교까지 두 시간 반이나 걸렸지만, 큰 불만이 될 수 없었다. 본가가 아닌 다른 곳에서 학교를 맘 놓고 다닐 수 있다는 것에 감사하기로 했다.

"……."

작은 체구가 소파에 덩그러니 앉아 있다가 예기치 못한 인기척에 몸을 일으켰다.

"오셨어요?"

"어."

넥타이를 끌어 내리며 걸어오던 도환이 시큰둥하게 대답했다.

"저녁은……."

"먹었어."

점심으로 초밥 먹은 것 외에는 입으로 들어간 음식이 없는데, 왜 거짓말이 툭 튀어 나가는지 종잡을 수 없는 일이었다. 옷걸이에 슈트를 걸어 놓고 정리하는 사이 어느새 종종 걸어온 그녀가 애매한 곳에 서 있었다.

"왜? 할 말 있나?"

이랑은 후드티를 입고 있었는데 앞에 양손을 넣을 수 있는 주머니가 달려 있었다. 도환은 사실 주변에서 이런 옷차림을 한 여자를 본 적이 20대 때 대학 시절 빼고는 없던지라, 조금은 당혹스러웠다.

"지금 방학 기간이라서요……. 조금 있으면 개강이라……."

"……."

방금 무슨 소리를 들은 건지, 도환은 멍한 표정으로 그녀를 내려 봤다.

"지금 내가 뭘 잘못 들은 것 같은데. 그 말은 네가 아직 대학생이라는 건가?"

"네."

그의 반응에 그녀도 함께 당혹스러운 얼굴을 하고 고개를 끄덕였다.

"아하."

어이없는 웃음이 그의 입에서 터져 나왔다.

"몇 학년?"

"3학년이요."

"왜지?"

"왜 아직 졸업을 못 했냐고 물어보시는 거죠? 그게……."

이랑은 자꾸만 변명이 늘어가는 것 같은 기분에 또 눈을 굴렸다. 아버지가 돌아가시고 나서 집안에서 용돈과 더불어 학비를 지원

해 주지 않는 바람에, 아르바이트로 생활을 이어 가고 있는 상황을 어떻게 설명해야 하는지 난감했다.

"머리 굴리지 말라고 했을 텐데."

도환은 인상을 썼다. 이랑의 여린 어깨가 흠칫 떨리는 게 보여 고개를 돌리고 거실로 나갔다. 이랑은 다급한 마음에 그의 뒤를 졸졸 쫓아가며 설명했다.

"원래, 아버지가 살아 계실 적부터 자립심 강하게 크라고 지원을 안 해 주셨거든요. 물론 언니들도 다요. 그래서 아르바이트로 학비도 모아서 다니고, 또……. 아버지 돌아가셨을 때 심적으로 힘들어서 장학금을 못 받아서……. 일단 휴학하는 바람에."

그가 물을 유리잔에 받아 벌컥벌컥 마시면서 그녀의 말을 경청했다. 거짓말도 참 어색하게 하는 재주가 있는 것 같았다.

"아……. 그랬구나."

"……."

"그럼 복학하는 건가?"

"네……. 다행히 학비는 제 앞으로 들어온 축의금으로 일단 충당하기로 했어요. 당분간 생활할 용돈도 충분하고, 교통비도요. 원래는 장학금을 탈 수 있었는데……. 그게 사정이……."

도환은 해석하기 힘든 표정으로 한참 동안 이랑과 눈을 마주쳤다. 그는 사람을 주눅 들게 하고 눈치를 보게 하는 특유의 분위기가 있었다. 이랑은 방금 내뱉은 즉흥적인 답안에 만족스러웠지만, 입술을 잘근잘근 뜯으며 도환의 반응을 살폈다.

"그……."

도환은 컵을 내려놓고, 곤란한 표정으로 손을 올리고 자신의 미간을 꾹꾹 눌렀다. 그리고 자신의 몸을 뒤적여 무언가를 찾았다. 결국 침실로 다시 들어가 도환이 가지고 나온 건 악어가죽 돌기가 멋스럽게 자리 잡은 지갑이었다. 카드를 손으로 죽 고르더니 하나를 빼서 그녀에게 건넸다. 눈만 깜박이며 받아 들지 않자 그가 재촉하듯 손가락을 까닥까닥 흔들었다.

“뭐 해? 안 받아?”

“저, 돈 있어요.”

대답하면서 이랑은 침을 꼴깍 삼켰다. 도환은 눈을 위로 굴리고 아일랜드 식탁에 카드를 내려놨다.

“너 운전할 줄 알아?”

“네.”

“차는.”

“…….”

“운전은 할 줄 아는데 차가 없단 말이지.”

“음……. 자립심 있게 커야 한다고 하셔서…….”

“그놈의 자립심.”

도환은 냉장고를 열고 캔 맥주를 하나 따서 들이켰다. 은근 술을 마시는 장면이 자주 목격되었는데, 이랑은 그가 알코올 중독자가 아닌가 의심했다.

“축의금 말고는 너 돈 없어?”

“…….”

말문이 막혔다. 일단 자립심이라는 단어로 모든 것들을 변호해 놓았는데, 아버지로부터 받은 유산이 하나도 없었기에 나중에 해명해야 할 부분이 분명 있어 보였다. 사실 아버지가 왜, 자신만 쏙 빼놓고 유산을 남겼는지 모를 일이었다. 살아생전에는 무척 자신을 아꼈지만 그게 마치 진심이 아니었던 것처럼.

"본가에서 차 한 대 가져오면 돼요."

이랑은 거짓말이 술술 튀어나오는 자신에게 놀라워하던 참이었다.

"그래?"

"……네."

"혹시나 해서 하는 말인데 네가 대중교통을 이용해서 학교를 오갔다가는 서로 입장이 굉장히 난처해진다는 걸 명심해."

이랑은 심각한 얼굴로 변했다. 언론을 봐도 결혼식 내부나, 자신의 얼굴이 뜬 적이 없었는데 사람들이 자신을 어떻게 알아본단 말인가. 하지만 일단 고개를 격하게 끄덕였다. 그가 저런 표정으로 그렇다고 말할 때는 그런 것 같았기 때문이었다. 깔아 놓은 말들이 한 치의 거짓도 없어야 했다.

"그럼 됐네. 졸업식에는 내가 가도록 하지."

"안 오셔도 괜찮은데……."

"사회에 나오는 순간부터 너는 공인이나 다름없어. 아내 졸업식에 꽃다발 들고 가는 남편. 얼마나 보기 좋은 쇼윈도 부부야. 그래. 전공은?"

"경영이요."

도환은 맥주 캔을 입에 대고 한 번에 쭉 들이켠 뒤 찌그러트렸다. 이랑은 잠시지만 그가 맥주를 삼키는 사이에 자리 잡은 침묵이 불편했다.

"경영이라……."

"네."
"스스로 한 선택인가? 아버지의 강요?"
"반반이요."
"그럼 자의도 있다는 거군. 경영에 관심이 있다는 거네."
"……."
"하. 이거."
그가 허리를 숙이더니 그녀의 얼굴 가까이 얼굴을 마주 댔다.
"얌전한 줄 알았더니. 앙큼한 기질도 있네."
이랑은 괜히 자존심이 상하는 기분이 들었다. 아버지의 회사에 발 한번 담그자고 선택한 경영이 아니었다. 그 사람들이 사는 세계에 단 한 번도 눈독 들여 본 적 없었다.
"취직시켜 달라고 안 할 테니까 걱정하지 마세요."
도환은 입술을 쭉 내밀고 고개를 끄덕였다. 그리고 흔쾌히 대답했다.
"나도 그럴 생각은 없어."
그리고 복장을 갈아입은 후 다시 외출 준비를 했다.
"나갔다 올 거니까 기다리지 말고."
"……."
어디 가느냐고 본능적으로 질문이 머릿속에 맴돌았지만, 질문하지 못했다. 그래야 할 사이도 아니었고 그러면 안 될 것 같아서였다.

* * *

신호에 걸린 그가 팔을 유리에 지탱하고 턱을 쓸며 생각에 잠겼다. 그간 잘 짜인 계획들 속에 여자애 하나가 비집고 들어와 헤집어 놓는 기분이 들었다.

"축의금으로 학비를 충당한 다라……. 그리고 당분간……."

확신이 든 표정은 빠르게 휴대 전화 버튼을 눌렀다.

– 예.

"밤늦게 미안."

– 괜찮습니다. 아직 회사니까요.

"아, 그래? 그럼, 일하는 김에 하나만 더 알아봐 줘. 우리 결혼식 때 축의금이 들어왔나?"

– 기업 이미지상 저희 쪽은 받지 않았었는데, 은나기업은 거대하게 상 차려 놓고 회수했습니다. 본가에서 그 모습 보고 격에 안 맞는다고 혀를 많이 찼었습니다.

"얼마쯤 들어온 것 같아?"

– 남의 집 축의금 사정까지 제가 어떻게 압니까. 그리고 도대체 그게 왜 궁금하신 겁니까.

"알아봐."

– 하…….

주훈이 침묵을 했다. 즉각 대답이 나오지 않는다는 건 무언가 알고 있다는 뜻이었다.

"너 요즘 나랑 내외하니?"

– 사실 이런 것까지 드릴 얘기는 아니라서 않았습니다만, 그날 저를 통해 유이랑 씨 앞으로 봉투 하나가 왔습니다. 천만 원짜리 수표 한 장이요.

“유이랑 몫으로 축의금을 떼어 준 건가. 그날 회수한 돈이 어마어마했을 텐데 고작 천만 원?”

– 추측하긴 이르지만, 아마도 유이랑 씨가 어릴 적에 지냈던 친구들이나 혹은 친어머니 쪽 친척들이 보낸 돈인 것 같았습니다.

“단 한 푼도 주지 않았다는 이야기군.”

– 뭐, 지역마다 다르긴 하지만 원래 축의금은 부모님들이 회수해 가는 게 맞다고 하십니다.

“이랑이 경우는 아니지.”

– …….

말없는 주훈이 어떤 표정을 하고 있을지 알 것 같았다.

기껏 해 봐야 돈 천만 원을 수중에 가지고선, 학교에 복학하고 남은 돈을 용돈으로 쓰겠다는 이야기였다.

“돈 다 떨어지면 아르바이트라도 하겠다는 셈이군.”

– 본 지 얼마 안 된 것 같은데 꽤 친해지신 것 같습니다?

서먹해진 기분에 일방적으로 전화를 끊은 도환은 액셀을 밟았다.

* * *

고급스러운 외딴 건물 앞에 외제 차가 우후죽순 늘어져 있었다. 그 뒤로 도환의 차가 미끄러지며 다가가자 직원들이 다가와 운전석 문을 열었다. 밤공기가 차가워 코가 찡하도록 시렸다.

건물 안으로 들어서자 어느새 오 마담이 두껍고 풍성한 퍼를 몸에 두르고 나타났다. 빠르게 입장하는 도환의 팔짱을 끼며 중얼거리는 말에 되물었다.

"무슨 말씀이세요?"

"지지배가, 어디서부터 어디를 손대야 하는 거야."

"저요? 지지배라니요. 대표님도 참."

오 마담이 어떤 때보다 환하게 웃으며 도환의 팔을 툭 쳤다. 그제야 오 마담의 존재를 인식한 그가 귀찮은 듯 팔을 쳐 냈다.

"……."

"불편한 거 있으세요? 앉으세요, 대표님."

결혼식이 끝나고 약속을 파토 내는 바람에 친구들의 원성이 자자했었다. 자신을 반갑게 맞이하는 멤버들과 오 마담을 바라보던 도환이 느리게 중얼거렸다.

"내가 언제부터 대표가 된 거지?"

"차기."

"……하. 별……."

도한은 오 마담의 능글맞은 웃음을 딱히 좋아하지 않았다. 오 마담의 웃음은 마치 위험함을 알리는 신호탄 같았다. 곧 있을 공식 사장을 정하는 주주들의 투표에서 완벽하게 승리를 하게 될 그를 향한 줄타기가 본격적으로 시작됐다.

"결혼식 날에 도대체 어딜 도망간 거야."

"그래 봤자, 만 이틀 만에 나타난 건데 왜 이렇게들 호들갑이야."

그는 입고 온 가죽 재킷을 벗어 오 마담에게 건네며 자리에 앉았다. 넷이서 마주 보고 있는 모습에서 제일 상석의 자리가 비어 있는 걸 보던 도환은 피식 웃음을 터트렸다.

오늘따라 '세인트'에는 손님이 없었다. 널찍한 공간 맨 끝에는

4인조로 구성된 재즈팀이 악기를 연주하며 네온사인의 빛을 받고 있었다.
"웬 샴페인?"
이야기를 나누고 있던 놈 중에 영오라는 녀석이 짓궂게 웃더니 맞은편에 앉아 있던 요한을 향해 턱짓했다.
"이 새끼 남자한테 샴페인 선물 받았단다."
"아……."
도환은 깊게 탄식했다.
"성 정체성은 다양하니, 인정. 그렇지만 내 사업에 걸림돌이 되는 거라면 절대 반대."
손을 들고 진지하게 말했다. 친구들이 한바탕 웃어 젖혔다. 곤란한 낯빛이 역력한 요한을 몰아세우고 있었다.
"존경의 의미로 줬을 수도 있잖아. 오 마담. 여기 샴페인 줘. 얘네들 먹고 있는 거랑 비슷하게. 아니다. 로제로 가져와."
"알겠습니다."
오 마담이 정중하게 주문을 받고, 자리를 잠시 비웠다.
"오 마담이라니. 여기서 오 사장님 마담 취급하는 건 너뿐이다. 예의 없게. 표주훈이가 알았으면 곧장 '이사님, 상대를 지칭하실 때는 매너를 어쩌구' 했을 게 눈에 선하다."
그는 흘려들으며 고개를 끄덕였다. 별다른 대꾸 없이 치즈 하나를 집어 입에 던져 넣고 멀리 작은 무대를 바라봤다.
"아, 뭐야. 그리고 네가 여기서 고급 샴페인 시켜 버리면 재미없잖아."
"내가 산 샴페인이 여기 섞이면 아무것도 아닌 게 되니까. 요한

이는 내게 빚을 지게 되는 거지. 어때. 나한테 표를 던질 만하지?"
요한은 곤란하게 구석으로 몰리던 와중에 입꼬리를 슬쩍 올렸다. 그리고 고개를 저으며 결국 두 손을 들었다.
"그래. 이쪽이든, 저쪽이든 항복이다."
"능글맞은 새끼."
"기업에서 한 자리씩 하는 놈들이 누구한테 샴페인을 받든, 그런 거에 의미를 부여하는 게 말이나 돼?"
그간 조용히 경청하며 음악만 감상하던 승민이 웃음을 터트렸다.
"그래서 결혼도 의미 부여 안 했다고 치기엔, 너무 성대했잖아. 그리고 결정적으로 너 그날 뒤풀이하기로 해 놓고선 안 나타났다."
"그랬나……."
그들이 즐겨 먹는 핑거 푸드가 앞에 놓였다.
"이랑이가 조금 특이하긴 하지?"
요한으로부터 친근하게 불리는 이름이 귀에 걸리는 동시에 시선을 돌리게 만들었다.
"알아?"
친구가 따라 주는 새로 세팅된 샴페인을 받으며 무심하게 물었다.
"응. 대학 생활하면서 사회면에 가끔 얼굴 팔리는 것 때문에 이미지 만든다고 부모님 따라서 봉사 활동 다닐 때였어. 자주 마주치고 그랬는데. 그땐 완전 작았잖아? 고등학교 들어가고 나서부턴가 마주치기가 어려웠어. 입시 준비하니까 그런 거겠지. 결혼식 때 보니까 키는 그때 멈춘 것 같더라. 그대로던데."
"기억에 남을 정도로 특이한 얼굴이야?"
"하하. 네 와이프 얼굴을 지금 나보고 평가하라는 거야?"
도환은 입을 다물었다. 아내라는 명찰을 차고 있는 그녀가 아무리 절친이라 해도 누군가의 입에서 외모로 품평을 받는 건 별로였다.
"그러게……. 꼬맹이 시절 때는 어땠나……."
중얼거리는 말에 영오가 되물었지만, 그는 고개를 가로저었다.
대화의 화두는 다시 최근 논쟁거리가 되었던 사업으로 돌아갔다. 요한의 부모님은 기업인이자 도환이 필요한 표를 내줄 수 있는 주주였다. 이 자리에 있는 녀석들은 자신에게 있어서 친구들이지만 한편으로는 이득을 바라는 지지자들이기도 했다. 사업 이야기가 한창 오가는 와중에 누군가가 밖에 눈이 온다며 나긋하게 말했다. 다들 고개가 창가로 향했다.
"왠지 집에 가야 할 것 같아……."
"무슨 소리야?"
요한이 나긋하게 도환을 향해 물었다.
"집에 강아지 혼자 있어서."
"개 키워?"
도환은 대답하지 않고 자리에서 일어나 재킷을 집어 들었다. 대충 사업에 관련된 중요한 이야기는 끝났으니, 자리를 털고 일어나는 거냐며 볼멘소리까지 들었다.
"아, 이 자식 바쁜 척은 오지게 해. 일은 네 형이 다 하는 것 같구먼."

“원래 일은 그렇게 하는 거야. 월급 날로 먹는 게 얼마나 재밌는데. 간다. 다들 놀다 가라. 적당히 마시고, 요한이 너는 특히.”

그가 검지를 쫙 펴서 요한을 가리키고 무심하게 말했다.

“남자랑 연애했다가는 그 사실이 훗날 내 가십을 감추기 위한 방어막으로 쓰이게 될 줄 알아.”

“그런 거 아니라고! 이 새끼들아!”

요한이 머리를 뜯으며 절규했다. 도환은 친구들이 다시금 요한을 물어뜯으며 장난치는 걸 바라보다 가게를 빠져나왔다.

대리 운전기사가 지하 주차장에서 끌고 온 차의 뒷좌석에 앉자 따듯한 히터가 몸을 감쌌다. 폴폴 내려오는 흰 눈이 마치 이랑의 피부색과 비슷했다. 쪼그마한 게 머릿속에 들어와 제멋대로 한자리 차지하는 데 여간 불편한 게 아니었다.

주황색이 가득한 도심을 시원하게 가로지르며 달리던 중 신호에 걸렸다. 도환은 멍하니 내리는 눈만 바라보다가 우연히 길거리에 시선을 돌렸다. 아마도 근처가 대학로인지 번화가가 눈에 띄었다. 그리고 그녀 또래의 여자들이 삼삼오오 모여 포장마차 앞에 서 있었다.

“……잠시만, 세워 주세요.”

* * *

삑삑.

현관문이 열리는 소리와 함께 이랑은 아까와 비슷하게 자리에서 일어나 뒤를 돌았다. 늦을 거라고 했던 것과는 다르게 자정이 넘기 전 집에 들어온 것을 의아하게 생각하던 찰나였다.
"……."
집 안으로 들어선 도환은 막 그녀가 혼자 무언가를 먹고 있던 식탁에 시선을 던졌다. 어색함이 감돌았다. 이제 다 먹어서 국물밖에 남지 않은 라면 그릇이 초라해 보였다. 혹시나 도환이 인스턴트 냄새를 싫어할까 봐 후다닥 먹고 창문을 열어 냄새를 빼려던 참이었다.
"냄새가 많이 나요? 금방……."
"이거."
도환은 재킷 안에서 부스럭거리는 봉투를 꺼내 이랑에게 건넸다. 얼떨결에 받아 들자 품에 따끈한 온도가 감겨 왔다. 봉투 안을 바라보자 노릇하게 구워진 붕어빵 여러 마리가 뭉쳐져 있었다.
"자, 잠시만요. 창문 좀 열게요."
식탁에 붕어빵이 담긴 봉투를 내려놓고 후다닥 창문으로 다가가려던 차에, 정수리가 그의 큰 손 안에 잡혔다. 그리고 빙 돌려져 다시 앉아 있던 자리로 몸이 밀려졌다.
"먹던 거, 마저 다 먹고 열어."
"……아. 네."
다시 제자리에 앉아 몇 젓가락 남지 않은 라면을 숟가락에 올려 입에 넣고 오물거렸다. 도환은 맞은편 식탁 의자를 쭉 끌어당겨 앉아 오도카니 그 모습을 지켜봤다.
"혹시 술기운에 드시고 싶으면……."
도환은 대답 대신 봉투를 쭉 찢어 붕어빵을 이리저리 펼쳤다. 김이 폴폴 올라왔다.

"나 어릴 적에는 팥이랑 슈크림이 전부였는데. 요즘은 치즈도 넣고, 뭐 별거 다 넣더라."

"……."

"붕어빵 좋아하나?"

이랑은 라면을 오물거리며 고개를 끄덕였다. 도환의 얼굴 위로 술기운이 도는 게 마치 푸근한 옆집 아저씨 같았다. 지금 이 순간만큼은 그의 눈 안에 서늘함이 존재하지 않았다. 붕어빵 봉지를 들고, 술 냄새를 풍기며 들어올 때부터 묘한 기시감이 일었다.

"뭐 해? 먹어 봐."

이랑이 젓가락을 내려놓자 도환은 기다렸다는 듯 말했다. 이랑은 우물쭈물하며 붕어빵 하나를 손에 쥐고 베어 먹었다. 그가 뚫어지라고 제 입만 쳐다보는 게 불편했다. 후드티 소매를 끌어 올려 입을 닦는 척, 가리고 오물거렸다.

"제가 집에서 해야 할 일은 없나요?"

"요리할 줄 알아?"

"아니요."

"그럼, 청소는."

"그것도 잘은. 그래도 도구랑 하는 방법을 알려 주시면……."

"내가 여기 청소하는 방법을 알겠냐."

도환은 한숨 섞인 말을 흘렸다. 이랑은 그가 술을 마시면 평소와는 다르게 조금 느슨해지는 편이라고 확신했다.

"그러네요."

"넌 네 방 스스로 청소하면서 살았어?"

"네."

"그래. 그 자립심이 널 어디까지 하게 만들어 놨는지 지켜볼게."
"딱히 할 줄 아는 게 많지는 않아요."
"공부는 잘해?"
"……."
"잘하나 보네. 그 표정은 뭔가……."
도환은 팔짱을 끼고 캄캄한 도시 위로 내리는 새하얀 풍경에 잠시 시선을 고정했다.
"재수 없어."
"네?"
"공부 잘하고 똑똑하고 수더분한 애들 딱 질색이라고. 공부 잘하고, 능력 되면 영악하고 욕심도 부려야지. 그런 성격으로 공부 열심히 해서 뭐 할래? 사회 나가서 싸우는 방법부터 배우는 게 더 좋아."
"아……."
"착해 빠져서는……."
"……."
"인생은 실전이란다. 꼬맹이."
그가 중얼거렸다. 무언가를 회상하거나, 떠올리는 게 분명했다. 혼잣말과도 비슷한 말이 자신을 겨냥한 게 아니길 바라며 이랑은 조심스럽게 그릇을 옆으로 치웠다. 앞으로 불편하거나, 혹은 꼭 해야 할 말이 있다면 그가 술을 마시고 들어온 날 시도해 보는 것이 좋겠다고 머리에 새겨 넣었다.
"이건 내가 밀어붙여서 한 결혼이야. 본가에서 큰어머님, 작은어머님이 곧 부르실 거야. 차를 보내도 절대 혼자 들어가선 안 돼.

그리고 종종 결혼한 내 친구들과 함께 부부 동반 모임을 할 때도 있어. 그럴 땐 여자들끼리 나눠야 할 대화에 대비해 두는 게……."

도환은 나직하게 말하다가 손으로 이마를 짚었다. 이랑이 아직 대학을 졸업하지 않은, 사회에 발을 디디지 못한 애송이라는 것이 떠올랐다. 도환은 눈썹을 한껏 위로 올리고 고개를 뒤로 꺾어 중얼거렸다.

"당분간 모임은 자제하자."

"제가 대학생이라는 건, 주변과 이쪽 일가에선 다 아는 사실일 텐데요."

"그래, 그런 것 같더라."

요한이 말했듯, 그녀가 어렸을 적부터 대외적으로 완전히 차단되어 활동을 안 한 것은 아니었다. 하지만 이상하게 그녀와 함께 나란히 서서 어딘가를 입장한다는 게 어색하고 신경 쓰였다. 술에 취해 사고를 치고 나서, 다음 날 아침에 침대를 쾅쾅 치는 기분과 다르지 않았다. 어린애한테 못 할 짓 했다고 스스로 자책하기보단, 얼마 남지 않은 주주들의 투표에 신경을 곤두세우는 게 맞았다. 도환은 뒷머리를 벅벅 쓸더니 자리에서 일어나 차가운 물을 잔뜩 받아 들이켜고 물었다.

"맛은 어때?"

"괜찮아요."

"별로 안 좋아하나 보네. 일부러 수표밖에 없는 거 잔돈으로 바꿔서 사 온 거야. 아줌마가 미친놈 취급하는데 되게…… 뭐랄까. 음. 쑥스럽더라."

"……."

도환은 재킷을 들고 침실 옆에 붙어 있는 드레스 룸으로 향했다. 거실에 홀로 남겨진 이랑은 한참 동안 붕어빵을 입에 물고 창밖에 내리는 새하얀 눈을 보며 배를 채웠다.

이랑은 이 집에 들어온 게 지금 이 순간 제법 마음에 들었다. 식탁에 앉아서 밥을 먹어 본 게 얼마 만인지……. 허리가 불편하지 않았다. 더는 좁은 방에서 문밖 소리에 귀를 기울이며 숨죽이며 먹지 않아도 되었다. 너무 광활한 집이 무섭고 어색했지만, 그래도 상관없었다. 적어도 배도환 이사는 자신이 이 집에 있는 것을 불편해하지 않았다. 사정이야 어찌 됐든 데려와 준 것에 고마워 그에게 도움이 되고 싶은 마음이 선뜻 앞섰다. 세워 놓았던 계획을 까먹을 때마다 무서운 어머니의 얼굴이 떠올랐지만, 본능적으로 그에게 시선이 자꾸만 고정되는 건 막지 못했다.

편한 옷으로 다 갈아입은 도환이 침실에서 나와 서재로 걸어갔다. 옆얼굴이 스쳐 지나갔다. 자신을 의식하고 있는 게 느껴졌다. 그를 마음껏 쳐다보다가 시선을 거둔다는 건, 이미 알고 있는 것 같았다. 이랑은 배가 빵빵하게 부른 와중에, 불현듯 격정적으로 치렀던 첫날밤이 떠올라 얼굴이 화르르 타올랐다.

불시에 치렀던 첫날밤은 성공적이라고 쳐도 그 이후에 어색한 분위기가 묘하게 자리 잡은 건 어쩔 수 없었다. 그렇지만 둘의 사이가 꼭 자연스러워져야 할 이유도 없었다.

아침 일찍 출근 준비를 하는 도환은 새벽 6시면 칼같이 일어났다. 각자 침실을 이용할 줄 알았는데 벌써 그와 한 침대를 쓴 지 일주일이나 되었다.

월요일 아침이 밝았고, 도환은 계산된 움직임으로 셔츠를 입고 시계의 매듭을 잠갔다. 아일랜드 식탁에서 시리얼을 말아 오물거리고 있는 이랑의 옆을 지나친 도환은 냉장고를 열고 도우미 아주머니들이 말아 놓은 샌드위치 롤을 들고 한입 베어 물었다. 그리고 몇 초의 정적과 함께 이랑의 뒤에 섰다.

도환의 시선을 느낀 이랑은 오후에 외출해야 하는데, 목적지를 알려야 하는지 말아야 하는지에 대하여 수백 번을 고민하던 중 결국 입을 열었다.

"오늘 본가에 들어갔다 오려고요."

"친정 식구들과 무척 돈독한가 보군."

"네……. 엄마가 저를 많이 보고 싶어 하세요."

이랑은 고개를 숙이고 숟가락으로 팅팅 분 시리얼을 뒤적였다. 도환은 몇 번 더 롤을 베어 먹은 후 싱크대 안으로 집어넣더니, 종이 행주를 뽑아내 대충 입을 닦았다.

"친엄마 아니잖아."

"마음으로 낳아 주셨는데……."

도환은 낮게 웃었다. 그 웃음이 서늘하게 느껴져 어깨가 움찔거렸다. 아일랜드 식탁 맞은편에 의자를 끌어내고 앉은 그는 팔짱을 끼더니 해석하기 힘든 얼굴을 했다.

"그래. 다녀와. 대신……."

그가 턱짓을 한 곳으로 시선을 돌리자 며칠 전 입씨름을 하다가 그대로 내려놓은 카드가 눈에 보였다. 도우미분들이 번갈아 가면서 카드에 서명된 걸 확인한 후 이랑에게 건넸지만, 받으면 다시 그 자리에 내려놓는 바람에 카드는 목적지를 잃은 지 한참이었다.

"갈 때 과일이라도 사 가든가."

"과일이요?"
"아니면 보석. 가방. 뭐 그런 거 있잖아. 여자들이 좋아할 만한 거."
"그런 거……."
"안 좋아하시나?"
"……."
도환은 옅은 한숨을 내쉬고 고개를 돌렸다. 그리고 어깨를 앞으로 기울이고선 손을 입으로 가져다 댔다.
"마음으로 낳아 주신 엄마 취향도 몰라서 되겠나."
이랑은 더 이상 숟가락질을 하지 못했다. 한동안 그의 시선이 작고 여린 손에 머물다가 말없이 그대로 자리를 떠났다.

* * *

결혼식을 치르고 일주일 만에 들른 본가에서는 정문을 열어 줬다. 이제는 차고에 딸린 작은 문으로 발뒤꿈치를 들고 들어가, 집 안에서 가장 구석에 있는 쪽방보다도 못한 곳에서 잘 필요가 없었다.
그때보다 이상하게 지금이 더 유쾌하지 않은 건 사실이었다. 버스를 타고 혹은 택시를 타고 오려 했던 계획과는 달리, 집 앞에서부터 도환이 보낸 수행 비서가 따라붙었다. 극구 사양해도 배도환 이사님의 이미지를 생각해야 한다며 자잘한 것들을 볼모로 결국 뒷좌석에 몸을 탑승하게 했다.
"저는 밖에서 기다릴까요."

"차에서요? 그러지 말고 그냥 같이 들어가세요. 밖에 추워요."
"차 안에서 히터 틀고 대기하고 있겠습니다. 들어갔다 오세요. 너무 오래 앉아 계시면 이사님께 이야기가 들어갑니다."
"그건, 비서님께서 연락하겠다는 얘기죠?"
비서는 그렇다고 고개를 끄덕였다. 안 그래도 오래 앉아 있을 생각은 없었던 터라, 이랑은 서둘러 마중 나온 한 여사와 함께 정원을 가로질러 걸었다.
"잘 지내신 거예요. 아가씨?"
"네. 여사님도 별일 없으셨죠?"
"저야……."
"많이 걱정하실 것 같아서 연락하고 싶어도 선뜻 손이 안 갔어요. 본가에서 나갈 때 어머님이 한 여사님이랑도 연락 주고받지 말라고 하셨거든요. 배 이사님 집안에서 알면 좋아하지 않으실 거라고……."
힘없는 노년의 그녀가 할 수 있는 건 아무것도 없어 보였다.
"일단 집 안으로 들어가셔요. 사모님이랑 첫째 아가씨, 둘째 아가씨 기다리고 계셔요. 그사이에 저는 이랑 아가씨 좋아하는 반찬들 좀 차에 실어 놓고 있을게요."
이랑은 놀란 눈으로 한 여사를 바라봤다.
"그렇게 놀랄 일 아녜요. 사모님께 허락받았어요. 그쪽 신혼집에 어떤 분들이 가정일 돕고 계시는지 몰라서 어디서부터 어디까지 준비해야 할지 고민이 많았답니다. 입장이 곤란하시다면, 가는 길에 버려도 괜찮습니다."
"……."

괜히 울컥하는 마음에 눈시울이 붉어졌다. 한 여사는 현관 입구를 잡아당기며 이랑의 등을 살짝 밀어 들여보냈다.

"눈물 짓지 마세요. 허리 펴고 어서 들어가 보세요."

일단 그의 카드를 받아 나왔지만, 친정이라고 하는 곳에 빈손으로 오는 것에 별 신경이 쓰이지 않았다. 그랬던 것이 지금 막 후회가 되었다. 한 여사님 좋아하는 망고라도 한 상자 사 오는 거였다며.

"뭘 그러게 머뭇거리고 있니?"

큰언니였다. 어머니는 결혼을 한 번 하고 본가로 돌아온 큰언니를 가장 큰 흠으로 생각했지만, 그래도 쪽방에서 사는 저보다는 귀하게 여기는 것 같았다. 둘째 언니는 그날 저녁 로터리 클럽에서 자신이 배 이사와 인연이 닿은 것에 대해 가장 큰 불만을 품고 있었다. 어머니의 취향이 가득 담긴 거실에는, 이제 아버지의 흔적이 단 하나도 없었다.

"잘 지내셨어요?"

"뭘 그렇게 꾸물대. 어서 앉아."

어머니는 신문을 보고 계셨는데 얇고 두꺼운 돋보기조차도 패션으로 승화시키는 재주가 있었다. 고개를 돌려 멀리서 다가오는 직원에게 따듯한 차를 부탁하고, 신문을 접었다.

"신혼여행도 안 갔다면서?"

"네. 이사님…… 일정이 바쁘셔서……."

"이사님?"

팔짱을 끼고 이랑을 내내 훑던 큰언니가 호칭을 걸고넘어졌다.

"도대체 둘이 무슨 관계인 거야?"

"……."

어머니가 서늘한 시선을 큰언니에게 던졌다. 그러자 그녀는 다급하게 입을 닫으며 소파로 등을 기대고 시선을 돌렸다.

"호칭이 아직 정리 안 된 거니?"

"이사님을 이사님이라고 부르지, 뭐라고 부르겠어요. 어머니……."

"결혼했잖아, 이랑아."

한겨울의 가지를 연상케 하는 어머니의 마른 손이 이랑의 여린 손을 감쌌다.

"아무리 일각에서 너희들의 소문이 자자해도, 너만큼은 그럴싸하게 아주 뻔뻔하게 굴어야 하지 않겠니?"

미움을 사고 싶지 않았고, 주제넘고 싶지도 않아서였다.

어머니는 궁금한 게 아주 많은 눈치였다. 이랑은 문득 그 표정에서 앞으로의 승부가 보이는 것 같아 묘한 감정이 속에서 일렁였다.

"그리고 결혼하고 처음 친정에 오는 건데. 이게 무슨 예의니."

"……."

"같이 가자고 설득 좀 해 보지 그랬어."

"어머니."

"아무리 그 사람이 노예 사듯 널 찍어서 데려갔다고 해도. 네가 그런 표정 짓고 있으면 사람들이 뭐라고 하겠어."

죽어도 자신에 대한 걱정은 손톱만큼도 해 주지 않았다. 곱고 예쁜 어머니에게 사랑받고 싶은 욕심은 제 안에서 항상 고개를 숙이고 있었다. 그러니까, 어디서든 미움 받고 싶지 않았다.

"이랑아."
어머니가 가까이 몸을 숙이더니, 흘러내린 머리카락을 귀에 걸어 주며 다정하게 속삭였다.
"누가 뭐라고 하든, 무조건 연애해서 결혼했다고 해라."
"……네?"
"대한민국을 움직이는 사람이야. 그 어떤 루머가 돌아도, 그 사람의 면전에 대고 확인할 수 있는 사람은 없어."
고개를 천천히 들어 어머니의 눈을 바라봤다. 탐욕이 가득했다. 유독 까만 동공에서 희미한 빛이 반짝였다.
"넌 그 사람과 사실혼 관계니까 이혼해도 손해 보는 장사는 아니란다."
"……."
붙잡힌 손에서 쉽게 힘이 빠지지 않았다. 잡힌 그녀의 손을 흔들며 다짐하게 했다.
"아버지 돌아가시고 나서, 모두가 다 힘든 상황이잖니. 이 상황에 구원자처럼 나타난 사람이야. 너도 아버지가 일군 모든 것들이 무너지지 않기를 바라는 사람 중 하나 아니니?"
"마, 맞아요……."
"했니?"
"……."
"첫날밤에 성공은 했니?"
이랑은 은연중에 가로로 고개를 저었다. 그러자 어머니는 입을 꾹 다물고, 실망감을 감추지 못했다.
"애초에 무슨 기대를 했겠니."

이랑은 그와 격정적인 정사를 치렀지만, 솔직하게 말했다가는 누군가에게 잔뜩 혼날 것 같아 본능적으로 입을 꾹 다물었다.

"그래도 꾸준히 네가 여자인 걸 어필해야 한다."

그러자 둘째 언니가 비웃음을 동반한 말을 뱉었다.

"배도환 이사 입맛에 이랑이가 맞으려나 몰라."

"그 입 좀 다물어."

어머니는 매서운 표정으로 둘째 언니를 바라본 뒤, 순식간에 표정을 바꿨다. 모든 것들이 만족스럽다는 듯 손을 놓아주고 난 뒤 소파에 등을 기대고 찻잔을 들었다.

"점심 먹고 가거라."

"괜찮아요. 밖에서 기사님이 기다려요. 금방 일어나 봐야 할 것 같아요."

"종종 들러. 전화하면 재깍 받고."

"네……."

두 번 잡을 생각, 아니 애초에 밥을 먹고 가기를 바라는 어머니가 아니었다. 자리에서 일어나 세 사람을 향해 고개를 숙이고 천천히 집을 빠져나왔다. 정원 앞에 우뚝 서자, 정원 맨 구석에 소나무 한 그루가 보였다.

"많이 컸네……."

"어릴 적에 회장님과 심으셨던 거예요. 기억하세요?"

앞에서 기다리고 있던 한 여사님도 기억하고 있는 것 같았다.

"꽃을 심으라고 하니까 피우기 어려운 것 같고, 관리하기가 영 까다롭다며 거절하셨잖아요. 그러다가 회장님이 소나무를 사 오시더니 아가씨와 함께 그렇게 소통하고 그랬어요."

“다 기억하시는구나.”

이랑은 아침과는 다르게 빠르게 흐려지는 하늘을 바라봤다. 요즘 들어 이상하게 눈이 많이 왔다. 아직 골목 사이, 정원 구석구석 눈이 녹지 않았는데 또 내리려 하는 것 같았다.

“에구. 노인네가 주책이네요. 얼른 내려가 보세요.”

“꽃을 관리하기가 싫어서가 아니었어요.”

“네?”

한 여사가 뒷좌석 문을 열었다. 고개를 들어 빨개진 코를 보였다.

“집안사람들의 시선을 붙잡고 싶지 않았어요. 나무는…… 금방 심고 끝나니까.”

“…….”

정중하게 인사를 하고 뒷좌석에 올라탔다. 누구도 눈치챌 수 없는 속상한 한숨을 내쉰 한 여사는 뒷문을 닫아 주고 서둘러 차를 출발시켰다.

이랑은 차 유리문에 턱을 괴고 스치며 지나가는 한가한 오전 거리를 바라봤다.

“차에 계속 계셨어요?”

백미러로 힐끗거리던 수행비서가 입을 열었다.

“예. 들어가신 사이 폰으로 기사나 볼까 했는데. 여사님 한 분이 나오셔서 이것저것 트렁크에 다급하게 싣는 바람에 놀지도 못했네요.”

어색한 침묵이 흘렀다. 어머니 몰래 준비했을 걸 생각하니, 가슴이 답답했다. 그런 애정이 듬뿍 담긴 음식들을 입장이 곤란하면 미련 없이 버리라는 그녀의 말이 기분을 서글프게 만들었다.

"비서님 아직 식사 안 하셨죠? 가기 전에 잠깐 편의점에 세워 주세요."

"왜요, 사모님. 급하게 필요하신 거라도……."

"꼭이요."

비서는 곧장 보이는 대로변에 잠시 비상 깜빡이를 켜고 정차를 했다.

"집 근처에는 마트나 편의점이 없습니다."

"실망이에요. 상권이 안 좋은 동네네요."

"농담이시죠? 마침 여기 있네요. 다녀오세요."

이랑은 곧장 뒷좌석에서 뛰어내리듯 나와 편의점으로 향했다. 얼마 뒤 그녀는 품 안에 무언가를 한 아름 안고서 돌아왔다.

"즉석 밥은 왜요?"

"돈 지랄 좀 해 보려고요."

햇반 열 개가 찍혀 있는 영수증을 손에 꾹 쥐며, 이랑은 다시 차에 탑승했다. 그가 준 카드로 산 첫 번째 물건이었다.

2. 적응기

“혼자서 즉석 밥을 몇 개나 먹어 치웠다는 말입니까?”

– 예.

대회의 시간에 볼펜을 돌리다가 문득 화면이 켜진 휴대 전화에 시선이 간 것이 통화의 시작이었다. 집무실로 돌아온 도환은 아무리 머리를 굴려도 도무지 나오지 않는 해답에 결국 먼저 질문을 던져야 했다.

“앞뒤 지켜본 정황은 없습니까?”

– 본가에 들어가신 건 20분 남짓이었습니다. 그리고 집안일을 봐주던 사모님이 오시더니 트렁크에 반찬을 가득 실었고 표정이

그다지 밝지는 않았습니다. 그러고 나선…….

편의점으로 무작정 뛰어 들어가더니, 즉석 밥을 한 아름 사 들고 나와 집으로 돌아갔다는 얘기가 전부였다. 전화를 끊고 내려놓은 뒤, 도환은 막 집무실 문을 열고 들어오는 주훈을 향해 의미심장한 표정을 지었다.

"뭡니까."

"왜."

"제가 물어야 할 질문 같은데요. 이사님. 왜 그런 표정입니까. 무슨 문제 있으십니까?"

주훈은 그의 집무 책상 위에 결재 사인이 필요한 서류를 잔뜩 올려놓고선, 억지로 웃지는 못할망정 신경을 곤두세웠다.

"네 능력이 어디까지일까."

"무슨……."

그가 턱을 쓸었다. 주훈의 능력을 시험대에 올려놓는 매서운 눈을 하고선 얼굴을 뚫어지게 바라봤다.

"정확히 두 시간 전에 유이랑이 본가에 들어갔다가 20분 만에 나오고선, 편의점에 들어가 즉석 밥을 한 아름 안고 나오는 해괴한 짓을 저질렀다는군."

쏟아 내는 말을 하나도 놓치지 않고 귀담아들은 표주훈의 표정이 괴상하게 일그러졌다.

"요점이……."

"무슨 일이 있었는지 알아 올 수 있냐는 거야. 네 능력이 거기까지 닿겠냐는 거지."

"마치, 닿지 않아도 알아 오라는 말처럼 들립니다."

"정확해."
말을 끝으로 도환은 고개를 내린 뒤, 결재 서류에 사인을 휘갈기기 시작했다.
"……."
주훈은 그가 오전 회의 때문에 밀린 결재 서류에 사인을 다 할 때까지 묵묵하게 지켜보고 서 있었다. 무거운 짐 하나를 어깨에 메고 있는 그의 표정은 적나라했다.

* * *

"빈방에서 뭘 하시려고요."
곤란한 표정으로 따라 들어온 도우미는 이랑의 곁에 서서 무엇을 도와야 할지 난감해했다.
"그냥 구석진 방에서 잠시 시간 보낸다고 생각하시면 안 될까요."
"이사님이 아시면……."
"뭐라고 하실까요?"
"아마도요."
"관심 없으실 것 같은데……. 그리고 제가 이 공간에 자리 잡은 것도 모르실걸요?"
팬트리를 기웃거리면서 시작된 일이었다.
넓은 집 안에서 오가는 도우미분들을 빼면 자신이 있어야 할 공간이 오직 소파뿐인 것 같았다. 마치, 불편한 것이 있으면 말을 해 달라는 듯한 표정에 이랑은 어떻게 설명해야 할지 고민했다. 시간이 되면 그들은 식사를 잘 차려 냈고 부족한 것 없이 모든 것들에 있어서 편의를 제공했다. 다만 학기가 시작되면 과제를 할 공간이 필요했고, 외출을 자제해야 하는 처지에 있어서 혼자 보낼 수 있는 공간이 필요했다.

"일단 제가 정리만 되면 차근차근 설명할게요……."

집 안을 훑어보았을 때 쓸모없어 보이는 방들이 꽤 많았다. 그러다가 현관에서 정 반대쪽에 있는 복도 맨 끝, 어쩐지 도우미분들도 발길을 주지 않을 것 같은 작은 방 하나를 기웃거리며 실랑이가 시작되었다.

"그리고 이 작은 밥상은 어디서 나신 거예요?"

"팬트리 구석에 있던데……."

"이거 저희도 못 보던 건데. 쓸 일도 없었을 텐데 이런 게 왜 있었을까요……. 그리고 손바닥만 한 밥상을 이런 공간에서 펴 놓고 뭘 하시려고요."

"그게, 조용히 책을 좀 봐야 해서요."

"침대에서 보셔도 되고, 서재에서 보셔도 될 텐데요."

"……."

이랑의 곤란한 표정이 점점 짙어지자, 도우미도 동시에 곤란함을 감추지 못했다. 아마도 자세한 사정을 듣지 못할 것 같다는 것을 기민하게 알아챈 도우미가 선뜻 먼저 입을 열었다.

"여기 냉골이네요. 보일러 넣어 드릴 테니 일 보세요. 그리고 필요하시면 집무를 볼 수 있는 책상이나 가구를 들이는 건 어때요?"

"아, 생각해 볼게요."

"네, 그럼."

정중하게 인사를 한 도우미가 문을 조용히 닫고 사라졌다. 이랑은 덩그러니 빈 곳에 남아 몇 초간 정적 속에 있었다. 큰 창문 밖으로는 여전히 경치 좋은 도심이 자리 잡고 있었다. 그 사이사이로 장난감처럼 차들이 줄줄이 이어 달렸다.

배가 불러서 단지, 단순해졌던 것을 조금 반성하던 찰나였다. 일단 작은 캐리어에 가지고 온 책들을 구석에 풀어 놓고 밥상을 펼친 뒤 낡은 노트북까지 올려놓자, 제법 그럴싸해졌다. 무거워졌던 머리가 제 공간이 하나 생겼다는 것에 가벼워지는 기분이 들었다. 이랑은 조만간 복학 처리를 위해 학교에 방문해서 만나야 할 지인에게 작게나마 문자를 보냈다.

"……."

공허한 기분이 순식간에 몸을 덮쳤다. 어릴 적 낯선 사람이 나타나 스스로가 아버지라 했고, 그 낯선 이를 따라나섰던 것에 대한 벌을 받고 사는 것이라고 생각했다.

병상에 누워 있던 엄마를 떠난 후로 얼마 지나지 않아, 자기 마음대로 할 수 있는 것들이 생각보다 많지 않다는 걸 깨달았고 유일하게 제 편이라 여겼던 사람마저 세상을 떠나 버렸다. 유일하게 마음껏 할 수 있는 건 책을 읽는 것과 학업에 매진하는 것이었다. 아버지가 갑작스럽게 돌아가신 후로 그마저도 단절돼 버리려던 찰나였다. 그는 마치 암흑 속에 잠식되어 가던 자신을 끌어 올린 힘 있는 밧줄과도 다를 게 없었다.

'어려운 것들 아니니까. 기회 봐서 사이가 괜찮아졌다 싶을 때, 눈치껏 한번 시도해 보겠니?'

이랑은 가방 안에서 함께 딸려 나온 책과 복잡한 서류들이 바닥으로 떨어지자 순간 어머니가 결혼식 전날 밤에 뱉었던 말들이 떠올랐다. 거창하고 대단한 서류는 아니었지만, 두 번 훑어보기 싫어 대강 구겨 넣었던 흔적이 역력했다. 그 안에는 아버지가 일구어 낸 '은나기업'이 휘청이게 된 이유가 잘 정리되어 있었다.

'은나기업'의 핵심이었던 부품이 거대한 하상 그룹에게 먹히는 건 시간문제였다. 마치 평생 은나기업으로부터 부품을 받을 것처럼 굴더니, 어느 날엔 회사를 거대한 금액을 들여 사들이려고 하다가 자체적으로 부품을 개발해 버리곤 마침내 발주마저 끊어 버렸다. 그런데도 아버지는 해외로 부품을 수출하며 국내 기업들 사이에서 꿋꿋하게 살아남았다.

"……."

이랑은 복잡한 머릿속에 휘둘리다 마침내 토기가 올라오는 기분에 눈을 꾹 감았다. 잠시 서류를 미뤄 두는 것으로 단순하게 결정한 손이 서류를 반으로 댕강 접어 버렸다. 전공 서적 안에 끼워 넣고 책을 겹겹이 쌓아 구석으로 밀었다. 어머니가 원하는 건 단 하나였다. 하상 그룹에서 단칼에 끊어 버렸던 발주들을 다시 은나기업으로 넣어 주는 것이었다.

대충 구석에 몇 개 안 되는 잡다한 것들을 정리해 놓고, 자리에서 일어나 방문을 닫고 긴 복도를 빠져나왔다. 이제는 조금이나마 익숙해진 거실이 한눈에 들어왔고 도우미 한 분이 서둘러 이랑의 곁으로 다가왔다.

"오늘 가져오신 반찬들로 저녁 준비할까요?"

"아……."

이랑은 서둘러 늘어져 있는 냉장고를 눈으로 훑었다.
"호, 혹시 아까 가져온 제 반찬들 어디에 두셨나요?"
"네?"
"제가 따로 보관하고 싶은데."
머뭇거리던 도우미가 서둘러 첫 번째 냉장고가 박혀 있는 곳에 서더니 문을 활짝 열었다. 공간 안에는 간단한 식재료 외에는 널찍이 빈 공간뿐이었다.
"여기 끝에……."
부랴부랴 싸 준 탓에 큼직큼직한 통들에 담긴 찬들은 먹어도 끝이 없을 만큼이었다.
"총 몇 가지였어요?"
"한 일곱 가지 정도 됐었어요. 아까 하도 맛있게 드시기에, 방해하고 싶지 않아서 그냥 펼쳐 놓은 채로 드시게 했던 건데……. 작은 통에 제가 옮겨 담아 놓을까요? 저녁 식탁에 올려 드릴게요."
"아니요."
이랑은 그녀의 말을 단칼에 자르며 냉장고 문을 닫았다.
"오늘 제가 친가에 가서 가지고 온 건 모르는 거로 해 주세요."
"네에?"
도우미가 놀란 눈을 했지만 이랑은 긴장 서린 얼굴을 했다.
"그냥 그렇게 해 주세요. 그게 나을 것 같아서요. 부탁드려요……."
"아, 알겠습니다."
"그분은 집에서 원래 식사를 잘 안 하는 편이니까……. 이런 찬들을 내놓을 만큼 한식을 즐기는지 어떤지 사실 저도 잘 몰라요.

이상하게 들리시죠? 그래요. 아무튼……."

이랑의 어쩐지 풀이 죽은 표정과 작은 몸짓에 도우미는 희미하게 웃으며 조용히 개수대로 이동했다.

"괜찮아요, 사모님. 이 세계는, 이상하고 평범하지 않은 것들로 가득하더라고요. 굳이 설명하지 않으셔도 돼요. 그냥 그렇다고 말씀하시면, 전 그렇구나 하고 받아들여요."

"……."

이랑은 개수대에 물을 틀고 식재료 다듬을 준비를 하는 그녀의 옆모습을 바라봤다. 물끄러미 한참을 보고 있자니, 일을 다 끝낸 그녀가 손에서 물기를 털어 내며 물었다.

"뭐, 필요한 거 있으세요?"

"이, 이름이……."

"아."

그녀가 허무한 얼굴로 말했다.

"제 이름은 상하예요. 그냥 상하라고 부르시면 돼요."

이랑은 서서히 분주해져 가는 그녀를 방해하고 싶지 않아 조용히 주방에서 빠져나와 거실로 나왔다.

이상하게도 얼마 전부터 기약 없는 그의 퇴근을 기다리고 있는 자신을 발견했다. 이른 퇴근이면 오후 6시 반, 늦은 퇴근이면 오후 8시. 웬만해서는 8시 반을 넘기는 일은 없었다. 들어오면 항상 통명스런 표정은 기본이었고, 오만하고 도도한 움직임을 탑재한 그는 깊은 심해에서 느리게 유영하는 거대한 상어 같았다. 일과를 묻지도 않았는데 저녁을 먹었다는 말과 함께 집 안으로 들어서는 그에게 익숙해진 요즘이었다.

TV 리모컨만 의미 없이 돌리다가 결국 저녁때마저 놓쳐 버렸다. 도우미분이 퇴근하겠다고 옷을 갈아입고 나니 벌써 9시를 넘겼다. 처음으로, 그가 밤 10시가 넘어서 집에 돌아오지 않는 평일이었다.

오랜만에 폭식해 버린 탓에 이랑은 도우미가 차리고 간 저녁에 손도 대지 못한 채 거실 소파에서 리모컨을 손에 쥐고 깜박 잠이 들었다. 다시 눈을 떴을 때는 시간에 대한 감각이 사라진 지 오래였다. 어렴풋이 들려오는 말소리에 몸을 일으키자 어깨에 덮인 얇은 모포가 느껴졌다.

"아……."

어둑한 거실은 광활할 만큼 넓었고, 멀리 그의 집무실 문이 비스듬히 열려 있었다. 그 사이로 나오는 따듯한 주황빛 불빛이 유독 아른거렸다.

이랑은 비척이며 흐릿한 시야를 잡기 위해 눈을 비비고 불빛을 향해 걸었다. 그 앞에 드디어 다다랐을 때 반쯤 열린 문을 완전하게 밀어서 열어 버렸다. 누군가와 사무적인 톤으로 통화를 하는 그와 눈을 마주쳤다. 그러고선 깨달았다. 가수면 상태에서, 자각하지 못했던 것. 한집에 살기 시작한 그 짧은 며칠 사이에 그에게 엄청난 속도로 적응하고 있단 점이었다.

"죄, 죄송……."

오히려 놀란 표정을 한 이랑은 뒷걸음질을 쳤다.

"아, 이따가 다시 연락하지."

전화를 내려놓은 그가 한 손에 들고 있던 서류를 어딘가로 성의 없게 던지고, 휴대 전화마저 내려놓았다.

“도대체 넓은 침대를 두고, 만날 거실 소파랑 한 몸이 되는 습관은 언제부터 시작된 거야?”

“이 집에 들어온 날부터요.”

잠이 덜 깬 것이 분명했다. 은연중에 튀어나온 대답에 그의 눈이 가늘어졌다. 뒷머리가 쭈뼛거렸다.

“기다렸어요.”

목소리가 날카롭게 나갔던 것이 속에 걸렸다. 기다렸다고 돌아오는 대답에, 입술을 닫고 거추장스럽게 걸려 있던 시계를 푼 도환은 그제야 넥타이를 죽 끌어 내리며 하루를 갈무리했다.

“내가 늦는다고 너한테 보고라도 해야 했다는 건가?”

“그런 뜻으로 한 말은 아니었어요.”

“궁금했으면 연락이라도 하지.”

“…….”

이랑은 더는 말문을 열지 못했다. 그저 묵묵히 자신의 할 일을 끝내고 있는 도환의 몸짓을 눈에 고스란히 담고 있을 뿐이었다. 일을 정리한 도환은 집무 책상에서 멀어지며 이랑의 앞으로 걸어왔다. 다가올수록 도환의 표정이 평온해 보이는 건 제 착각이라고 여겼다.

“폰.”

“네?”

“휴대 전화 어디 있어.”

“아, 잠시만요.”

이랑은 서둘러 거실로 나아가 어딘가에 던져두었던 휴대 전화를 찾았다. 그사이 주방 한편에 준비된 식탁 앞에 서 있는 도환에게 내밀었다. 여전히 도환의 고개는 차갑게 식어 있는 저녁 식사 위에 고정되어 있었다.

"혼자서는 식사를 못 해?"

질문하며 휴대 전화를 받던 도환은 순간 멈칫했다.

"이건 어느 시대 유물이야?"

어느 질문에 먼저 대답해야 할지 고민하던 찰나에, 그가 손가락으로 휴대 전화를 켜서 번호를 입력했다.

"자."

"……."

"네 하루의 동선을 내게 보고할 필요는 없지만. 오늘처럼 거실 소파에서 늘어져 잠들 정도로 나를 기다려야 할 일이 있는 거면, 연락해도 좋아."

"네……."

"그리고."

그가 식탁에 오른 음식을 가리키며 훈수를 뒀다.

"도우미를 한 명으로 줄여도 좋을 것 같은데 네 생각은 어때."

"네. 별문제 없어요."

"힘들게 벌어서, 그 사람들 월급 주는 거야. 알아?"

"네?"

이랑은 눈을 동그랗게 뜨고, 놀란 듯 되물었다. 피곤해서 농담답지 못하게 던졌던 걸 진담으로 받아들이는데 제법 귀여웠다.

"그 사람들도 할 일 하고 월급 받아 가는 건데. 수고해서 차려 놓은 식사에 손도 안 댄 걸 내일 출근해서 알면 얼마나 일할 맛 안 나겠어."

도환은 말을 끝내며 샤워를 하려는 듯 침실로 향했다. 이랑은 홀로 남겨진 드넓은 공간에서 물끄러미 불 꺼진 주방을 향해 시선을 던졌다. 나란히 늘어선 냉장고를 바라보다가 그를 따라 침실로 들어섰다.

침실로 따라 들어가도 물소리는 들리지 않았지만 희미하게 들리는 인기척에, 그가 샤워를 끝내고 나올 준비를 하고 있다는 걸 알 수 있었다. 상하가 준비해 두고 간 그의 옷을 얌전히 들고 침대 끄트머리에서 서성였다. 샤워실에서 나오자마자 그 모습을 발견한 도환은 젖은 머리를 털며 물었다. 하반신만 가린 넓은 수건이 위태로워 보여 시선을 저도 모르게 다른 곳으로 돌렸다.

"새로 취직이라도 했어?"

"필요하실까 봐."

"손 있고. 발 있어."

"……."

이랑은 눈을 도르르 굴리다가, 결국 그가 갈아입을 옷들을 있던 자리에 가지런히 다시 내려놓고 침실에서 나와 버렸다.

성격에 맞지 않는 짓을 사서 하는 것에 대한 이유는 분명했다. 냉장고 한편에 가득 채워 놓은 것들에 대하여 도환에게 자신 있게 설명하지 못할 걸 알기 때문이다.

잘못한 건 아니지만, 도환이 싫어하는 짓은 하고 싶지 않았다. 원래 궁둥이를 붙이고 있던 소파에 앉아 도환이 입력해 준 휴대전화 번호를 바라봤다. 그간 표 비서님의 번호로 연락을 주고받으며 일을 처리했지 그와 직통으로 연락을 주고받은 적이 없었다. 말이 쉽지, 도환에게 왜 오늘은 퇴근이 늦냐고 문자를 할 수 있을 리가 없었다.

도환은 옷을 다 갈아입고 다시 거실로 나오는가 싶더니 주방으로 향해 맥주로 가득 채워진 얇은 냉장고를 열었다. 캔 맥주를 하나 따더니 물처럼 벌컥벌컥 들이켰다. 이랑이 보기에 정말이지 도환은 알코올 중독자가 맞는 것 같았다. 매일 퇴근을 하고, 식사를 제대로 하지도 않으면서 맥주만 물처럼 들이켜는 그가 이해는 되지 않았지만 이해하려고 노력 중이었다.

"뭘 봐."

"……."

뚱하니 쳐다보던 것이 노골적으로 변해 버렸다. 도환은 휙 고개를 돌려 이랑과 눈을 마주쳤다.

"식사 안 하셨으면……."

이랑은 재치 있었다며 속으로 자신을 칭찬했다. 자리에서 일어나 음식을 데워 내 볼까 했지만, 도환은 사양한다는 듯 주방에서 나와 거실 소파에 털썩 앉았다. 도환이 리모컨을 들어 TV를 켜는 바람에 우물쭈물하던 이랑은 도환의 옆에 간격을 두고 앉았다.

"너 학생이라며. 근데 온종일 TV만 보고."

"제가 종일 TV만 보는지 어떻게 아세요. 그리고 나름 지금은 방학이고, 전 결혼한 지 얼마 안 된 신부라서……."

나란히 앉은 그는 채널을 돌리다가 별 볼 것 없는 쇼핑 채널에 고정해 놓고선 귀찮은 듯 리모컨을 밀어 던졌다. 그러고선 맥주 캔을 집어 들고, 조용히 그녀의 말을 경청했다. 평소였다면 말끝을 자르고 훈수를 두며 칼같이 들어왔을 순간이었음에도 그는 이상하게 차분하고 무거운 분위기였다.

순간순간 도환과 주고받는 대화가 겉도는 것 같아, 이랑은 기민하게 눈치를 봤다. 그러다 다급하게 다시 말문을 열었다.

"아까는 보내 주신 차편으로 편하게 본가도 잘 다녀왔어요."

"……."

도환은 가벼워진 맥주 캔을 들고 나머지를 쭉 들이켰다. 여전히 고요한 시선은 TV에 고정되어 있었다.

"오랜만에 본 거라, 다들 반가워하시고……. 맛있는 점심도 얻어먹었고요."

"그랬군."

짤막한 대답에, 이랑은 더는 입을 열지 않았다. 이 정도면 될 것 같아서였다. 자신이 본가에 다녀온 일에 관해서는 관심이 없는 것처럼 보였다. 오히려 온종일 냉장고 안에 있는 것들로 인해 괜스레 신경을 곤두세웠던 게 아닌가 싶었다. 그는 생각했던 것보다 자신에게 관심을 두고 있지 않은 것 같았다. 이상하게 말로 형용할 수 없는 기분이 속에서 휘몰아쳤다. 입술이 비뚤어지려고 하고, 눈썹이 찡그려지려는 걸 억지로 참아 냈다.

두 사람은 결국 나란히 앉아서 한마디도 하지 않은 채, 자정이 지나서까지 덩그러니 쇼핑몰 채널만 바라봤다.

이랑은 그사이 드문드문 유리창 너머로 달빛을 머금은 도심을 바라봤다. 잠시 착각했던 것 같았다. 그간 척박했던 시공간이지만 누군가로 인하여 앞으로 펼쳐질 모든 것들이 다 괜찮을 거라는 착각. 간과했던 건, 그 누군가가 배도환이라는 점이었다. 그런데 왜 그가 자꾸만 앞으로의 펼쳐질 시간에 대하여 기대를 품게 하는지 의문이었다. 딱히, 그렇다 할 행동을 하지도 않고 무언의 관계가 없었음에도 말이다. 이상하게도 존재 자체만으로, 그런 사람으로 다가온다는 건 인정하지 않을 수 없었다.

* * *

– 학비를요?

"네."

– 그걸 축의금으로 충당하시면 어떡합니까. 아가씨…….

한 여사의 목소리가 한층 어두워졌다. 아무리 어영부영 그런 식으로 시집을 갔다 하더라도 그깟 학비 하나 대 주지 못할 정도로 미움을 사고 있는 것이 아닌지에 대해 궁금한 것 같았다.

"저, 생각보다 잘 지내고 있어요."

버스를 기다리며 이랑은 한 여사를 안심시키려 목소리를 한층 끌어 올렸다.

"한도가 엄청 높은 카드도 하나 주셨는데. 아시잖아요. 제 성격에 선뜻 안 받았을 거."

– 복학하신다길래, 나름대로 일이 잘 풀리는 것 같다고 생각했는데…….

"잘 풀리는 거 맞다니까요? 그러니까 너무 걱정하지 마세요. 이번 학기만 잘 마무리되면, 또 장학금으로 학기 마무리하고 졸업하면 끝이에요."

– 그다음에는요. 취직하시려고요?

"그러면 안 되겠죠?"

한 여사는 무어라 잔소리를 하려는지 일발 장전했지만, 이랑은 버스가 온다며 서둘러 통화를 끊었다. 운전은 할 줄 알았지만, 학기 초부터 광이 나는 외제 차를 끌고 다니고 싶지 않았다. 차 키를 일단 서랍에 넣어 놓고 손톱만 뜯다가 결국 가방을 메고 버스 노선을 확인하며 집을 뛰어나왔다.

안타깝게도 하늘만큼 높았던 집값과는 다르게, 이곳은 학교로 가는 버스와 연결된 노선과는 최악의 위치에 있었다. 도환은 그날 이후로 출장이 잦을 거라는 말을 표 비서님을 통해 전달하다가 나중에는 문자로 전송하곤 했다. 그럴 때는 침실에 들어가 제 시간에 취침하기도 했고, 때로는 늦은 퇴근이라는 짤막한 문자에 새벽까지 잠을 뒤척이기도 했다.

도환은 출장이 아니면 웬만해선 외박을 하지 않았다. 내세운 적은 없었지만 그건 무언의 약속인 것 같았다. 속으로 그를 알코올 중독자라고 정의 내린 만큼, 가끔 술에 무지막지하게 취해 들어오곤 했는데 그럴 때는 얇은 잠옷 차림을 한 이랑의 몸을 은연중에 지분거리기도 했다.

신혼 첫날밤처럼 슬립 차림이 아닌 걸 발견한 그가 술 냄새를 풍기는 한숨을 내쉬고선 엎드려서는 옷도 갈아입지 못하고 잠에 빠지는 게 나날이 늘어갔다.

며칠 전에는 아침에 일어나 스스로 잠옷 차림을 확인했다. 정병처럼 각진 잠옷 차림에 무슨 문제가 있었나, 빙그르르 돌아봐도 별문제는 없어 보였다. 슬립을 원하는 건가? 그렇다고 한들 그의 취향에 맞춰 밤마다 슬립 차림으로 침실에 들 수도 없는 노릇이었다. 슬립 차림을 선뜻 하지 못하는 건, 도환을 향해 계획적으로 두 번 이상은 다가가고 싶지 않은 마음이 커서였다.

“오랜만이네요. 선배.”

“유이랑!”

학과 사무실에서 호출이 있기도 해서 마침 건물 안에 들어서자, 오랜만에 이랑을 발견한 사무처 직원이 손을 흔들었다.

“이야. 얼굴이 폈네! 폈어.”

“그래요? 그런가……. 살이 좀 쪘죠?”

쑥스럽게 볼을 쓰다듬자, 선배는 서둘러 이랑을 데리고 사무처 문을 열고 들어섰다.

“너 나보다 먼저 시집가기 있니?”

“정말, 말 그대로 어쩌다 보니 그렇게 된 거예요.”

“뭐, 워낙 집안이 으리으리한 건 알고 있었다지만. 엄지 공주 같은 네가 배도환 대표 짝이 될 거라고 누가 상상이나 했겠냐고.”

“하하…….”

이랑은 쑥스럽게 웃으며, 선배가 내준 따끈한 유자차를 손에 쥐고 난로에서 뿜어져 나오는 따듯한 온기에 몸을 가져다 댔다.

“회장님 돌아가시고 나서 네가 불현듯 휴학계를 내는 바람에 걱정이 많았는데 이렇게 돌아오게 돼서 너무 기쁘다.”

따끈한 유자차를 손에 쥐여 준 사람은 중학교 때부터 선배인 이랑의 유일한 지인이자 측근인 화정이었다. 주변의 인맥을 허락하지 않는 집안 분위기 탓에 스스로 친구를 만들지 않았던 이랑에게 있어서는 더없이 소중한 사람이기도 했다.

휴학을 낸 이유에 대해서는 세세하게 말하지 않아도 화정은 따지고 묻지 않았다. 그래서 마음이 편했고, 다시 복학하는 데에 있어서 제일 먼저 연락을 취했다.

"사실 아직도 잘 모르겠어요. 지금 벌어진 일들에 대해서 누구한테 먼저 이야기를 꺼내야 하고, 상의해야 하고, 어디서부터 어디까지 잘못된 것인지 아니면 잘된 건지도……. 선배도 소식 듣고 놀랐죠?"

"놀랄 뿐이야? 나 그날 아침에 기사 보고 시리얼 퍼먹다가 우유가 턱으로 줄줄 흘렀어. 그것도 폭포처럼."

이랑이 옅은 웃음을 흘렸지만 어쩐지 씁쓸함이 담겨 있는 것 같아 화정은 반대로 걱정스러운 표정이었다.

"청첩장은 받았는데……. 결혼식장에서 창백하게 서 있는 네 모습이…… 어휴."

"……."

"산송장 같더라."

화정은 따스한 햇볕이 스며드는 창가에 몸을 돌리고선, 심란함을 감추는 것 같았다. 그녀의 집안도 못지않게 재력가인 만큼 이 세계를 잘 알고 있어서 배도환이 어떤 인물인지, 이랑이 어떤 집안과 인연을 맺게 된 것인지 그에 대한 걱정을 하고 있는 것이었다.

"비공식 로터리 클럽에 심부름 차 갔던 날이었어요. 심부름이라기보다는……. 저도 잘 모르겠어요. 아무튼, 인원수를 채워야 하는 거라고. 가족이 꼭 다 참석해야 하는 거라면서 어머니가 골치 아프다는 듯 저를 데리고 갔던 날 밤에 모든 일들이 벌어졌어요."

등을 보이고 있던 선배가 몸을 돌리며 물었다.

"그 세이프 뭐, 그 자선 행사 비슷한 거 맞아?"

"네."

"……하. 소문으로만 듣던 모임이었는데 정말이었구나."
"왜요?"
"하상 그룹에서 주최하는 클럽인데, 말이 자선이지. 쉽게 말해서 뭐랄까……. 자신들한테 머리 조아릴 수 있는 기업들 골라내는 밤이라고 하는 게 맞겠다."
"그런데…… 제가 왜……."
"그러게 말이다."
화정은 심란한 표정을 감추지 못하고 이랑의 맞은편 의자를 끌어당겨 자리에 앉았다.
"세세하게 그 기업인 대표의 가족 수라든지 확인해서 절대 공석을 보이면 안 되는 자리였나 봐. 마침, 유 회장님 돌아가신 지도 얼마 안 됐던 터라, 네 자리가 비어 있는 거로 그들의 눈에 거슬리고 싶지 않았을 테니까."
반쯤 식은 유자차를 책상 위로 내려놓고, 이랑은 유독 온기가 돌지 않는 손을 꾹꾹 주물렀다.
"그날 기억나는 게 별로 없어요. 스스로 그날 일에 대해 기억하고 싶지 않은 걸지도 몰라요. 그냥…… 접시에 코를 박고 있던 거랑. 술렁이는 사람들 소리에 고개를 들었더니, 배도환 이사님이 저를 향해 손가락을 치켜들고 있었어요."
"……."
"저와 결혼을 하게 되었다면서 말이에요. 어머니의 표정, 언니들의 표정이 너무 적나라하게 이상했어요. 이름도 모르는 사람들의 기함하는 표정도 잊을 수가 없어요. 태평한 표정은 오직 그 사람뿐이었거든요."

"넌……."

"저는 그저 멍하니, 그 사람과 시선을 마주치고 있는 것 외에는 아무것도 할 수 없었어요. 그 후 일사천리로 모든 것들이 진행됐어요. 결혼 전에 그 사람 얼굴을 본 게 딱 두 번이었어요."

화정은 암담한 표정을 짓는 것 외에는 지금 이 순간 할 수 있는 게 아무것도 없는 것 같았다.

"어차피 잘됐어. 그 집이나. 지금 사는 집이나……."

화정은 지금 사는 곳이 전보다 더 나은 삶을 제공하는 있는지가 궁금했다.

"지금이 조금…… 더 나은 것 같긴 해요. 뭐가 더 낫냐고 물으면 바로 대답은 못 하지만……."

화정은 놀란 표정이었지만 그 와중에 반가운 대답인 듯 미소를 머금었다.

"불행 중 다행인 거지?"

"웃으니까 보기 좋아요."

"그거 내가 해야 할 소리야."

"피……."

"아이고……. 참. 이 와중에 픽픽 웃어 대는 너를 어쩌면 좋니."

"화정 선배."

"응."

"졸업할 때까지만, 제가 무사히 그리고 조용히 졸업할 수 있게 도와줘요."

"……내 희망 사항이기도 해."

이랑은 그녀가 내민 서류를 꼼꼼하게 작성했다.

"수강 신청하는 날짜랑 자세한 건 메일로 보내 놨어. 1년만 더 고생해."

"고마워요."

"음, 인제 와서 하는 말이지만. 그래도 네 결혼식에 청첩장 받을 수 있는 집안에 태어난 걸 감사하게 여겼다고 해야 하나? 내게는 소중한 이랑이라……."

"……."

이랑은 이상하게 턱 아래가 바짝 당기며 눈시울이 붉어지는 것 같았다. 글썽이고 싶지 않았다. 아직 힘들다고 하기엔, 그 어떤 명확한 이유도 있지 않아서였다. 서둘러 마무리하고 자리에서 일어났다.

"점심 먹고 가지. 그렇게 후다닥 가야 해?"

"괜히 여기 있다가 안 하던 어리광까지 다 부릴 거 같아서 그래요."

"그러면 좀 어때서 그래. 넌 가끔 보면 정말 성격을 알다가도 모르겠다니까. 어리숙하고 마냥 어린애 같다가도 내면이 강해 보여서 가끔 놀랄 때가 많아."

"힘내라고 하는 소리로 들을게요."

"아, 얼마 전에 친구 놈한테 연락이 왔었는데. 너 혹시 요한이라는 놈 아니?"

이랑은 익숙한 이름에 고개를 돌려 화정을 바라봤다. 어릴 적 아버지를 따라 봉사 활동을 다니며 알게 된 사람이었다. 같은 학교였던가, 그에 대한 인적이 자세하게 떠오르지 않아 이랑은 궁금한 표정을 지었다.

"널 잘 알던데."

"저를요? 기억나긴 하는데……. 그 사람이 맞는지는 모르겠어요."

"네 편협한 인맥에, 떠오르는 사람이 있다면 그 사람이 맞을 거야. 배도환 이사 친구라던데. 아아. 참고로 요한이라는 사람도 나한테는 선배야."

"그랬구나."

"응. 네가 이 학교 다니고 있는 게 맞냐고. 그런 이야기였는데 사실 내 소식이랑 학교 이야기가 전부였어. 너에 대한 질문이 주는 아니었거든. 신경 쓰지 마. 아마 친한 친구 아내 될 사람이 궁금했나 봐. 그 녀석 질 나쁜 놈은 아니라."

"신경은 안 쓸게요. 추워요. 선배. 들어가 보세요."

"그럴게. 너도 얼른 가. 잘 들어갔다고 연락도 줄 거지?"

"그럴게요."

이랑은 화정과 서둘러 인사를 하고, 칼바람이 부는 교정을 가로질러 걸었다. 아직 겨울이 한창인 탓에 교정은 인적이 드물었다. 봄이 올 것 같지 않은 스산함이 드넓은 광장까지 휘저었다.

근처 도서관을 알아볼까 하다가, 아무래도 집 근처 카페를 검색하는 게 효율적일 것 같았다. 그의 말대로 학교 근처에서 계속 어슬렁거리다가 이랑의 얼굴이나 혹은 아는 사람을 만났다가는 곤란할지도 모른다는 생각이었다.

머릿속이 뿌옇고 안개가 낀 것처럼 멍한 기분이 한동안 계속이었다. 그렇게 대학교 정문에 다다랐을 때 이랑의 발걸음이 멈칫했다. 검은색 세단 한 대가 비상 깜빡이를 켠 채 대기하고 있었다.

보조석에 하체를 기댄 채 이랑이 걸어오는 방향으로 정확하게 시선을 고정하고 있는 남자를 발견했다.

"……."

도환이었다.

며칠 사이에 맴돌았던 그 불편했던 거리감이 순식간에 좁혀지는 기분이 들었다. 이상하게도, 반가운 기분을 지워 내지 못해 눈을 반짝이고야 말았다. 선글라스 때문에 표정은 잘 보이지 않아도, 그는 여전히 무뚝뚝하고 감정이 없어 보였다. 얌전히 걸어가야 할 걸 결국에는 쫑쫑 뛰어가 도환의 앞에 서자 그제야 그가 손을 올려 선글라스를 벗었다.

"코가 빨개."

"추워서요."

"……."

"……."

도톰한 깃털 점퍼 밖으로 빠져나온 손가락을 오므리자, 마주하던 시선이 그리로 내려갔다.

"타."

도환이 보조석 문을 열어 고갯짓하고, 이랑은 얌전히 보조석으로 올라탔다. 언제부터 데워지고 있었던 건지 시트가 뜨끈뜨끈했다.

운전석으로 올라탄 도환이 벨트를 끌어당겨 꽂아 넣는 걸 보며 이랑은 차가운 손을 비비다가 함께 벨트를 끌어당겼다. 도환은 곧장 출발하지 않고 운전석 어딘가에서 부스럭거리며 무언가를 꺼내더니 이랑의 손을 끌어당겨 쥐게 했다. 그의 큼직한 손이 이랑의 손을 감싸고 꾹 누르는 바람에 무엇인지 살펴보지도 못했다. 하지만 은은하게 손안에서 느껴지는 따듯함에 쥐어진 게 무엇인지 쉽게 알아차릴 수 있었다.

“핫팩이네요?”

“편의점에서 샀어.”

“아…….”

“돈 지랄 좀 했지. 트렁크에 한 상자나 있어. 다급하게 샀으니까 두고두고 쓰든지 그건 네 마음대로 하고.”

“왜 편의점에서 샀어요? 인터넷에서 사면 더 저렴할 텐데.”

그가 한쪽 눈썹을 추켜세우며 그녀를 향해 비죽 얼굴을 돌렸다.

“넌 편의점에서 쇼핑해도 되고, 난 편의점에서 쇼핑하면 안 될 이유 있나.”

“…….”

이랑은 얼굴이 순간 굳어 버렸다. 놀란 눈을 한 채로 도환을 보지도 못한 채, 그가 출발하는 차에 그대로 몸이 흔들렸다.

고요하게 운전대를 돌리는 도환의 손등만 바라볼 뿐 이랑은 그 어떤 말도 할 수 없었다. 그가 알고 있을지도 모른다는 생각은 해봤어도, 자신이 즉석 밥을 무슨 이유로 사 먹었는지 궁금해 할 거라 여기지 않았다.

“설명할게요.”

“설명할 필요 없어. 지금, 이 상황에서는 너는 내게 화를 내야 하는 거야.”

“네……?”

“모르겠어? 난 널 주시하고 있었고, 사사건건 네가 뭘 하는지 보고를 받았다고. 화 안 나?"
이랑은 그가 하는 질문과 제가 생각했던 방향이 굉장히 어긋나 있다는 것을 알았다.
"화가 날 이유 없어요."
신호에 걸린 차가 마침 브레이크를 밟았다. 힘 있게 밟아 버린 탓에 작은 몸이 앞으로 쏠렸다.
"애초에 쇼핑하듯 저를 집으로 데려온 건 이사님이시잖아요."
공허한 눈을 한 이랑의 중얼거림을 경청하며 곧장 바뀐 신호에 도환은 다시 차를 출발시켰다.
"마치, 인권조차 없는 사람 취급했다고 돌려 까는 듯한 말투인데."
"그런 투로 말한 거 아니에요!"
"애초에 살아 있는 사람인 것처럼 굴어 본 적 있던가."
이랑은 고개를 돌려 차창 밖을 바라봤다. 그가 무슨 말을 하는지 아무리 어리고, 어리숙하다 해도 알아들을 수 있었다.
"죽은 눈을 하고 있었던 건 너야. 살려 달라는 눈을 하고 있었던 것도 너고."
모든 것들이 이해되지 않는 것투성이였다. 이해시켜 달라고 애원할 생각도 없었다. 하지만 불쑥 튀어나온 말은 이미 주워 담기도 전에 엎질러졌다.
"이사님한테 도움 되지 않는 거 주워다가 뭐에 쓰시려는 거예요?"
"넌 스스로를 가치 없는 제품이라고 여기고 있군. 역시나 영악해."

눈을 꾹 감았다. 적나라하게 귓가를 파고드는 날 선 말들이 머리를 아프게 했다.

"……."

"가치 있었다가는, 일 거하게 치르겠다, 너."

도환은 냉소를 머금다가 결국 피식 웃음을 흘렸다.

"아무것도 모르는 고양이 같아서 데려다가 앉혀 놓으면 속이나 편할 것 같더니. 아무것도 모르는 건 맞는 것 같은데……. 영…… 걸리는 게 많단 말이지."

도환은 다시 걸린 신호에 잠시 고개를 돌려 이랑을 바라봤다. 그 시선이 올곧아 이랑은 목덜미가 화끈거렸다. 보지 않아도 살갗이 붉게 물들었을 게 뻔했다. 이랑은 노골적인 그 시선을 느끼면서도 고집 있게 내내 앞으로만 눈동자를 고정했다. 가치를 따져 가며 이행한 결혼이라는 것. 이랑은 다시 한번 망각하고 있던 것들을 머리에 새겼다. 어째서인지 알면서도 속이 쓰렸다.

"운 좋게 그 자리에 앉았으면, 차라리 조금 더 영악해져 봐."

주차장에서 사이드를 걸고 시동을 끄자 적막에 놓였다.

"가치를 따졌다면, 널 데리고 오진 않았겠지. 나도 기본적인 덧셈 정도는 할 줄 아니까. 널 데리고 온 건 그만큼 머리 아픈 일을 만들고 싶지 않았기 때문이야."

이랑은 이런 식으로 묘하게 날 선 대화를 주고받는 것이 달갑지 않았다. 게다가 이상하게도 머리가 쭈뼛 서게 하는 특유의 서늘함이 싫었다.

"이 정도면 설명이 됐나?"

도환은 차 문을 열고 밖으로 나갔다. 이랑은 서둘러 그의 뒤를 따라 집 안으로 들어섰다. 어둑한 날씨에 이른 오후임에도 불구하고 실내는 어두웠다. 그가 들어서자 움직임에 따라 조명이 은은하게 켜질 뿐 인기척은 들리지 않았다.

"이거."

아침에 분명 일찍 출근한 줄 알았던 그가, 편안한 사복 차림으로 학교 앞에 나타난 건 놀랄 일이었지만 왜 그랬는지 알 것 같았다.

"아침에 대중교통으로 학교에 갔다는 것까지 보고받았어. 은근히 말을 안 듣는 편인 것 같은데. 이것도 고집이 좀 있다고 봐야 해? 아니면 쓸데없는 아집? 혹은 편견일 수도 있겠군."

"……아직 운전이 미숙해요."

"면허 딴 지 얼마 되지도 않았을 것 같은데, 미숙하다고 하기엔 그만큼 해 보기나 했나?"

도환은 얕은 한숨을 쉬며 피곤함을 드러냈다. 컨디션을 쉽사리 겉으로 표출해 내지 않는 그에게서 보기 드문 모습이었다.

"미숙하면 노력해. 네가 운전을 잘하는지 못하는지는 일단 수차례 시도해 보고 나서 결정해도 늦지 않을 테니까."

그가 고갯짓으로 가리킨 곳에 엠블럼이 박힌 차 키 하나가 놓여 있었다.

"피곤하게 대중교통 이용해서 가는 걸 경험했고, 돌아올 땐 얼마나 편하게 왔는지 느꼈다면. 그 정도면 부가 설명은 더 안 해도 될 것 같은데."

"네."

이랑은 두말하지 않고 즉각 대답했다. 어쩐지 사무적인 톤으로 다시 돌아온 그에게 반항적인 모습을 보이면 안 될 것 같아서였다.
"개강 전까지 연습하면 되겠네."
그는 말을 끝내며, 집무실로 향했다. 개강 전까지 무조건 베스트 드라이버가 되어야만 할 것 같았다.

* * *

도환은 주주들을 만나 식사를 하고 곧 있을 투표에 있어서 표심을 다지는 일에 신경이 곤두서 있었다. 늦어지는 술자리도 마다하지 않을 정도로 이리저리 바쁘게 뛰어다녔다. 성가신 일 하나 해결했다 생각했는데, 생각지도 못한 것이 은근히 신경 줄에 매달려 거슬렸다.
"본가에서 호출이 있습니다. 저녁 식사 참석하시라는 연락인데, 어떻게 할까요."
"가야지."
"유이랑 씨와 함께요?"
"안 될 이유 있나."
표 비서는 퇴근을 앞두고 주주들과 미팅 자리에 함께하기 위해 기다리던 중, 조심스럽게 입을 열었다. 너무 빠르게 알아 온 것이 허무할 정도긴 했지만,
"유이랑 씨 본가에서 나오면서 반찬을 받아 오셨다고 합니다."
"뭐? 뭔…… 찬?"
그가 재킷을 집어 들고 어깨에 두르며 일어섰다. 내내 아래로 깔

고 있던 시선을 올리자 흰자위로 충혈이 보였다.

"반찬이요. 아마, 도우미분들이 주방을 점령하고 있으니 이랑 씨 입장에서는 제 공간이 아니라는 생각에 이사님께 말을 안 한 것 같습니다. 그리고……."

"그리고?"

업무를 볼 때는 갑갑해 옆으로 풀어 놓았던 시계를 끌어다 손목에 마저 채우고 경청했다.

"반찬 가지고 온 거로 보고 드리기엔……."

"좀 사사롭다 이건가."

"네."

"그래."

"……."

표주훈은 입을 꾹 다물고 그의 움직임에 따라 시선을 움직였다. 곧 있을 미팅에 함께 따라나설 참이어서 이 대화는 당연히 끝났다고 생각한 게 오산이었다.

"직접 물어보지 못하고, 이렇게 뒤에서 캐는 게 좀 그렇나?"

"예. 결혼까지 하셨는데, 서로 신뢰가 너무 없는 것 같습니다."

표주훈은 감정이 느껴지지 않는 톤으로 말하며 문고리를 잡아당겼다.

"신뢰가 생길 틈은 있었나."

곧 만날 주주들이 하는 사업 소식을 업데이트 받으며 차에 올랐다. 술을 좋아하는 사람들이어서, 장소며 시간이며 마음에 안 들었지만 가릴 처지가 아니었다. 이동하는 사이 도환은 만날 주주들에 대한 인사 기록을 주훈으로부터 전해 들으며 한편으로는 이랑에 관한 생각을 각주에 달았다.

신뢰가 생길 틈은 있었던가. 삐뚤고, 오만하고, 도도했던 기분에 취해 선택했던 여자. 그날 병상에 누워 있던 아버지를 대신해 형과 함께 참석했던 로터리 클럽에서 발견한 여자는 마치 위태로운 벼랑 끝에 서 있는 것 같았다. 더 이상 볼 수 없는 사람과 성별, 이름, 유전자조차 다른데도 불구하고 눈빛이 이상하리만큼 닮은 여자.

"그날 유이랑 씨가 나타나지 않았다면, 은나기업이 손해 볼 일이 생겼을까요."

주훈이 조용히 물었다.

"글쎄……."

은나기업은 사실 어느 부분에서도 하상 그룹과 사업적인 면에서 손을 맞잡을 일이 없었다. 사실 손해 볼 일은 더는 생기지 않을 거였다. 이랑이 참석하든, 하지 않든 말이다. 하상 그룹 아래에, 모두가 머리를 조아리게 될 만큼 거대한 몸집을 불려 놓은 회장의 공석이 공식화된 날이었다. 그녀의 어머니가 계산을 잘못하고 있다는 것이 확인되던 순간 두 사람은 시선을 마주했다.

"둘째 형, 기일이 얼마 안 남았어……."

"예."

주훈은 나지막하고 짧게 대답했다.

"본가에서 둘째 형의 제사를 지내고 싶어 하지 않아 해. 조용히 기일만 기리는 게 어떻냐는 듯 묻던데."

"언제……. 제게는 그런 말씀 안 하셨잖습니까."

"내 결혼식 날. 큰형이 대수롭지 않게 말하는데 이제는 화도 나지 않더라고."

"……죄송합니다."

"네가 죄송할 게 뭐가 있어."

"어떻게 할까요?"

"글쎄. 본가에 들러서, 이랑이와 함께 둘이 지내겠다고 말하면 큰형의 표정이 어떨지 기대되는데. 네 생각은 어때?"

주훈의 표정이 사색이 되어 갔다. 그 말은 즉, 본가에서 매해 크게 하는 제사를 이랑이 도맡아 하게끔 지휘봉을 손에 쥐게 해 주겠다는 말과도 같았다.

"제사상에, 우리 둘째 형 밥숟가락 하나 못 얹는다면. 내가 다 가져와서 직접 올려 주려고……."

주훈은 말없이 안주머니에서 담배 케이스를 꺼내 도환에게 내밀었다. 턱을 괴고 비딱하게 기대어 차창 밖만 바라보던 그가 그제야 염세적인 시선을 거뒀다.

"태우라고?"

"필요하시다면요."

"차 세워."

도환은 길가에 세워진 차에서 내려, 주훈이 내민 라이터에 고개를 내밀었다. 오랜만에 폐부를 깊숙하게 파고드는 쓴 연기가 속을 휘젓고 더욱 엉망으로 만들어, 어지러움으로 변질하여 머리로 타고 올라갔다.

"술자리는 간만인데. 오늘 자리에 나오는 사람들이 접대를 좋아한다고?"

"준비는 잘했는데, 취향이 꽤 까탈스러운 것 같습니다. 현직에서 종사하는 배우들을 딱 집어서 요구하는 바람에요."

"표 비서 자존심에 금 꽤 갔겠군."

"못 할 것 없죠. 표심만 제대로 약속해 준다면요."

주훈의 곧은 성향상 그런 요구에는 기분이 퍽 나빴을 법도 한데, 공적인 자리에선 자신의 감정을 쉬이 드러내는 법이 없었다.

"모두가 깨끗하게 살라는 법은 없지. 오늘은 모든 것들로부터 유해져야 하는 밤이니까. 내 기준도 아주 잠시만 뜯어고쳐야 해."

"이사님 기준이 딱히 깨끗하다고 보긴 어렵습니다."

"쯧……."

도환은 어둑한 길가 끝으로 못 들은 척 시선을 던졌다. 그가 피식 웃으며 담배를 다시 입가에 대고 흡입했다.

사업을 하는 사람이라면, 응당 그래야 한다고. 아버지가 그랬다. 벌레들은 자고로 오물이 가득한 똥통에 넣고 한 번에 굴려야만 제 일을 하는 거라고. 어릴 적엔 그저 끔찍한 것들이라고만 여겼다. 자신의 생이 특별하다고, 타인으로부터 받는 동경의 시선에 대하여 별다른 감흥이 든 적이 없었다. 특별하지만 하나같이 평범한 사람들인데 자각하지 못하고 사는 멍청이들 같아 보일 뿐이었다.

머리가 지끈거려 왔다. 평소에 태우지 않던 담배를 쥔 손을 내려 봤다. 술을 진탕 먹기 전 꼭 치르는 행위와도 같았다. 권력으로 오물통에 스스로 몸을 빠트린 자신으로부터 만들어진 그녀의 관계, 혹은 색정을 밝히는 그들과 무엇이 다른 건지 곰곰이 생각해 봐도 다를 게 없었다.

토기가 올라오기 직전이었다. 평범한 척하고 사는 거지, 얼마나 끔찍한 바닥인지 말로 표현하기 힘들 정도였다.

* * *

'상하 씨'라고 부르자 그녀는 어색한 표정을 지었다.

"그냥 편하게 부르셔도 됩니다."

"편하게 불러서 상하 씨라고 부른 건데……."

"대부분, 사모님들은 저를 아주머니라고 부르시거든요."

"그야……. 대부분 집안에 앉아 계신 사모님들은 나이가 상하 씨보다 많을 테니까요."

저보다 나이가 많을까, 아니면 어쩌다 어린 나이에 줄을 잘 타고 이곳에 들어온 걸까. 친가에서는 대부분 집안일을 봐주는 아주머니들의 사촌이나 친인척 또는 주변 지인들의 소개로 직원을 채용했었다. 이랑은 상하가 어떻게 배도환 이사와 자신의 살림을 도와주게 되었는지에 관해 묻지 않기로 마음을 먹고 일방적으로 호칭만 정리해 버렸다.

차와 다과를 내온 상하가 표 비서에게 받은 태블릿 PC를 이랑의 손에 쥐여 줬다.

"이게 뭐예요?"

"사모님이 앞으로 배도환 이사님과 함께 소화해야 할 일정들이에요. 이 태블릿 PC에 업데이트가 되면, 제가 확인하고 사모님께 전달해 드릴 거예요."

이랑은 어렴풋이 생각은 해 봤지만, 본격적인 대외 활동은 잠시 보류하겠다는 그의 앞선 말이 있던 차라 머릿속이 복잡했다. 다행히도 태블릿 PC 안에 보이는 달력 같은 지표에 일정이 몇 개 없어 이랑은 손가락으로 조심스럽게 눌러 보았다.

"본가……."

"곧 제사가 있거든요."

"제사요?"

이랑은 아버지의 기일에 식구들끼리 작게 제사를 지내본 적은 있어도 남의 집에서 어떤 식으로 제사를 지내는지 단 한 번도 본 적이 없어 난처한 눈을 했다. 다행히도 상하는 본가에서 온 직원인 게 분명했는지 이랑에게 익숙한 표정으로 차분하게 설명했다.

"본가에서는 회장님의 윗분들에 대한 제사를 엄청나게 크게 지내요. 그런데 이번 제사에는……."

상하는 유연하게 말을 이어 가다가 문득 말끝을 흐렸다.

"이번 제사에는…… 무슨 문제가 있나요?"

"배도환 이사님, 둘째 형님 되시는 분 기일이 겹쳐서……."

겹치는 게 무슨 문제인지 문득 이랑은 이해가 되지 않아 내내 멍청한 표정만 지을 수밖에 없었다. 다만, 둘째 형의 얼굴이 떠오르지 않는다는 점과 또 왜 그가 젊은 나이에 세상을 등지게 되었는지 대해 문득 궁금함이 일었다.

"제사와 기일을 함께 지내는 게 도리냐 아니냐로, 본가에서 말이 많았었어요. 저도 더는 아는 게 없어서……."

"무슨 일로 둘째 형이……. 일찍 죽었는지 아시나요? 미안하지만, 뉴스를 잘 보지도 못했고. 사실 제가……."

"압니다. 사모님께서 세상 돌아가는 일에 조금 까막눈이시다는 거, 얼마 전에 알았거든요."

상하가 쓰게 웃었다.

이랑은 다행히 그녀가 자신을 조금이나마 이해하고 있는 것 같아서 구태여 설명을 하지 않았다. 그리고 상하는 잠시 침묵하다 이내 이랑의 질문에 대한 답을 했다.

"스스로요."

이랑은 예상하지 못했던 간단한 대답에, 입이 벌어졌다.

"자세한 사연은 저도 잘 몰라요. 사모님……."

"자세하게 묻지 않을게요……."

잠시 침묵이 내려앉았다. 그리고 이랑이 먼저 입을 열었다.

"그럼 여태까지 기일은 어떻게 지냈어요?"

"배도환 이사님 혼자서 지냈어요. 제가 알기론, 둘째 형님과 친한 친구 분들 그리고 표 비서님까지 정말 측근 분들이 자주 가시는 곳이 있다고 들었는데……. 거기서 매년 지내다가……. 그맘때가 되면, 저희에게 음식이라든가 기일에 필요한 것들을 준비해 달라고 했거든요."

"그런데……."

상하가 이랑의 눈치를 봤다. 이랑은 이제 와서 그녀가 자신의 눈치를 보는 게 답답해 엉덩이를 들썩였다. 어떤 변화가 보이는 건 분명했다.

"올해는 기일이 바로 코앞인데도 그 어떤 준비에 대한 이야기가 없으세요. 표 비서님께 여쭤 보니까, 본가에 사모님과 대표님이 함께 들어갈 거니 그에 대한 준비만 도와주면 된다고 하시더라고요."

"그 말은, 본가에서 앞으로 기일을 지내겠다는 뜻으로 들려요."

상하는 더는 할 이야기가 없었던지 입을 닫았다. 이랑은 이야기해 줘 고맙다며 그녀를 보내 주었다.

그녀의 말대로라면 밖에서 기일을 지낸 이유에 대하여는 쉽게 답이 나왔다. 본가에서 그의 형에 대한 기일을 지내지 못하게 한 거라면 어떤 이유에서든 그의 죽음을 받아들이지 못하고 있다는 뜻이었다.

이랑은 속이 갑작스럽게 메스꺼운 듯 좋지 않았다. 오만하고 자만한 분위기가 턱 끝까지 차오른 그에게 이런 이야기가 있을 거라고는 상상하지 못했던 터라 당황스러움이 뒤늦게 몸을 덮쳤다.

제 공간이랍시고 만들어 놓은 맨 끝방에 조용히 들어가 문을 잠그고, 삐걱이는 노트북을 열어 전원 버튼을 누르자 요란한 소리를 내며 화면이 켜졌다.

위잉.

인터넷을 켜고 검색 창에 하상 그룹을 검색했다. 누군가에 대한 인적 조사를 하는 건 난생처음이라 기분이 묘했다. 포털 사이트에는 주가, 왕좌의 자리, 하상 그룹이 개발해 낸 반도체 등등에 관한 기사가 우후죽순을 이뤘다. 뒤로 넘어갈수록 날짜가 밀려 그와 제가 치렀던 결혼식에 대한 기사가 줄을 이었다. 순간 뒷머리가 쭈뼛거리는 기분에 기사 몇 개를 후다닥 클릭했지만, 다행히도 식은 비공개로 치렀던 덕에 이랑의 얼굴이 기사에 드러나 있진 않았다.

열 페이지가 넘어가도록 이랑이 은연중에 찾고 싶었던 이야기에 대한 것들은 단 하나도 나타나지 않았다. 그러다가 문득 얼마 전까지 임시 대표로 있었던 첫째 형의 이름을 기억해 내 포털 사이트에 검색하자, 연관 검색어로 낯선 이름 하나가 떴다.
"배……도여."
조심스럽게 그 이름을 클릭하자, 몇 개 되지 않는 기사가 떴다. 비운의 왕세자라는 자극적인 기사가 제일 먼저 눈에 보였고 자연스럽게 클릭하자 내용은 진부하기 그지없었다.
"뭐야……."
이랑은 노트북을 탁 소리가 나도록 닫아 버린 뒤 벌러덩 바닥에 누워 버렸다. 비운의 왕세자가 파벌 싸움도 아닌 그저 복에 겨워 세상을 스스로 등져 버린 게 기삿감이라니.
"저 정도면 나도 기자 하겠네."
그런데 이랑은 비죽 이상하다는 생각이 들었다. 아무렴 하상 그룹의 둘째 아들인데, 그것도 스스로 목숨을 끊은 것이 몇 개의 기사로 끝이 난다는 게 황당했다. 그리고 그 시점이면, 친가에 살 때도 화제가 되었을 텐데 이랑은 별 관심이 없었던 건지 들은 기억이 나지 않아 속이 답답했다.
은연중에 배도여라는 이름이 낯설지 않다는 점에서 더 찝찝함을 남게 했다. 마치, 그 요한이라는 남자처럼 어릴 적 봉사 활동이나 혹은 아버지를 따라나섰던 종교 모임에서 마주쳤던 사람은 아니었는지 눈을 감고 기억을 되짚어 봐도 떠오르는 얼굴이 없었다.

* * *

"사탕이요? 음……."
상하는 몇 시간 내내 소파에서 공석을 보였던 그녀가 갑자기 나타나, 달달한 것들을 마구 찾아 대는 모습에 낯선 표정을 지어 보였다. 하지만 적극적으로 무언가를 요구하는 모습이 반갑기도 해서 팬트리까지 그녀를 안내했다.

“여기 한번 보시겠어요?”

“아…….”

널찍한 팬트리 룸을 열어 불을 켜자 빼곡하게 들어찬 식품들이 눈에 나타났다.

“마트라고 해도 믿겠네요…….”

“사실, 여기 신혼집 차려진다고 할 때 다 마련해 둔 건데……. 아무래도 다 드시려면 엄청나게 오래 걸리겠죠?”

상하는 초콜릿과 사탕을 사 둔 게 있는 것 같다고 말을 흘리며 뒤적였다. 그리고 정말이지 찾은 것에 대하여 화사하게 웃으며 한 아름 품에 안고 사다리에서 내려와 그녀에게 안겼다.

“근데, 원래 이런 것들 좋아하셨어요?”

“제가…… 아니고요.”

손바닥만 한 지퍼백까지 받아 낸 뒤에 이랑은 품에 가득 안고 있는 걸 식탁 위로 내려놓았다. 그사이 상하는 퇴근을 하겠다며 준비를 했고, 그녀를 마중까지 한 뒤에서야 이랑은 본격적으로 사탕과 초콜릿들을 펼쳐 놓은 뒤 하나하나 개별적으로 나눴다. 벌러덩 누워 있다가 다시 벌떡 일어나 알코올 중독자를 검색했던 게 화근이었다.

“…….”

자제력을 잃는 게 제일 큰 문제라고 했으니까. 그럴 때마다 단것을 섭취하거나 혹은 탄산음료도 하나의 방법으로 검색되긴 했지만 일단은 이거라도 좋겠다 싶어서 찾아냈다. 사실 이건 흡연을 줄이는 방법의 하나라고는 했는데 이랑에게는 알코올 중독이나, 애연이나 그게 그거 같았다.

"다 됐다."

작은 지퍼백을 가져와 잘게 나누고 나자, 얼추 스무 팩이나 되어 버린 어마어마한 양이었다. 아마 내밀자마자 갖다 버리라고 할지도 모른다고 생각하니 움츠러드는 기분이 들었다. 그가 자신을 본가에 데려가겠다고 일정에 넣어 놓은 순간부터, 하나의 책임감으로부터 시작된 짓이라는 걸 인정할 수밖에 없었다. 이를테면 '내조.'

집에 들어오자마자 물을 마시듯 맥주 캔을 딴다든지 혹은 진하고 독한 술 냄새를 풍긴다든지 하는 일이 잦아진 그였다. 알코올 중독을 검색했을 때 후유증으로 보이는 사진에서와 같이 근육이 녹아 깡말라 병원 신세를 지는 그의 모습은 본능적으로 고개를 가로젓게 했다.

"뭐야?"

"으악!"

"뭐야! 깜짝이야!"

멍하니 상상에 잠겨 있다가, 갑자기 들려온 목소리에 놀라 뒤로 자빠져 버린 이랑의 몸을 도환이 품에 안았다.

"내가 더 놀랐잖아."

"아, 저……. 저도……."

"이건 또 뭐야."

그가 이랑을 일으켜 세우고, 피곤한 얼굴로 넥타이를 죽 끌어 내리며 테이블 위에 늘어진 사탕 봉지들을 가리켰다. 이랑의 당황한 얼굴을 보던 그는 대답을 기다리다 못해 봉지를 하나 들어 올려 안의 내용물을 살폈다.

"어디 적선이라도 하려고?"

"그게…… 아니고요."

"그럼."

"이사님 거예요."

"……."

손가락에 걸린 넥타이가 그대로 멈추고 황당하다는 듯, 입술 사이가 벌어졌다. 이따금 표정 없는 얼굴이 그대로 내려와 이랑의 얼굴에 고정되었다. 도환은 이 상황을 해석하려는 듯, 속에서 바쁘게 머리를 굴렸다.

3. 술의 용기

"알코올을 너무 많이 마시는 것 같아서라고?"

도환은 옷을 갈아입고, 젖은 머리를 털며 나와 물었다.

"업무할 때 먹을 시간이 나는지, 저는 모르니까요. 단 거를 좋아하는지도……. 차라리 안 좋아하면, 이 김에 술이 생각날 때 하나씩 드셔 보는 건 어떠세요……."

"넌 정말이지. 어느 때는 포인트를 모르겠단 말이지."

냉장고를 열어 자연스럽게 캔 맥주를 꺼내려는 도환의 뒤를 이랑이 졸졸 따라다녔다. 캔 맥주를 손에 쥐고 뒤를 돈 도환은 바짝 따라붙은 이랑을 보고 그 자리에서 우뚝 멈춰 섰다.
"그 표정 뭔데."
분명한 강요였다. 자신의 손에 쥐어져 있는 캔을 따지 말았으면 좋겠다는 눈인 건 알겠는데 이상하게 충돌해 보고 싶은 마음이 들었다.
"마시면 혼낼 것처럼 본다?"
이랑은 저도 모르게 힘주고 있던 눈을 서둘러 치우고 도환에게서 멀찍이 피해 식탁 쪽으로 몸을 돌렸다.
생각 없이 시선을 돌리던 도환은 문득 냉장고를 열어 눈으로 안을 훑었다. 배부름에 잊고 있었던 건데, 그 안에는 이랑이 친정에 다녀오면서 가져온 음식들이 가지런하게 잘 정리되어 있었다. 말없이 수 초간 그걸 보다가 고개를 기울이더니 몸을 천천히 돌려 이랑을 바라봤다. 이랑은 몸과 고개를 삐딱하게 기울이고 대리석의 식탁을 괜스레 손가락으로 빽빽 밀어젖히다가, 도환의 시선에 몸을 고쳐 세웠다.
"……왜요?"
"이거 먹어도 되나?"
예상하지 못했던 질문에 이랑은 고개를 격하게 끄덕였다. 도환이 집에서 근래에 식사를 제대로 한 적이 없었기에, 반찬에 대하여 젓가락을 올리게 될 거라고 생각조차 하지 못했다. 이랑은 다급하게 그를 옆으로 밀고 상하가 정리해 둔 찬들을 꺼냈다. 얼결에 밀려난 도환은 그사이 식기를 집어 들어 전기밥솥을 열고 밥을 퍼 담았다.
"제가 할게요."

"됐어."

"국은 없는데……."

"안 먹어도 돼."

도환은 젓가락과 숟가락을 들고 식탁으로 돌아와 이랑이 놓아 둔 반찬들 앞에 자리를 잡았다. 이랑은 맞은편 의자를 끌어당기며 조심스럽게 물 한 잔을 옆에 놓고 앉았다. 도환은 마주 앉은 이랑을 의식하지 않고, 제일 가까운 반찬을 하나 집어 들어 입에 넣고 씹었다.

"맛있다고 대답해 주길 바래?"

"……."

너무 노골적으로 짓고 있는 표정을 들켜 버린 것 같아 이랑은 앞으로 바짝 붙이고 있던 몸을 서둘러 뒤로 물렸다.

"맛있어. 잘 받아 왔네. 종종 받아 와."

"그래도 돼요?"

"안 될 거 없지."

대화가 다시 끊기고 도환은 식사를 계속했다. 뒤로 보이는 아일랜드 바 위에는 도환이 한 모금 마시고 내려놓은 맥주 캔이 있었다.

"술 못해?"

"딱히 마셔 본 적이 없어서요."

젓가락을 들고 자리에서 일어난 도환은 먹다 남긴 맥주 캔과 작은 유리잔을 들고 돌아왔다. 그리고 콸콸 따르자 금세 거품이 풍성하게 일어났다. 맥주가 가득 찬 잔이 이랑의 앞으로 내려왔다.

"마셔 봐."

"……."

이랑은 당황한 눈이었지만 도환은 태평하게 젓가락을 흔들며 말했다.

"알코올 중독이 어떤 느낌인지도 모르면서, 그걸 치료하겠다고 나서는 너의 그 얄팍한 생각이 어떤 거였는지 느껴 보라고."

도환의 미간이 좁혀졌다.

"그리고 넌 나이가 몇인데 술도 못해."

한 여사가 싸 준 진미채를 집어 먹는 횟수가 유독 다른 반찬들보다 많은 걸 보니 그의 취향에 맞는 게 확실했다. 이랑은 그사이 도환이 따라 준 맥주잔을 조심스럽게 잡았다. 아직도 시원함이 유리잔에 전해졌다. 언젠가 먹어 보았던 적은 있는데 즐겨 먹는 자리가 생길 기회도 없었고 그렇다고 술을 딱히 맛있다고 느꼈던 적도 없었다.

"한꺼번에 반쯤 들이켜 봐."

이랑은 도환이 하라는 대로, 작은 잔에 따라진 맥주를 꼴깍꼴깍 들이켰다. 세 모금 정도 들이켜니 정말 반쯤이 금세 사라졌고 부드럽게 넘어가고 고소하지만 씁쓸한 맛이 입안에 맴돌았다. 딱히 인상이 자동으로 구겨지는 맛도 아니어서, 묘하게 표정이 풀어졌다.

"거기다가 네가 좋아하는 음식을 하나 곁들이면 더 좋겠지."

도환이 젓가락에 찬을 집어 내밀었다. 남이 먹던 젓가락으로 음식을 먹었던 적이 없던 터라, 이랑은 잠시 머뭇거렸지만 자연스럽게 고개가 앞으로 내밀어지고 입이 벌어졌다. 씁쓸하고 고소한 맛은 어디 가고, 평소 좋아하던 한 여사님 반찬이 입 안을 맴도니 생각보다 제법 괜찮은 기분이 들었다.
"표정이 뭐 그래."
도환이 결국 낮게 웃음을 터트렸다.
"……."
금세 밥 한 공기를 다 해치운 도환은 한쪽 손을 괴고 이랑이 다시 잔을 집어 드는 걸 보더니, 비죽 다시 말을 했다.
"어때, 소감이."
"맛있어요."
"아니, 그거 말고."
"그럼요?"
"알코올 중독자의 길에 접어든 소감."
"아……."
이 정도는 알코올 중독자라고 판가름하기엔 너무 맛있는 디저트라고 말해야 할 것 같았다. 하지만 작은 잔 하나를 다 비워 낼 때쯤, 이랑의 볼이 발그레해졌다. 그리고 아마도 길쭉한 캔에 분명 맥주가 더 남았을 거라고 여기던 차에 시선이 자연스럽게 가자 도환이 냉큼 캔을 가져가며 고개를 가로저었다.
"이왕 남은 거 제가……."
"안 돼."
"왜요?"
"그게 바로 알코올 중독이야."
"무슨 논리예요."
"네가 세운 논리는 맞는다고 봐?"
"피……."

"피……?"

도환은 얼마 남지 않은 맥주를 입에 털어 넣고 휴지통에 캔을 던져 넣으며 이랑의 발그레한 볼에 시선을 고정했다.

"달콤하지?"

"기분이요."

"그런데 저까짓 초콜릿이나, 혹은 사탕으로 방금 느낀 것들을 대체할 수 있겠어?"

"……."

대답하지 못했다. 새로운 문명에 눈을 막 뜬 갓난아이 같은 기분을 들키고 싶지 않았다. 맥주 한 잔에 이상하게 기분이 들떴다. 이건, 알코올의 힘이 분명했다. 정말 위험하다.

* * *

도환이 오늘처럼 저녁도 거르고 집에 들어온 적이 몇 번이나 있었던가. 떠올려 봐도 손에 꼽을 정도였다. 어쩌다 일찍 들어오는 날에는, 옷을 갈아입고 다시 외출할 때도 있었는데 그건 결혼식을 올린 지 얼마 안 됐을 때나 그랬지 근래에는 그조차도 하지 않고 있다는 걸 알았다.

이랑은 졸린 눈을 비비며, 먼저 침실로 들어가야 하나 말아야 하나를 고민하던 차에 조심스럽게 도환의 집무실로 향했다.

비스듬히 열린 문 틈 사이로 환한 조명이 새어 나왔다. 평소와는 다르게 전화를 잡고 내뱉는 사무적인 도환의 목소리가 들리지 않았다. 이랑은 문을 조심스럽게 더 벌리고 난 뒤 그 자리에 멈춰 섰다. 서류로 잔뜩 어지럽혀진 집무 책상 위로, 그의 널찍한 등이 굽은 채 머리도 함께 내려가 있었다. 등이 솟아올랐다가, 내려가는 걸 바라보며 이랑은 도환이 잠에 빠져 있다는 걸 깨달았다.

발소리를 죽이고 안으로 들어서 가까이 다가가자, 고개를 옆으로 돌리고 팔을 접어 베개 삼아 새근새근 잠이 들어 있는 도환의 얼굴이 보였다. 분명 본 적은 있는 것 같은데, 동그랗고 얇은 안경을 쓰고 있는 것이 이상하게 덜 자란 어른처럼 보였다.

"……."

이랑은 숨죽여 다시 도환의 집무실을 빠져나왔다.

도환이 집에 있는 시간은 대체로 늦은 밤이었다. 낮에는 그가 없기에 이랑은 끝방에 마련해 둔 제 공간을 마음껏 드나들었지만, 오늘 같은 날은 예외였다. 그러나 애매한 시간의 밤에 어느 정도 적응한 널따란 집은 심심했고, 은연중에 들르게 했다. 어쨌든 도환이 잠들어 있다는 것을 염두에 두고 말이다.

방으로 들어선 이랑은 불도 켜지 않고, 도심의 화려한 야경의 불빛에 의지해 노트북을 다시 열었다. 사실 낮에 별 소득이 없었음에도, 아까와 다름없이 똑같은 포털 사이트에 똑같은 검색어를 입력하고 마우스를 부지런히 움직였다. 그러다가 검색어를 바꾸고, 이제는 무심코 배도환이라는 이름을 넣고는 검색 버튼에서 잠시 머뭇거렸다.

"바보같이 뭐 하는 짓이야……."

뛰어가 문 열면 바로 눈 비비고 일어나 뭐냐며 심드렁하게 자신을 봐 줄 대상이 자리에 있음에도 그에 대해 검색을 하려는 자신을 도통 이해할 수 없었다. 고집은 입술을 일자로 다물게 했고, 마우스 버튼을 꾹 누르게 했다. 도환에 대한 간단한 스펙이 메인에 나열되었는데, 구구절절하진 않아도 굵직하고 강렬했다.

사업에 재능이 있던가, 혹은 그가 돈에 대한 욕심이 있었던가. 그렇다기보다는, 대학 시절 전공한 IT 관련 내용과 수려한 이력이 눈에 더 잘 들어왔다. 자신의 계획을 수렴하는 것에 있어서 낯선 이와 결혼도 이행할 정도로 욕심이 있는 사람인지에 대해 곰곰이 생각했다.

"하암……."

사실 눈에 보이는 대로라면, 도환은 나태해 보이고 권태롭기 짝이 없었다. 한량이 더 어울리는 사람이었고 두 번째 만남에서 결혼을 통보받을 때만 해도 그저 양아치가 사업가의 아버지를 잘 만나 사회 지배층 흉내나 내는 그런 부류라고 여겼다.

노트북 옆으로 도환과 비슷하게 몸을 둥글게 말고 팔을 베개 삼아 엎드렸다. 달콤하게도, 스르륵 잠에 빠져들었다. 그리고 깨달았다. 그동안 이 집에 들어와 제대로 된 깊숙한 수면을 취하지 못했다는 것을.

다시 눈을 떴을 때는 새벽이 오고 있었다. 그리고 혼자가 아니었다. 익숙해진 남자의 인영이 다리를 모아 끌어안고 자리에 앉아서는, 창밖을 바라보고 있었다. 마치, 동이 트기만을 기다리는 사람처럼.

"……."

이랑은 얼마나 잠이 든 건지, 당황스러움에 머리를 흔들며 동글게 말고 있던 몸을 일으켜 세웠다.

"……아버지와는 사이가 좋았나?"

도환이 낮은 목소리로 물었다. 이랑은 머뭇거리며 대답했다.

"좋았어요. 유일하게 내가 의지할 수 있는 남은 가족이었으니까."

도환은 한참이나 아무 말도 하지 않았다. 그러고선 갈라진 음성으로 되물었다.

"유일한 가족이었던 사람의 마지막을 보지 못한 심정은 어떠했어?"

지옥이었다고. 대답하고 싶었지만 할 수 없었다. 갑작스럽게 방 안에 가득 물이 차오르는 것처럼 목이 메어 왔기 때문이었다.

도환은 천천히 고개를 돌려 이랑을 바라봤다. 이랑은 푸르스름한 빛에 비친 도환의 표정을 보았다. 이랑은 그제야 궁금했던 광활한 퍼즐에 몇 조각을 맞춘 기분이 들었다. 아버지의 장례식에 참석하지 못한 기분에 대하여 선뜻 대답하지 못한 기류를 읽은 도환의 표정이 자신의 것과 똑같았기 때문이었다. 사랑하는 사람의 마지막 길에 인사를 하지 못한 기분을 그도 분명 알고 있는 것이었다. 도환은 형을 무척이나 사랑했고, 그의 마지막 길을 배웅하지 못한 것이 확실했다.

이랑은 무너지는 도환의 표정을 바라보다 바닥을 엉금엉금 기어가 그의 앞에 무릎을 세우고 섰다. 그러자 도환은 팔을 풀고 품을 열었다. 바닥에 다리를 벌린 그의 품 안으로 이랑이 들어서자, 허리를 감싸 안고 그녀의 가슴에 고개를 묻었다. 그녀의 팔이 그의 머리를 한참 동안 감싸 안았다. 그리고 동이 트는 걸 맞이했다.

따듯한 품에서 한껏 위로를 받은 도환은 고개를 들고 이랑의 턱을 부여잡고 입술을 맞췄다. 여태 공격적이던 것과는 다르게, 이토록 나태한 입맞춤이 이랑의 속을 아프게 긁었다.
도환은 언제부터 이곳에 있었던 걸까. 손이 차가웠다. 훈훈한 온기를 넣지 않은 이곳은 서늘함밖에 남아 있지 않았다. 차가움이 옷 안으로 파고들어 허리를 쓸자, 이랑은 자연스럽게 어깨를 움츠렸다.
도환은 곧장 여리고 봉긋한 언덕을 손에 쥐었다. 성미가 급하다고 여긴 것 또한 마치 판단이 잘못된 거라고 말해 주는 듯 도환은 나른한 손길로 속옷을 탈의시키고 이랑의 상의를 완벽하게 벗겼다. 동이 트는 붉은 태양에 흰 피부가 타오르는 것처럼 보였다. 여린 살을 입에 담은 도환은 마치 소중한 무언가에 정성을 쏟는 듯했다.
이랑은 온몸에 소름이 돋았다. 뒷머리가 서는 짜릿한 기분에 입술을 깨물다 말고, 소리를 흘렸다. 나른했던 도환의 움직임은, 순식간에 돌변해 이랑의 벗겨 놓은 상의를 바닥으로 끌어당긴 뒤 눕혔다.
"읏……."
불타오르는 것 같던 이랑의 피부가 도환의 타액으로 번들거렸다. 봉긋하고 흰 피부를 눈에 담은 도환은 미간을 좁혔다. 그리고 순식간에 다시 거리를 좁혀 점점 더 몸을 탐닉했다. 도환은 이랑의 다리 사이를 순식간에 파고들었다. 파고드는 뜨거운 살갗에 이랑은 눈을 감고 뜨거운 숨을 내뱉었다. 일렁이는 허리가 아찔한 통증을 제공해도, 절대로 밀어내고 싶지 않았다. 그래서 더욱 도환의 목에 매달려 앓는 소리를 뱉었다. 묵직한 통증이 환희로 변질되어 가는 데에는 오랜 시간이 걸리지 않았다. 체력이 한계점에 도달했을 때, 까무룩 눈앞이 흐려지기도 했고 또 서로가 내뱉는 거친 호흡들 사이에서 설핏 잠이 들기도 했다. 바닥에서 올라오는 한기 따위는, 물밀듯이 몰려오는 수마를 물리치지 못했다.

* * *

도환은 드레스 룸에서 먼저 준비를 다 끝내고 난 뒤, 서재를 오가며 준비를 마저 해야 하는 이랑을 기다렸다. 그사이에도 전화는 그를 가만두지 못하고 종종 괴롭혔다.

상하도 오늘 본가에 함께 가기로 하고 준비를 마무리하려 서둘렀다.

"머리 모양을 이렇게 해 보는 건 어떨까요?"

"원피스가 너무 짧은 것 같은데……."

그사이 초인종이 울렸다.

"잠시만요, 사모님. 표 비서님 같아요."

상하가 서둘러 인터폰 버튼을 눌러 놓고 현관으로 종종거리며 달려갔다. 표 비서는 오늘도 변함없이 공적인 자리에 참석하는 직원의 모습을 하고선 나타났다.

"이사님은 서재에서 통화 중이시고 사모님은 머리만 하면 끝날 것 같아요. 커피 한 잔 드릴까요?"

"아닙니다. 제가 내려 마실게요. 저긴가요?"

표 비서는 힐끗 이랑을 바라보고, 고개를 숙여 인사를 한 뒤 가방을 내려놓고 커피 머신이 있는 방향으로 몸을 틀었다. 이랑은 얼결에 인사를 받고 함께 고개를 숙인 뒤, 곧장 다가온 상하에게 머리가 붙잡혀 획 돌아갔다.
“올림머리는 어떨까요.”
“…….”
그사이 표 비서는 커피를 내려 아일랜드 식탁 한편에 자리를 잡고 고요하게 시선을 던졌다.
서재에서 나온 도환은 전화를 신경질적으로 끊더니 나도 한 잔이라고 그에게 주문했다. 그리고 표 비서가 자리에서 일어나 그를 위해 커피를 한 잔 더 내리던 차에, 도환은 아이처럼 흰 피부에 가녀린 목이 드러난 곳에 시선이 고정됐다.
“올림머리는 별로지 않아? 걔 나이가 몇인데…….”
표 비서가 커피잔을 도환에게 내밀며 힐끗 그를 바라봤다.
“나이는 이제 인지하셨나 봅니다.”
상하는 두 사람이 짧게 나눈 대화에 서둘러 다시 머리를 내리고 평소 스타일에서 크게 벗어나지 않게 옆으로 핀을 꽂아 고정만 한 뒤 마무리했다. 자리에서 일어난 이랑은 평소 옷차림과는 다르게 한껏 차려입은 원피스가 무척 잘 어울렸다. 가녀린 다리와 비율 좋은 몸매는 여리여리함을 더욱 부각시켰다.
“저는 본가에 챙겨 갈 선물 준비해서 미리 실어 놓을게요.”
“오늘 차 두 대입니다.”
“네.”
상하는 표 비서에게 대답하며 차 키를 받아 들었다. 또한, 마치 표 비서와 비슷한 공식 업무를 보는 이처럼 격식 있게 차려입었다.
도환은 이랑의 옆에 앉아 피곤함에 늘어져 한 손에 커피를 들고 고개를 뒤로 기울였다. 사업 이야기로 쉴 틈을 주지 않고 연신 내뱉는 표 비서 사이에서 이랑은 손톱만 만지작거렸다. 하지만 익숙한 단어가 그들의 대화에서 나오자, 이랑은 얼핏 경제학 시간에 배웠던 내용을 머리에 상기시켰다. 제법 도움이 되는 내용들이었다.

"관심 없는 척하는데, 재 다 듣고 있어. 그런 기밀은 회사에서 해."

"알아들으십니까? 제법 어려운 내용인데요."

표 비서가 어리둥절한 표정으로 이랑에게 고개를 돌리자 그녀는 퍼뜩 고개를 올리고, 가로저었다.

"아니요. 그럴 리가요."

"부정을 강하게 하는 거 보니, 얼추 알아들으셨나 보네요. 아, 그러고 보니 전공이 경영이시라고."

"그거랑 이 대화 내용은 별개잖아요."

이랑의 미간이 씁쓸하게 구겨졌다.

"나중에 리포트 쓸 때 한번 인용해 보세요. 제법 높은 학점 받으실 수도 있어요. 아니면 교수님께 호출당하실 수도 있죠. 어디서 들은 내용이냐며."

두 사람은 킬킬거리며 작게 웃었다. 이랑은 웃음이 터지진 않았지만, 높은 학점이라는 말에 귀가 솔깃한 건 사실이었다. 표 비서는 손목에 걸친 시계로 시간을 확인하고 자리에서 일어나 슈트의 단추를 잠그며 말했다.

"방금 들으신 내용, 어디에 돈 받고 팔아도 꽤 짭짤할 거예요. 생각해 보세요."

장난 아니고, 진담인 것 같았다. 이랑은 어리둥절한 표정으로 도환을 바라보다 자리에서 일어났다. 도환 역시 식은 눈으로 그를 바라보며 일어났다.

세 사람은 지하 주차장으로 향했다. 세단 두 대가 대기해 있었고, 상하는 앞의 차에 표 비서와 함께 탑승했다. 도환과 이랑이 뒷좌석에 탑승하자 운전기사는 조심스럽게 지하 주차장을 빠져나갔다.

도심을 거침없이 달리는 두 대의 사이를 끼어드는 차량은 없었다. 스치는 건물들이 오늘따라 나른함을 느끼게 했다.

"그 방은 왜 그렇게 춥게 해 놓고 지내는 거야?"

그는 휴대 전화를 방해 금지 상태로 변경하며 물었다.

"그게……."

그날 얼결에 체온으로 그 공간을 홧홧하게 데운 후로 두 사람은 며칠 동안 감기에 시달려야 했고, 체력이 그보다 현저하게 약했던 이랑은 결국 하루는 고열에 시달리기도 했다. 욱신거리는 근육통도 한몫을 했다는 건, 나중에 주치의가 집에 오고 간 뒤 그에게 따로 전달받아서 알게 된 사실이었다.

"까마득해서 잊고 있었던 사실인데, 공부를 잘하려면 체력도 중요하다더라."

"그 체력이랑, 이 체력은 다른 걸 텐데요."

힘없는 말대답에 그가 한쪽 눈썹을 올리며 이랑을 향해 고개를 돌렸다.

"……."

"……."

운전석에서 핸들을 잡고 있던 남자의 시선이 백미러에서 느껴지자 두 사람은 침묵을 선택하는 것으로 암묵적으로 합의했다.

이랑은 서둘러 클러치에 넣어 두었던 꼬깃한 종이를 꺼냈다. 얼마 전 상하가 정리해 준, 도환의 집안 가계도였다. 펼쳐 들어 대충 오늘 참석하는 어른들, 그리고 사회적 인지도에 대하여 다시 한 번 훑는 도중 손에서 종이가 쑥 빠져나갔다.

"뭐야?"

"왜요?"

"……."

그가 심드렁한 눈으로 종이의 앞뒤를 살피더니, 안의 내용을 속독으로 읽어 내려간 뒤 어이없는 웃음을 터트렸다.

"하하."

"이리 주세요."

"지금 이것도 공부하는 거야?"

"공부라기보다는……. 암기죠. 실수 안 하려고요."

"누가 너보고, 내 이름 맞춰 보세요, 하면서 수수께끼라도 낼 것 같아서 그래?"

그가 종이를 돌려주며 말했다.

"그거 본다고, 그 사람들 성향이나 취향이 보이나."

"그건 아니지만……."

"거기에 적혀 있는 인물들이 사회에서 어느 자리를 차지하고 있냐가 중요한 게 아니잖아. 그 사람들이 내 적이냐, 아군이냐가 중요한 거 아냐?"

도통 읽히지 않은 문제집 같은 종이의 문제점을 꼬집어 낸 것 같았다.
“아군이 많아요. 적군이 많아요?”
그는 쓰게 웃을 뿐 쉽게 대답하지 않았다. 곧 가파른 언덕을 올라갔다. 중턱쯤에 다다르자 우뚝 선 성처럼, 얼핏 본가와 비슷한 거대한 집채 하나가 보였다.
“아군은 이미 만들었잖아.”
그러고선 도환은 이랑을 바라봤다.
“…….”
도움이 될 만한 아군인지는 미지수였지만, 아무리 계산해 봐도 제가 그에게 도움이 될 만한 아군일 리 만무했다.
“내가 주문했던 것만 잘 지키면 돼. 넌 아무것도 모르는 사랑받는 아내인 척, 나는 애처가인 척. 우리는 누가 봐도 행복한 부부인 척.”
이랑은 도환의 말에 입 안이 어쩐지 쓰게 느껴졌다. 달콤하게 지난 시간을 보냈다고 해서 지금이 행복한 시간이라고 착각하면 절대 안 된다는 것. 이랑은 도환이 내민 손을 잡으며 속으로 되뇌었다.
큰 대문으로 도환과 이랑이 함께 입장했다. 그 뒤로 표 비서와 상하가 들어왔다. 집안일을 도와주던 직원들이 마중을 나와 먼저 인사를 하고 상하에게 뒤이어 눈인사를 건넸다. 아마도 상하에게는 이곳이 오래된 직장이었던 것 같았다. 이랑은 어쩐지 자기 사람을 빼앗긴 묘한 기분이 들어, 그 모습에서 눈을 쉽게 떼지 못했다.
그와 묘하게 닮은 중년의 신사가 뒷짐을 지고 거대한 집채를 뒤로한 채 서 있었다. 도환의 목소리가 날이 서 있지 않은 거로 보아 아마도, 그는 적이 아닌 게 분명했다.

“조금 늦었습니다.”

“아, 안녕하세요…….”

“어서 와라. 이랑이도 반갑다. 결혼식 이후로 일정 바쁘다고 전달받고 나서, 괜히 부르기도 뭣하더구나. 네 아버지는 경과는 좋은데 아직 지켜봐야 한다고 해.”

작은아버지 내외가 본가에 들어와 회장님의 경과를 지켜보며 곁에서 지낸 지 한참이었다.

“큰어머니는 도착 전이신가 봐요.”

“연락은 했는데, 워낙 바쁘신 사람이라.”

“작은어머니는요.”

“음식 한창 준비 중이지.”

“직원들이 한둘이 아닌데. 이제 손수 하시는 것도 좀 놓아도 될 텐데요.”

“집안 전통이고, 관습으로 이어져 있는 건데 그럴 수 있나.”

“…….”

도환은 중년의 신사를 따라가며 얼핏 이랑에게 시선을 던졌다. 이랑은 창백해지려는 얼굴을 가리고 싶은지 한 손을 올려 볼에 가져다 대는 중이었다. 손바닥 안의 남아 있는 작은 미열이라도 도움이 되길 바라는 걸까,

긴 복도를 따라 들어서자 광활한 거실이 나왔다. 널찍한 소파와 테이블은 족히 수십 명이 앉아도 모자라지 않을 정도로 꾸며져 있었다. 세련되고, 현대식은 아니었지만 고풍스러운 가구들에게

서 느껴지는 세월의 웅장함이 몸을 짓누르는 기분이 들었다. 마치 거대한 호텔 로비를 작게 꾸며 이곳에 가져다 놓은 것 같기도 했다. 이랑은 드문드문 떨어져 놓여 있는 소파에 자리를 차지하고 있는 사람들에게 시선을 돌렸다. 두 사람이 등장하자 이목이 쏠려 괜스레 뒷목이 쭈뼛 서는 기분이 들었다.

"왔니?"

도환은 제일 먼저 알은체를 하는 부부에게 인사를 하고, 이랑을 소개했다. 결혼식에 참석은 했겠지만, 기억을 못 하고 있음을 들키고 싶지 않아 이랑은 활짝 웃어 보였다. 정말이지 도환의 말대로 종이에 적인 가계도는 별 도움이 되지 않았다. 일단 첫 번째로 이름과 얼굴이 매칭이 전혀 되지 않는다는 점에서였다.

"아버지 먼저 뵙자."

"예."

"……."

포물선 모양으로 정 가운데에 자리 잡은 계단으로 올라갔다. 계단 끝으로 올라가자, 내부가 눈에 훤히 들어왔다. 그 안으로는 친인척들이 모여 담소를 나누고 있기도 했고 몇몇은 두 사람에게 눈길을 돌리지 못하기도 했다. 불편하면서도 파악하기 힘든 시선들을 지나쳐 드디어 긴 복도로 들어섰다. 맨 끝에 모로 서 있는 직원들이 마침 문을 열고, 그 문으로 그의 첫째 형이 나왔다.

"형."

"……."

힘 있는 목소리는 날카롭게 도영의 얼굴에 꽂혔다. 도환의 시선은 날이 잔뜩 서 있었다. 이랑은 머리를 숙여 인사를 했지만 도영은 여지없이 그녀의 인사를 받지 않았다. 도환은 주머니에 손을 푹 꽂아 넣고, 어깨를 삐딱하게 기울였다.

"아, 아버지 만날 거면 나 좀 기다려 주지 그랬어."

"왜?"

"뭐, 아버지 만나는 것에 마치 순서라도 아니, 서열이라도 있어야 하는 것처럼 굴길래."

도영은 옅은 한숨을 쉬며 시선을 돌렸다. 한심하기 그지없다는 표정으로 도환을 보며 입을 열었다.

"그럼 네가 먼저 도착해서 아버지 뵙든가 하면 되잖아."

"내가 꼭두새벽에 도착할 거 알면, 형은 그 전날에 도착해서 아버지 이미 뵙고 있을 거 같아서."

"……."

도영의 턱이 단단하게 굳어 갔다.

"본가에 두 내외가 들를 정도면 목적은 충분하다고 봐. 나랑 같이 들어가서 할 말이 있는 건 아니잖아. 어차피 각자 할 얘기가 있는 거지."

도환은 픽 웃으며, 빈정거리는 투의 웃음을 싹 지워 냈다.

"그러니까 말이야. 이번에 아버지한테 뭔가 허락을 하나 받을 게 있는데. 아니다. 상의."

도영은 한숨을 푹 내쉬며, 여러 번 나온 문제에 대하여 지루하다는 투로 말을 늘어트렸다.

"도여 기일 얘기라면……."

"형."

이랑은 형이라는 단어로, 말을 단칼에 잘라 버리는 목소리에 몸을 흠칫 떨었다.
“그 이름. 입에 담지 말자. 입 찢기 전에.”
“…….”
도환은 이랑의 손목을 잡았다. 그리고 묵묵히 문 앞에서 기다리고 있는 작은아버지에게 들어가겠다고 중얼거린 뒤 안으로 들어섰다.
높고 넓은 침대 위에 규칙적으로 흐르는 기계음이 들리고, 수액 줄을 타고 흐르는 투명한 액체가 보였다. 옆에서는 자리를 지키고 있는 직원들이 회장님의 상태를 연신 확인하고 있었다.
“좀 어떠세요.”
“오늘은 가족들이 다 모이는 걸 아시는지 불안정한 것도 없고 컨디션 좋아요.”
“얼른 의식을 찾으셔야 할 텐데…….”
이랑은 문득 도환을 바라봤다. 그가 아버지를 바라보는 눈길이 어떤지 본능적으로 확인하고 싶었던 걸지도 몰랐다.
“그래도 다 들리신다. 너무 심기 거르는 말들은 자제하는 게 좋겠어.”
“형이 이미 1차로 하고 나갔을 텐데, 저는 자중해 볼게요.”
작은아버지가 픽 웃으며 도환의 어깨에 손을 올렸다. 그리곤 잠시 자리를 비워 주겠다며 직원들과 함께 문을 닫고 사라졌다. 회장님과, 이랑 그리고 도환 외에는 침실에 남은 사람이 없었다. 도환은 아치형으로 된 창가로 걸어가더니 대충 주변을 두리번거렸다.
“아직 나뭇잎들이 푸르려면, 한참 멀었나 봐.”
“…….”

마치 아버지가 다 듣고 있다는 걸 인식하고선 내뱉는 말 같았다.
“아버지는 봄, 여름을 좋아하셔. 스산한 바람이 부는 가을이랑 겨울은 특히 싫다고 하시더라고. 본인이 사랑하는 사람들이 우연하게도 그 계절에 모두 떠나가니, 유독 그 계절이 싫으신가 보더라.”
“그럼, 푸릇푸릇 새싹이 돋으면 다시 일어나실 수도 있겠네요. 그리고 그렇게 되기를 간절히 바라기도 해야겠고요.”
마냥 아이 같은 해맑은 말투에, 도환은 이랑을 바라봤다.
“네 말대로 그렇게 된다면, 아버지가 일어나서 네게 큰 상을 주실 수도 있겠다.”
“왜요?”
“그냥……. 넌 봄, 여름과 닮은 애라서. 아마 보면 무조건 좋아할 거야.”
이상하게도 도환답지 않은 말투에, 이랑은 시선을 돌렸다.
회장은 백발과 검은 머리카락을 반쯤 공평하게 갖고 있었다. 깊은 잠에 빠져 있긴 했지만, 규칙적인 호흡을 보고 있자니 흔들면 바로 일어날 것 같기도 했다.
“아까, 배도영 대표님…….”
“아직 대표 아닌데?”
“어쨌든요…….”
“임시.”
“아무튼요.”
“왜.”
“사이가 별로…….”

“형제지간에 사이가 좋은 집이 얼마나 되겠어.”

도환은 이랑의 곁에 조용히 앉아 어느새 흐트러진 이불을 반듯하게 펼치며 고요하게 눈을 감고 있는 얼굴에 시선을 던졌다.

“큰형은, 어렸을 때부터 기대를 한 몸에 받고 자랐어. 지금도 물론 그 기대에 부응하고, 여지없이 능력도 좋은 사람이지만…….”

도환은 씁쓸한 투로 웃으며 아버지에게 고정했던 시선을 거뒀다.

“근데 인간 자체는 쓰레기라.”

“…….”

“그런 쓰레기가 가족이라 한들, 치울 건 치워야지. 안 그래?”

“치우겠다고 말하는 건…….”

“내가 대표에 오르면, 꼭 반드시 제일 먼저 치울 거라.”

“…….”

“너도 네 식구 중에 치우고 싶은 사람 없어?”

이랑은 동그랗게 눈을 뜨고 도환을 바라봤다.

“있을 텐데.”

도환은 표정 없는 얼굴을 하고 물었다.

“곰곰이 잘 생각해 봐. 분명 있을 거야.”

머리 굴리는 티를 내면 안 된다는 것, 거짓말을 해선 안 된다는 것, 머릿속에 이상하게 박혀 있는 것들이 도환의 앞에서 겁을 잔뜩 집어먹게 했다.

집에서야 치우고 싶은 인간들이 한둘이 아니었지만, 어차피 애초에 그 집에 입성할 때부터 모든 것들은 제 것이 아니었기에 사라져야 할 대상은 오롯이 자신이라고 생각했을 뿐이었다.

도환은 더는 말하지 않았다. 얼마 가지 않아 작은아버지가 다시 들어왔다. 그의 옆에는 작은어머니라고 불리는 키가 작은 중년의 여자가 함께 동행했다. 결혼식장에서 제일 얼굴을 자주 보였던 인물이기도 했다.

"이랑 씨도 같이 왔구나."

"회장님께 먼저 인사한다고, 이쪽으로 들어섰습니다."

"당연히 그래야지."

이랑은 자연스럽게 그녀를 따라 도환에게서 처음으로 떨어져 다른 곳으로 이동했다. 집안사람들을 정식으로 소개해 주겠다는 명목이었지만, 도환은 유일하게 그녀를 따라나서는 이랑에게 크게 신경을 쓰지 않는 것 같았다.

제사 음식을 준비하는 공간에 들어서자 분주히 움직이는 직원들이 보였다.

"대한민국에서 우리가 제일 바쁘게 산다고들 하는데, 사람 사는 거 다 똑같아요."

"네……."

"마냥 어린 친구라고 들었어요. 살림은 할 줄 아는 건가, 혹은 도환이 내조는 잘할 수 있을까 봐 집안 어른들 걱정이 이만저만이 아니었는데. 둘이 나타난 모습 보고 일순간에 다들 입이 싹 다물어진 걸 보아, 나름 마음이 놓여요."

인자한 얼굴에서, 한 여사님이 스쳤다. 이랑은 사람을 많이 상대해 본 적은 없지만 살아오며 눈치를 한껏 봐서 그런지 상대가 자신에게 호의적인지 아니면 적의가 가득한지 기민하게 잘 알아채곤 했다.

"우리는 제사 음식만 준비하고, 제사에는 참석 안 해요. 이상하죠? 첨단 시대를 걷고 있는데……. 집 안에 들어서니, 세상에 조선 시대나 다름없었다니까."

그녀가 주름이 예쁘게 진 얼굴로 웃으며 말했다.

이랑은 밤늦게까지 그녀와 함께 드넓은 주방을 지휘하는 것에 신경을 곤두세우며 손을 도왔다. 유일하게 유기를 닦는 것만 몇몇 남자 어른들이 내려와 도왔고 그 외의 일은 직원들이 도맡아 했다.

남자들이 제사를 지낸다고 어딘가로 사라진 후에야 여자들만 모여 다과를 할 수 있었다. 작은어머님으로 불리는 그녀는 마치 유명한 레스토랑의 악마 셰프처럼, 한 치의 실수도 용납하지 않는 사람처럼 예민하게 굴다가도 음식이 다 나가자 유하게 풀어져서는 옆에 굴러다니는 음식들을 주섬주섬 집어 먹기도 했다.

"우리 애들은 몇인지 얘긴 들었어요?"

이랑은 받아 든 곶감을 입에 넣고 오물거리다가 대답했다.

"아뇨……. 아직."

"도환이 녀석이, 제 식구들에 관한 얘기는 아직 해 주지도 않았나 봐."

그도 그럴 것이, 서로의 성향에 대하여 아직 파악도 못 했는데 호구 조사 먼저 할 시간이 있을 리가 없었다.

"사실, 고모님들 사이에서 내가 들은 이야기는 말이지……. 도환이가, 이랑 씨랑 결혼한 게 연애결혼이 아니라고 하더라고요."

"……아."

얼결에 선택당해, 결혼을 강요당한 거라고 직설적으로 말할 수 없는 노릇이었다.
“연애결혼……은…….”
“그렇지? 하여튼, 소문은 소문이야.”
아니라고 말한 적은 없지만, 일단 그녀가 먼저 그렇게 생각한 이상 굳이 설명하지 않고 입을 싹 닫아 버렸다.
“아휴, 우리 형님 살아 있을 때는 이렇게 제사가 크지도 않았는데.”
도환의 어머니에 관한 이야기가 얼핏 흐르자, 이랑은 은연중에 그녀의 얼굴에 시선을 던졌다.
“응. 맞아. 도환이가 형님을 제일 많이 닮았어요. 그다음에 둘째 녀석이. 첫째는 뭐…….”
중년의 여성은 쓰게 웃으며 말끝을 흐렸다.
“회장님 쓰러지시기 전에는, 삼형제한테 이상하게도 지분을 공평하게 잘 나눠 주셨어요.”
“그게, 왜 이상한 거예요? 형제들이니까 당연히…….”
“음……. 그건 재산을 나눠 주는 게 아니라. 사업을 하겠다는 녀석들에게만 나눠 주는 거라고 보면 되니까.”
“아…….”
이랑은 얕은 생각으로 던진 질문을 후회했다.
“도환이는 마냥 한량 같은 녀석이었는데……. 둘째 녀석이 그렇게 가 버리는 바람에, 갑자기 그렇게 칼날이 서서는……. 마치 다 갈아엎을 것처럼 굴어서 다들 초긴장 상태지.”
“그게 마치 누구 때문인 것처럼 들려요…….”
“응……?”

작은어머님은 날 밤을 곱씹으며 은연중에 생각에 잠겨 있다가, 이랑의 되돌아오는 질문에 깨어난 듯했다.

"아이고, 나 좀 봐. 내 말투가 그랬어요? 그런 뜻은 아닌데……."

"제가 아직 나이도 어리고, 사회 눈이 어두워요. 그래서 둘째 형이 그렇게 죽었다는 것도 사실 결혼하고 나서 알게 됐어요."

"어머, 그랬구나. 근데 말투에서는 이상하게도 유 회장님 스타일이 나오긴 해."

"저희…… 아버지를 아세요?"

"그럼! 알고말고. 나 이랑 씨 아버지 밑에서 사회생활 처음 한 걸요?"

"그, 그러셨군요."

"너무 시집을 일찍 와 버렸고, 뭣도 모르고 이렇게 큰 집에 덜컥 입성해 버린 거 그때는 자부심 있었는데. 지금은 엄청 후회 중이에요. 이랑 씨는 안 그랬으면 좋겠는데, 나도 장담은 못 하겠어."

그녀는 내일 풀코스로 마사지를 예약해 놨는데, 같이 가겠느냐고 권유했지만 이랑은 수줍게 웃으며 사양했다.

새벽 1시가 돼서야, 큰 방에서 나온 사람들은 연신 피곤한 얼굴을 했다. 여러 어른 사이에서 이런저런 담소를 나누며 예의를 잘 갖춰 입은 도환은 그녀가 표현했던 한량의 모습은 전혀 보이지 않았다. 반듯하고, 가면을 쓰고 있는 게 분명한데. 이상하게도 그 어떤 말로도 설명할 수 없는 이 상황에 왜 가슴이 불규칙적으로 두근거리고 있는지 도통 이해가 가질 않았다.

"……."

도환은 일가친척들 사이에서 이랑을 바라봤다. 이랑은 확신할 수 있었다. 도환을 본 지 몇 달이 지나지 않았음에도 불구하고 그는 분명 그들에게 경계를 치고 있다는 것을.

"많이 힘들었어?"

어른들이 흩어지고, 사촌들이 나뉘며 식사를 할 사람들과 아닌 사람들로 북적였다.

"아뇨. 괜찮았어요. 할 만하던데요?"

주먹을 작게 쥐고 위로 파이팅을 외치자 그가 무방비한 상태로 웃음을 터트렸다.

"올라가자."

"어디를요?"

"내가 원래 쓰던 방이 있어. 들러서 숨 좀 돌리고 가."

"여기도 앉을 곳 많은데요."

"여기 앉아서 숨이나 제대로 쉴 수 있을까."

도환이 목소리를 낮추고 속삭였다. 간혹 예상치 못한 상황에 다정하게 흐르는 음성은 귓불을 뜨겁게 달구기도 했다. 저도 모르게 어깨를 움츠려 버리는 바람에 몇몇 친척들의 시선을 잡았지만, 그는 개의치 않고 이랑의 손을 잡고 계단을 다시 타고 올라갔다.

사람들의 말소리가 희미하게 거둬질 즘, 도환은 이랑의 손목을 자유롭게 놓아주었다. 이랑은 그 이유가 그의 방문 앞에 도착해서이기를 바랐다.

문을 열자 안에선 오래된 가구 냄새가 진하게 났다. 도환은 불을 켜고 어쩐지 아까와는 다르게 경쾌하게 안으로 들어섰다.

"아직도 내 가구 그대로네."

"얼마나 자주 들러요?"

"본가에는 1년에 몇 번씩 들어오긴 했어도, 내 방 문 직접 열고 들어온 건……."

도환은 한참이나 기억을 걸었다.

"글쎄. 꽤 오래전인 듯한데."

"딱 보기에도, 전형적인 고등학생 남자애 방 같아요."

"네가 그걸 어떻게 알아. 남자 형제도 없잖아."

"그냥, TV 드라마에서 보던 그런 곳."

"그래? 그런가. 어릴 때는 대학만 잘 가면 자유가 될 줄 알았거든. 그래서 미친 듯이 공부에만 전념했어. 그랬는데, 웬걸. 더 많은 걸 바라시더라. 그래서 또 바라는 대로 이것저것 다 졸업하고 따다 드렸는데도 만족을 못 하셨어."

"사업에는 왜 뛰어들지 않았어요?"

"……."

도환은 어릴 적 받았던 상장 하나를 감정 없는 눈으로 읽다가 내려놓았다.

"돈에는 흥미가 없었어."

"돈……."

"넌?"

"저요……."

이랑은, 반대로 돌아온 질문에 말문이 막혔다.

"너야말로 유 회장님이 아끼는 막내딸이었던 걸로 아는데."

"……."

"그리고, 내 느낌은 웬만하면 빗나가지 않아. 넌 숨기고 있을 뿐이지. 경영에 머리 있어."

"미움 받고 싶지 않아서요."

"……."

도환은 실밥이 터진 야구공 하나를 손에 쥐고 주물럭거리다가 이랑을 바라봤다.

"따듯한 가족들 사이에서 밥도 먹고 싶었고, 공부 잘한다고 칭찬도 받고 싶었어요. 아버지가 그렇게 가시지만 않았어도……."

이랑은 씁쓸하게 웃었지만, 눈가는 얼핏 아버지를 잃은 서러운 아이의 감정이 담겨 있었다.

"이사님 말대로, 어디 비빌 데라도 있었겠죠. 대학 졸업하고 나면, 취직이라도요."

"하하."

도환은 묘하게 웃는 눈으로 이랑을 바라봤다. 전 같았으면 꺼내지도 못할 말이었다. 요즘 들어서는 하루가 다르게 자신 앞에서 스스럼없이 편하게 말을 하는 게 놀라울 정도였다.

"지금은 비빌 데가 없다는 투로 들린다."

"비빌 생각 없어요. 이건 진심이에요. 어릴 적 아버지 따라가서 살 때도, 먹여 주고 재워 주는 걸 감사하게 여겼으니까."

"지금도 그런가."

이랑이 낮은 목소리로 그렇다고 대답하자, 도환은 별다른 말 없이 입술을 쭉 내밀더니 그저 조용히 고개를 느리게 끄덕였다.

"넌 시간과 공을 들여야 하는 애야."

"네……?"

"그냥, 그렇다고. 뭔가 길들이기에 영 까탈스럽다."

"……."

이랑은 무엇을 길들인다는 거냐고 되묻고 싶었지만 도환이 내민 사진에 눈길이 가 버렸다. 오래된 사진 안에는 3형제가 교복을 입고 나란히 벤치에 앉아 있었다. 유독 앳되어 보이는 도환의 얼굴이 이랑의 눈에 제일 먼저 들어왔다.

"어려……요."

"그치. 아주 새파랗지."

도환은 짐짓 의도가 그게 아니었다는 듯 다시 사진을 빼앗아 들려 했지만 이랑은 순식간에 몸을 돌려 사진을 유심히 더 바라봤다.

"어쭈."

그리고 둘째 형의 이목구비를 그제야 제대로 볼 수 있었다. 성인과 소년의 경계에 서 있는 남자는 셋 중에서 인물은 가장 빼어났다. 도환은 순식간에 이랑을 뒤에서 끌어안고, 액자를 빼앗았다.

"아……."

"둘째 형 사진이 별로 없어서 보여 주려고 했던 건데, 의도가 빗나가서 이것 다시 압수."

"안 웃을게요. 그러니까……."

"이미, 네 입꼬리는 씰룩거리고 있어."

그가 품에서 이랑을 놓아주고 액자를 저 높은 곳에 올려놓자 시선에서 너무 멀어져 자세히 보기가 어려워졌다.

"키는…… 언제부터 큰 거예요? 사진 안에는 교복도 커 보이던데."

"고등학교 2학년 방학 때 갑자기 훌쩍. 무릎 아파서 이러다가 죽겠다 싶을 때 멈추더군."

도환은 문득 말을 멈추고, 이랑의 머리부터 발끝을 훑더니 물었다.
"너는 언제까지 자라다 멈춘 거야."
"……고등학교까지 꾸준히 큰 키예요."
"아."
"나름 초등학교 6학년까지는 맨 뒷줄이었는데."
"키순으로 앉는구나."
"성적순이었음, 맨 앞자린데."
"이런, 은근…… 이거."
도환이 고개를 옆으로 갸웃거리며, 묘하게도 예상하지 못한 순간에 치고 들어오는 이랑의 새로운 모습에 웃어 보였다.
"진짜 공부는 잘했나 보네."
"……."
이랑은 처음으로 누군가에게 자랑하고 싶은 게 생겼다. 어릴 적 공부 잘하면 가족들에게 칭찬을 받을 수 있을 거로 생각했던 게 오만한 착각이었던 걸 안 순간 제가 공부를 잘한다는 것을 어디 가서 자랑으로 여겼던 적이 단 한 번도 없었다.
"제법 잘했던 것 같아요……."
말끝을 흐렸다.
"그래. 왠지 그랬을 것 같아."
"……."
알 수 없는 말을 내뱉은 도환은 아까 올려 두었던 앨범을 향해 고개를 올리고선 한참이나 바라보기만 할 뿐 아무 말도 하지 않았다.

* * *

"패기 좋게 입성했는데, 결국 실패네."

퍼가 풍성한 코트를 입은 이랑은 세단 앞에서 두 남자를 향해 몸을 돌리고 서 있었다.

"불, 드릴까요."

"아니."

손가락 사이에 끼우고 부드럽게 말린 종이만 지분거릴 뿐, 도환은 평소와는 다르게 연초에 불을 붙이지 않았다.

"어차피 집안 어르신들 반대 심할 거라고 예견하고 오신 거 아닙니까? 한 번에 오케이 될 거라고 저도 생각한 적 없습니다."

"불은 지펴 놨으니, 아궁이에 연기가 솟기를 기다리기만 하면 되겠는데……."

도환은 멀리서 이랑의 코끝이 서서히 빨개지는 걸 바라봤다. 미리 차에 타 있어도 될 법한데 표 비서와 할 이야기가 끝날 때까지 버티고 서 있는 걸 보면 제 하고 싶은 대로 꼭 해야 하는 고집을 보였다.

도환은 괜스레 미간에 힘이 들어갔다. 계획과 예상은 빗나가기 마련이다. 웬만해선 한 치의 오차도 없었던 틀에 예상하지 못했던 감정의 오류가 일상을 뒤바꿔 놓는 것이 신경질 날 정도였다.

"갈까."

"세인트로 가시겠습니까."

"……."

잠시 머뭇거리던 도환은, 입술을 일자로 다물고 고민하다 금세 대답했다.

"오늘은…… 아니."

표 비서는 두말 덧붙이지 않고 그를 차로 안내했다.

"대신, 운전대는 내가 잡아. 기사님들 모두 여기서 퇴근시켜 줘."

"어디로 가시려고요?"

오늘 같은 날이면 둘째 형의 기일을 보내기 위해 세인트로 향해 친구들을 불러 술잔을 기울이곤 했다. 정말이지 이대로 지나쳐 버릴 셈인지 궁금했다.

"재 데리고. 형 보러."

짧은 대답에 표 비서는 얼굴을 굳혔다. 그리고 서둘러 움직였다.

상하는 앞서 자신이 타고 온 차에 본가에서 이것저것 챙겨 주신 것들이 많다며 볼이 상기되어 구구절절 이랑에게 수다를 쏟아 놓고 있었다. 하지만 이랑의 귀는 그녀에게 열고 있어도 줄곧 시선은 도환에게서 떨어지지 않았다.

도환이 말없이 보조석 문을 열자 이랑은 문득 뒷좌석을 바라보다 이유를 묻지 않고 곧장 차에 올라탔다. 그리고 운전석에 탑승한 도환은 차를 끌고 높은 언덕을 내려와 지나온 도심을 빠르게 달렸다.

"……."

따듯한 히터가 피부를 메마르게 할 때까지도 차 안은 적막으로 가득했다.

새벽 2시가 가까워진 시각이었다. 도환이 운전대를 잡는 방향이 집이 아닌 다른 곳이라는 걸 인지한 건 고속도로 요금소가 보일 때쯤이었다.

"멀지 않아."

한동안 입을 열지 않고 생각에 잠겨 있었던 도환이 갈라진 음성으로 간단하게 설명했다.

한 시간여를 달린 뒤에 어둑한 산길을 지나자 낮고 넓은 미술관 같은 흰색 건물이 나타났다. 이랑은 얼핏 느낌으로도 알 수 있었다. 봉안당이었다. 아버지의 장례식에 참석하지 못해 어느 날 어머니에게 간신히 주소를 받아 뒤늦게 찾아뵈었던 건물과 비슷한 느낌을 받아 알 수 있었다.

"내려."

"……."

동이 트기 전 새벽은 때 타지 않은 공기를 안고 있었다. 무거웠던 머리가 맑은 새벽 공기로 인해 조금 가벼워지던 찰나에 도환의 손이 이랑의 여린 손목을 감쌌다.

"아직 비포장도로라서. 가로등 공사를 해야 하는데 외진 곳이라 공사가 늦어져."

그러고 보니 길가가 생각보다 더 어둑했다.

이랑은 구둣발 아래의 울퉁불퉁한 지면을 느끼며 천천히 도환이 이끄는 대로 걸어갔다. 그가 굳이 말하지 않아도, 이곳에 누가 있을지는 알 것 같았다.

"형의 죽음은 스스로 목숨을 끊었다면서 명예롭지 못하다고. 그래서 기일도 본가에서 못 지내게 해."

"……."

이랑은 도환의 울적한 목소리에 죽음의 이유를 선뜻 묻지 못했다. 며칠 전 그의 형의 죽음에 대하여 얄팍하게나마 인터넷 검색

창 따위에 올렸던 것에 대하여 미안한 마음이 들었다.
봉안당 근처에 다다르자 이제는 은은한 조명 주변에 깔린 대리석들이 발을 편안하게 해 줬다. 걷는 것에 불편함이 사라졌는데도 불구하고 도환은 봉안당 건물 안으로 들어설 때까지 이랑의 손목을 놓아주지 않았다.
추운 새벽 공기에 잠시 노출되어 있다가 안으로 들어섰다. 안은 아직 외부인에게 열려 있지 않은 것인지 유골함들이 있어야 할 공간들이 텅텅 비어 있었다.
"사비 들여서 직접 지은 곳인데. 아직 분양하고 싶은 생각은 없어서."
"아……."
이곳에는 그의 형 혼자만 있다는 얘기였다. 도환은 가장 중간에 자리 잡은 곳으로 무턱대고 걸어가는가 싶더니, 익숙한 위치에 걸음을 멈췄다. 도환의 키에, 그리고 시선에 딱 맞춰져 있는 곳에 그의 형의 유골함과 사진. 그리고 아끼던 몇 가지의 유품들이 놓여 있었다. 이랑은 아까 보았던 앳된 3형제의 사진에서 이제는 완벽하게 성인이 된 남자의 사진에 눈길을 고정했다.
"외로울 것 같아요."
그 한마디에, 도환은 새 건물에서 맡아지는 냄새에 비죽 주변을 둘러보기도 했다. 그는 딱히 이랑을 소개하는 말을 내뱉지는 않았지만, 이 자리가 마치 뒤늦게 그녀를 소개하는 자리인 듯 짐짓 미안한 표정을 짓는 것 같았다.
두 사람은 그 자리에서 한참이나 말없이 아이처럼 서 있었다. 많은 이야기를 기대하기에는, 이랑은 눈가가 빽빽하고 온몸이 고

되었다. 갑작스러운 계획을 감당하지 못하는 비루한 몸을 속으로 탓했다.

고속도로를 타고 동이 트는 걸 보며 집으로 돌아오는 내내, 도환은 기일을 마치 여태껏 이리 지냈던 걸 가르쳐 주듯 묵묵히 운전만 했다.

* * *

차에서 잠이 든 이랑은 도환이 조심스럽게 흔들어 깨우는 손길에 퍼뜩 몸을 일으켜 집으로 들어섰다.

집에 돌아와 도환은 곧장 피곤한 몸을 이끌고 샤워를 했다. 이른 출근 시간을 잠시 미룬 건지 집무실에서 한동안 나오지 않았다. 이랑이 도환에게 아침을 먹겠냐는 권유를 했지만 나지막한 목소리로 거절했고, 이랑은 두 번 권유하지 않았다.

상하가 출근하자마자 조용히 아침을 차렸다. 차려 준 아침을 홀로 먹고 난 뒤, 이랑은 도환에게 버젓이 들켜 버린 자신의 공간으로 조용히 들어섰다. 졸음이 쏟아졌지만 침대로 혼자 비척이며 들어가고 싶지 않은 마음이 앞섰다. 그래서 상하가 전해 준 차가운 아이스커피를 손에 쥐고 좌식 책상 앞에 앉아 윙윙거리는 노트북을 열었다.

얼마 전 선배를 만났을 적에 받은 서류를 뒤적거리고, 개강을 앞두고 신청해야 할 과목들을 살폈다.

"할 수 있으려나……."

이 성능 낮은 노트북으로는 턱도 없을 것 같았다. 이럴 땐 PC방을 이용해야 하는데, 단 한 번도 가 본 적 없는 공간에 대한 도전 의식은 쉽게 들지 않았다. 오후쯤에 선배와 통화를 하기로 문자를 넣어 놓고 좌식 책상에 팔로 베개를 만든 뒤, 무거운 머리를 대고 잠시 눈을 감았다. 잠이 들 생각이 아니었는데, 깊은 잠에 순식간에 빠져들었다가 인기척에 다시 눈을 떴을 때 이랑은 인상을 찌푸리며 머리를 흔들었다.

"어……."

"……."

도환이 아주 가까이에 있었다. 바닥에 앉은 건 똑같았지만, 한 쪽 팔로 턱을 괴고 그녀가 잠에서 깨어나길 한참이나 기다린 지루한 얼굴이었다.

"언제부터 있었어요?"

"아까부터."

그의 잘빠진 슈트가 바닥에 뭉개져 구겨지고도 남을 것 같았다.

"그렇게 바닥에 아무렇게나 앉아 있으면 어떡해요."

"나 늦었어."

"그러니까요……."

이랑은 눈을 비비며 자리에서 일어났다. 본능적으로 그를 마중해야 할 것 같아서였다.

"왜 여기서 자?"

"……."

이랑은 일어났지만, 도환은 아직도 그 자세 그대로였다.

"잘 생각 없었는데, 잠깐 잠들었던 거예요."

"그래?"

끙 하는 소리를 낸 그는 다리가 저린 듯 허벅지를 툭툭 치며 일어났다. 문을 열고 나가는 도환을 따라 현관까지 가자 상하도 어느새 뒤따라 멀리서 뛰어왔다.

"나 오늘은 늦어."

"네."

도한이 구두를 신고 문손잡이를 잡았을 때 마침 표 비서에게서 전화가 울렸다. 도환은 툴툴거리며 문을 닫고 모습을 감췄다.

"……나 좀 깨워 주지."

"너무 고단하게 주무셔서요. 어제 밤새셨던 거죠? 어디 다녀오셨던 거예요. 아침에 제가 출근했을 때 두 분 다 옷차림이 그대로셔서 알았어요."

"어디 좀…… 다녀왔어요."

이랑이 쓰게 웃었다. 사실 어딜 다녀왔는지 말해도 문제가 될 건 아니었지만, 머릿속에서는 도통 해결되지 않는 물음표가 아직도 가득했다.

"아직 저녁 시간은 조금 남았는데, 식사 차릴까요?"

"아니……요……."

이랑은 비스듬히 자신의 방문이 열린 틈으로 좌식 책상 위에 못 보던 것이 올려져 있는 게 눈에 들어왔다.

"네?"

"아, 아녜요. 안 먹어도 돼요. 일찍 퇴근하세요."

"벌써요? 그래도 될까요?"

상하는 멋쩍게 아니라고 덧붙였지만, 이른 퇴근을 반기는 직장인에게서 보이는 그럴듯한 웃음은 감추지 못했다. 그런 그녀에게 그러라고 적극적으로 대답을 두 번 더 해 준 뒤 방문을 활짝 열고 조심스럽게 다시 좌식 책상 앞으로 걸어갔다. 네모나고 큼직한 하얀 상자였다. 도환이 몸담고 큰일을 해내고 있는 회사의 로고가 딱 박혀 있었다. 빳빳하게 코팅된 얇은 비닐을 벗기고 빈틈없이 포장된 박스를 잘 벗겨 내자 이랑의 노트북보다 네 배나 얇아 보이는 새하얀 노트북이 손에 쥐어졌다.

"우와……."

서둘러 퇴근 준비를 하며 옷을 갈아입은 상하가 이랑이 있는 곳에 몸을 기웃거렸다.

"사모님, 저 그럼 퇴근…… 어머, 노트북이네요. 그거 이번에 나온 신제품 맞죠? 엄청 유명한 배우가 선전하던데. 역시 자사 제품 쓰시는 거 보기 좋네요. 호호호."

이랑은 뒤돌아 상하를 보며 해맑게 웃었다. 인사를 하고 상하가 현관문으로 사라지자 드디어 혼자 남게 된 이랑은 노트북을 품에 안고 거실 소파로 나왔다. 전원을 켜 볼 생각도 하지 못하고 휴대전화 먼저 집어 들었다. 그에게 고맙다는 문자를 하기 전에, 이미 회사로 출근한 그로부터 문자가 한 통 도착해 있었다.

[고생했어. 보상이야.]

4. 호감 혹은 호기심

늦은 밤, 어두운 조명이 켜진 회사 집무실의 긴 탁자 위에는 종이들이 늘어져 있었다. 두 사람은 몇 시간째 서류를 검토 중이었다.

"스물네 살짜리가 새 노트북 받으면 어떤 반응이었으려나."

"예?"

주훈은 앞서 합병해야 할, 아니 먹어치울 중소기업 하나를 두고 신경을 곤두세우고 있는 와중에 해괴한 소리를 찍 내뱉는 도환을 바라봤다.

"아니, 그냥."

"그 반응, 얻지는 못하셨나 봅니다."

도환은 따끔한 말에 끙 소리를 내며 미간을 매만졌다. 잠을 자지 못한 탓에 피곤하다며 앓는 소리를 냈다.

"대부분 화사하게 웃고, 방방 뛸 텐데요."

"그렇지?"

"그래서 늦으셨습니까?"

"……."

"그 반응 기다리다가."

"딱히, 그렇다고 보긴 좀 그렇고."

주훈은 입을 일자로 다물고 짜게 식은 눈으로 도환을 바라봤다. 그러다가 다시 사업 이야기로 돌아서기를 반복했고, 마침내 자정을 기점으로 두 사람은 대충 업무에 대한 회의를 마무리했다.

"아, 그리고 세인트에서 어제 이사님 없이 저희끼리 지냈습니다."

"안 그래도 조만간 세인트에 들를 건데 그전에 애들한테 전화 돌리려고. 다들 궁금해 죽을 것 같다는 표정인 거 안 봐도 뻔하다."

"유이랑 씨랑 함께했다고 전달했습니다. 다들 의외인 표정이었는데 말을 아끼는 것 같습니다. 무슨 일인지 궁금해 하는 건 맞지만, 진득하게 기다리는 성향들이라 딱히 걱정할 건 없을 듯합니다."

"그러니까 말이야. 나도 지금, 내가 왜 이러는지 궁금해."

"그래도 이사님."

"알아, 네가 뭘 걱정하는지."

잊지 말아야 할 건 우리는 그들에게서, 표를 얻어야 한다는 것. 이랑은 쇼를 위한 도구지 사업에 돌부리가 되어선 안 될 일이었다. 그들은 친구이자 사업의 동반자이기에 손해를 감수하면서까지 표를 던질 리 없다는 것이다.

* * *

유독 좋아했던 대학로 냉동 삼겹살집에서 만난 두 사람은 애매한 오후에 고기를 구웠다. 딱딱하게 얼린 질 낮은 고기를 얄팍하고 허름한 판에 올리는 사이 이랑은 익숙하고 부지런하게 셀프 바를 이용하며 반찬을 가져다 놓았다. 화정은 대화 도중 흘러나온 말에, 해괴망측한 소리를 들은 양 미간을 찌푸렸다.

"아버지 돌아가셨을 때 받은 부조금으로 학비를 충당하겠다고?"

"이상하죠?"

"너, 이런 말 한다고 나 이상하게 생각하지 말고……."

"괜찮으니까 그냥 막 물어봐도 돼요. 선배."

제공되는 건 고작 상추와 깻잎뿐인데 풍성하게 차려진 듯, 이랑은 한 쌈을 가득 싸서는 입에 넣고 우물거리며 대답했다.

"그 사람 좀 아웃사이더야?"

"응?"

"아니, 내 말은……."

"아."

"혹시 변태라든가, 엄청 재력 있는데 자잘한 돈에 목숨 거는 이상한 놈들 있잖아."

무슨 뜻인지 알아들은 이랑은 손으로 입을 막고 미어터질 것 같은 음식을 간신히 씹어 삼켜 내고선 말했다.

"학비 하라고 떡하니 돈을 준 건 아니긴 해요."

곰곰이 생각해 보니 그랬다. 도환이 무심하게 내려놓고 갔던 카드는 제 지갑에 아직 잘 있었고, 딱히 그것으로 학비를 충당하라고 한 적은 없지만 그렇다고 쓰지 말라고 준 건 아닐 터였다.

"여기 밥값 낼 카드도 있어요."

이랑은 지갑에서 도환이 준 카드를 꺼내 흔들어 보였다. 젓가락을 내려놓은 화정은 카드를 낚아채 앞뒤로 살폈다. 검은 바탕으로 이루어진 카드는 그녀도 익숙하게 아는 은행에서 특별히 대우해 주는 고객들에게만 제공되는 카드였다. 배도환이라는 글자가 선명하게 금박으로 박혀 있었다. 미심쩍은 눈을 거두고 카드를 돌려주자 이랑은 두 번째 쌈을 싸서 입에 넣으며 카드를 돌려받았다.

"그 카드 보기만 해도 학교 하나는 지어 줄 수 있을 만큼 한도는 나올 것 같은데, 고작 네 학비를 왜 아버지 부조금 받은 거로 내겠다는 건지 모르겠네."

"……."

"의미 있게 쓰고 싶다는 거라면 할 말 없지만. 돈이 없어서라면……."

이랑은 그녀의 앞으로 밀어 놓은 고기를 물끄러미 바라봤다. 아마도 화정 선배는 졸업하고도 다시 학교로 돌아와 이곳에 있다 보니, 질린 것으로 보였다.

"솔직하게 말하면 그래요. 우리 집에서 제 앞으로 남겨진 게 하나도 없어서……. 남겨 달라고 당당히 요구하기도 어려운 입장이었고……."

"네가 왜? 당당히 요구하기에 왜……."

"아시잖아요."

간단한 대답으로 일축한 이랑의 표정을 보자니, 화정은 말을 잃었다.

"그래. 네 편한 대로 해. 그런데…… 그 사람이 알면 싫어할 수도 있잖아."

"저한테 관심 없어요. 정말이에요."

"……."

화정은 더는 묻지 않았다. 젓가락을 들어 이랑과 사사로운 이야기를 나누며 식사를 마무리했다.

"후하……. 배불러."

"너 원래 이렇게 대식가였니?"

이랑은 영수증을 구겨서는 입구 옆에 여전히 자리를 지키고 있는 퍼런 쓰레기통에 던져 넣었다. 두 사람은 평소보다 과식한 게 맞다며 부른 배를 쓰다듬었다. 화정은 들고 나온 믹스 커피를 이랑에게 건넸다. 이랑과 화정은 믹스 커피를 들고 인적 없는 대학로를 걸었다.

"수강 신청은 제대로 할 수 있겠어?"

"아, 맞다. 저 완전 신형 노트북 생겼어요."

"신형 노트북?"

이랑은 얼마 전 본가에 들어가 제사를 지냈던 이야기를 꺼냈다. 화정은 기사로 종종 접했던 배씨 일가의 큰 제사 이야기를 이랑의 입으로 들으니 신기한 표정이었다.
“수고비로 받았다고 표현하는 게 맞겠다.”
“참내…….”
“이해 못 하겠죠?”
“내 얼굴에서 너무 티가 나서 미안하다. 근데 정말 그래서. 네 가방에 있는 카드로 노트북 하나 사도 티도 안 날 텐데.”
“보상받은 기분이라서, 아무래도 저는 자본주의 사회에 약한 앤가 봐요.”
“네가?”
“네.”
“음…….”
화정은 곰곰이 이랑의 얼굴을 보며 진지하게 끄덕였다.
“그렇긴 해.”
해사하게 웃는 이랑의 얼굴은 여전히 애티를 벗지 못한, 마치 고등학생 시절의 웃음을 담고 있는 듯했다.
카페에 들어갈까 하다가 부른 배에 더는 들어갈 공간이 없다고 두 사람은 동의했다. 슬슬 따사로운 볕이 드러나는 계절이 오는 게 느껴져서인지 더 걷기를 원했다. 아직은 앙상한 나뭇가지뿐이어도 봄이면 벚꽃이 만개할 거리를 거닐었다.
“공부 잘하면 칭찬받고 싶어 했고, 일 잘하면 그만큼 수고했다는 소리 듣고 싶어 했으니까. 단순하고도, 모든 일에 뚜렷함이 분명한 앤데…….”
“말끝이 이상하게 안타까운데요?”
“네가 아까워.”

"정말요? 다들 그렇게 생각 안 할걸요. 그 사람이랑 제가 결혼할 때 일각에서 말이 많았대요."

"넌 그 얘길 어디서 들었는데."

"배도환 이사님 바로 곁에서 일하는 비서님이 한 분 있는데……."

이랑은 잠시 결혼 준비를 하면서 배도환 이사보다 표 비서를 더 많이 만났던 때를 떠올렸다.

"그분이 절 처음 봤을 때, 아무 말 없이 그 자리에 앉아서는 아이스커피 두 잔을 내리 원샷만 때렸었어요."

"짐작은 간다."

"아, 그러고선 이것저것 질문을 하는데 이상하게 체크리스트가 많았어요. 정확하게 이게 맞냐고 묻는 게 많았는데 대부분 질문이……. 루머 같은 거였어요."

"예를 들면?"

"호구 조사 같은 거죠. 아버지를 따라 어느 보육원에서 왔는지, 유산이 제 앞으로 얼마나 남았는지 그런 것들. 이미 뭐 묻지 않아도 다 알고 있던 건 신기하던데."

"대한민국 경제 금융은 그 사람들 손에 쥐여 있는데 그런 것쯤이야……. 다만 호구 조사에서만 젬병이겠지."

그녀가 혀를 찼다. 아마도 화정 선배 역시 배도환 일가에 대해서는 별 좋은 감정은 없어 보였다.

"어머니랑 사이좋은 척한 거 빼고는…… 딱히 다 맞는 말이라서."

"……."

화정은 벤치에 앉아 이랑의 손에서 빈 컵이 되어 버린 종이컵을 빼앗았다. 자신의 컵에 겹쳐 놓고서는 걱정스러운 표정은 어느 정도 거둔 얼굴로 시선을 주었다.

"이랑아."

"네."

"네가 우리 쪽엔 잘 알려지지 않았던 인물이라서 그 사람들 처지에선 꽤 난감했다는 이야기가 있었어. 배도환이 널 선택했던 것은 누구에게도 상의 되지 않았던 듯해."

"정말 이상한 일이에요……. 그죠?"

"잘 기억하고, 예민하게 주변을 살펴봐. 그저 집에서 살 때처럼 나태로운 눈으로 지내면 안 돼."

"……알아요. 선배."

"그리고 유 회장님 살아 계실 적에 알게 모르게, 널 데리고 유유자적 다녔던 거. 봉사 활동 다니면서 널 대외적으로 그나마 오픈시켰던 건 다 뜻이 있었다고 생각해."

"꿈은 아니겠죠? 솔직히 그 집에서 나오게 된 게 요즘은 기적 같아서. 처음엔 불안하고 무섭고, 그러다가 이제는 거기보다는 숨통 트이는 것 같아서."

"얘 좀 봐. 거기보다는 이라니. 네 남편이 누군지, 매일 아침에 일어나면 모르겠어?"

"……알죠. 알긴 아는데."

이랑은 그를 결혼 전에 두 번, 그리고 집에서 본 게 전부였다. 마치, 글을 읽지 못하는 까막눈을 한 여자애처럼 세상 돌아가는 걸 모르는 기분이 들었다. 그가 얼마나 대단한 사람인지, 이렇게나

마 화정 선배를 만나면 따끔하게 상기시켜 주는 바람에 다행이라 생각했다.

"악몽은 아니었으면 좋겠는데. 그리고 오늘 다시 보니까, 제법 너 나름대로 잘 적응하고 있는 것 같아서 솔직히 놀랍다? 은근 보는 사람 기분도 통쾌하고."

"통쾌요?"

"너희 친정 본가에서 네 연락만 목 빠지게 기다리고 있을 그 여자들 생각하면. 그렇다는 말이야."

"……."

이랑은 어머니로부터 받은 서류에 관한 생각을 까마득하게 잊고 있었다는 걸 깨달았다.

"일어나야 할 것 같아요. 너무 오래 외출해서……."

"설마, 외출하는 것까지……."

"그런 건 아녜요. 볼일이 더 남아서 마저 보고 가야 해서요."

화정은 버스를 타고 가겠다는 이랑에게 택시를 타고 가는 것으로 설득했다. 그리고 이후에 집에 도착하면 꼭 문자 혹은 전화를 주는 것으로 합의를 보고 택시비를 쥐여 줬다.

선배가 주는 돈은 사양하는 게 아니라는 말로 이랑의 주머니에 지폐 몇 장을 꾹꾹 집어넣었다. 둘 다 지폐 몇 장이 아쉬운 사람들이 아닌데도 불구하고, 매번 이런 식이었다.

"선배."

"응."

"선배는 내가, 큰 칼을 쥐었다고 생각하죠?"

"……."

화정은 묘한 표정을 짓다가 이내 허탈하게 웃었다.
"넌 정말……."
"그걸 휘두르길 바라는 것 같아서요."
"……."
"이랑아……. 정말 내가 그런 생각을 하고 있는 걸까?"
"솔직히 말하면, 저도 그래요. 되게 나쁜 생각도 드는데, 선배도 하늘에서 지켜보고 있을 아버지도. 별로 좋아하지 않을 것 같아서. 선배도 말은 그렇지만 매번 불의를 보면 참지 못하는 사람이잖아요. 우리는 그럴 수 없는 성향인 거 잘 아니까."
"쓸데없는 소리 하지 말고, 그만 가. 그리고 좀 나쁘게 살아도 돼. 유이랑 넌, 그래도 돼. 네가 그 집에 시집간 거……."
화정은 말끝을 사뭇 머뭇거리다가 결국 내뱉고야 말았다.
"난 신이 있다고 믿게 됐거든."
"……."
"어우, 나 들어갈래. 슬슬 춥다. 그리고 자리 너무 오래 비웠어. 들어가서 꼭 연락해!"
화정은 손을 흔들어 택시를 잡아 주고 춥다며 몸을 부르르 떨었다. 뒷좌석에 등을 밀어 넣어 주고서는 문을 쾅 닫았다. 택시가 출발하는 것을 바라보던 화정은 팔을 휘적이며 인사까지 마무리하고선 뒤돌아갔다.

* * *

드르륵 드르륵. 진동이 울렸다. 도환으로부터 웬만하면 울리지 않는 전화였다.

"네."

- 무슨 일 있는 건가?

"……왜요?"

- 출근하는데 네가 내 시리얼에 과일 조각을 썰어 넣더라고.

"그게 왜요? 활기차고, 에너지 넘치는 하루가 될 것 같은……."

- …….

이랑은 10시면 수강 신청을 해야 할 생각에 밤새 잠을 뒤척였다. 이런저런 생각에 PC방을 가야 하나, 혹은 그가 '수고비'라는 명목으로 준 신형 노트북으로 시도를 해야 하나에 대해 고민을 하는 바람에 깊은 잠을 자지 못했다. 아무래도 활기차게 보내고 싶은 마음이 앞섰다. 선뜻 도환의 시리얼에 엉뚱하게 과일 조각을 잘라 넣은 게 화근이었다. 마치 은연중에 자신에게 활기를 불어넣어 줄 의식을 치르는 표정과도 흡사했던 것을 도환이 기민하게 눈치챘던 것 같았다.

"엉뚱했죠. 죄송해요. 과일 별로 안 좋아하시면, 다음부터는 안 할게요."

- 활기차고 에너지 넘치는 하루를 보내야 하는 건 내가 아니라, 혹시 너야?

"……."

- 말해.

"오늘 수강 신청하는 날이에요."

- 아, 그게 에너지 넘쳐야 하고, 활기차야 할 하루라는 건가. 무슨 문제 있어?

"인터넷으로 신청하는데, 선착순이거든요. 제가 희망하는 강의는 죄다 인원도 적은 거고 치열할 거래요. PC방을 갈까, 아니면 선물로 주신 노트북으로 할까 고민하다가 밤새웠어요."

– 하……. 그래서였군. 옆에서 밤새 바스락거리는 바람에 나도 설쳤잖아.

"정말이에요? 미, 미안해요……."

– …….

잠시 정적이 일어났다.

– 내 사무실로 올래.

"네?"

– PC방보단 나을 텐데.

"……."

– 고민할 게 아니잖아. 실패하면 꽤 긴 시간 밖에서 기다리느라 대기 타야 할 수도 있고.

"가, 갈게요."

도환은 회사에서 차를 보내겠다고 간단하게 말하고선 전화를 끊었다. 이랑은 전화를 내려놓고 멍하니 식탁에 앉았다. 그리고 한 시간도 되지 않아 도환에게 다시 전화를 걸었다. 하지만 안일하게도 도환의 목소리를 기대했던 것과는 달리 표 비서의 목소리가 들렸다.

– 급한 일이십니까?

"죄, 죄송합니다. 평소에는 문자를 하는데 급해서 그만……."

– 댁으로 차를 보내 드리려던 차였습니다. 오래 기다리기 무엇하면 운전도 가능하실 텐데요.

"그게 아니라 아무래도 대표님 집무실에 직접 방문하는 건 좀 아닌 것 같아서요."

- 무슨 일인지는 자세하게 전달 듣지 못했습니다. 직접 회사로 방문하신다고 해서 저희도 준비하던 차였습니다.

수강 신청하는 일 따위를, 회사에서 준비해야 할 것에 대하여 의문을 품는 순간이었다.

"개인적인 일로 방문하게 되는 거였는데, 가지 않는 게……."

- 대표님 큰 회의 들어가셨습니다. 아마 이랑 씨가 못 온다고 이렇게 일방적으로 통보하시면…….

전화를 받은 표 비서가 곤란한 목소리를 내비쳤다.

"아, 아닙니다. 차 보내 주세요. 기다릴게요……."

표 비서는 간단한 대답으로 전화를 종료했다.

접시에는 샐러드로 보이는 음식이 쌓여 있었다. 이랑은 포크로 몇 번 휘적일 뿐 입에 가져가지도 못하고 눈에 걱정을 담아 그것들을 바라봤다. 결국 상하가 차려 준 브런치에는 손도 대지 못하고 일어났다.

"무슨 일 있으신 건 아니죠?"

"무슨 일 있는 건 맞는데, 그게 그의 회사까지 찾아갈 일은 아니거든요. 사실."

상하는 옷을 갈아입으러 드레스 룸으로 향하는 이랑을 졸졸 쫓아와 긍정적으로 말을 덧붙였다.

"너무 걱정하지 마세요, 사모님. 본가에 있을 때도 종종 사모님들이 회사에 방문하시는 일들 많았어요. 공식적인 일이 아니더라도요. 예를 들어 투표를 앞두고 주주들의 비공식 회의를 상의 한

다거나, 부동산 서류를 가끔 정리할 때도 들어가곤 하셨어요."

이랑은 발걸음을 멈추고 뒤를 돌아 그녀를 멋쩍게 바라봤다.

"수강 신청하러, 들어가는 예는 없었겠죠?"

"……네?"

상하는 눈을 동그랗게 뜨고 도통 무슨 소린지 이해 못 하는 표정이었다. 이랑은 그런 그녀를 두고 외출 준비를 서둘렀다. 평소 입고 다녔던 후드티와 청바지는 밀어 두고 옷장을 뒤적였지만 도통 회사에 갈 때는, 아니 그의 아내로서 회사에 방문할 때는 어떤 옷차림을 해야 할지 감히 상상도 못 하고 있었다.

"모자 눌러 쓰고 방문하셔도 괜찮을 거예요. 너무 그런 표정은 하지 마세요."

"옷 때문에 고민하는 거 너무 티 났어요?"

"예."

상하는 그런 그녀를 두고 편하게 준비하라며 문을 닫아 주고 사라졌다. 이랑은 심란함을 담은 한숨을 푹 내쉬었다.

3학년 즈음에 문득 교수님의 콘퍼런스를 도우러 중국에 가던 차 저렴하게 구매했던 롱 스커트가 떠올랐다. 세트로 목 폴라티와 재킷을 걸치고 거울을 바라봤다. 몸에 살이 붙은 것인지 이상하게 굴곡이 져 보여서 부담스러웠지만, 앳돼 보임은 사라진 것 같아서 대충 만족스러웠다.

어느 정도 외출 준비를 끝내고 방을 나서자 거실에는 처음 보는 직원이 대기하며 상하와 대화를 나누고 있었다. 이랑을 발견한 직원은 지하 주차장까지 빠르게 앞서 내려갔고, 차를 타고 그의 회사에 도착하는 데 30분도 걸리지 않았다.

회사 로비에 입장하자 또 다른 직원들이 이미 대기하고 있었다. 그들은 이랑을 발견하고 서둘러 달려와 정중하게 허리를 굽혀 인사를 했다.

"아, 안녕하세요."

"회사에 갑자기 방문한다고 하셔서, 경영 팀에서 준비했습니다."

작은 안개꽃 다발이 이랑의 손에 쥐어졌다. 목을 뒤로 빼고 은은하게 맡아져 오는 향에 미간을 살짝 찌푸렸다.

"저는 경영 지원 2팀 귀문석 부서장입니다."

남자는 얼추 배도환과 비슷한 또래처럼 보였다. 멋진 셔츠가 각이 잘 잡혀 있었고, 아마도 그의 아내가 아침에 골라주었을 넥타이는 그의 멋스러운 피부 톤을 한층 더 돋보이게 해 줬다. 어색함에 머뭇거리자 이랑을 차에 태우고 온 직원이 명함을 내민 남자를 팔로 치워 내고 이랑을 안내했다.

"죄송합니다. 사모님 방문하신다는 이야기가 그만 부서장들에게 쫙 퍼졌나 봅니다."

"그…… 네……."

"부담스러우셨다면 죄송합니다."

"아닙니다. 꽃향기가 좋……네요."

선의의 거짓말은 분명 사회생활을 앞둔 자신에게는 좋은 경험일 거라 여겼다. 이랑은 눈칫밥만 먹고 산 세월 탓에 설명하지 않아도 잘 알았다. 명함을 내민 남자와 자신을 엘리베이터로 안내하고 있는 남자는 사이가 별로 좋지 않다는 것을.

뒤따라온 귀문석 부서장은 엘리베이터 앞에서 자신의 부하 직원들과 정중하게 허리를 굽히고 인사를 함께 하느라 치열했다.
"휴……."
엘리베이터에서 마침내 혼자 남은 이랑은 벌써 기가 쪽 빠진 기분이 들었다. 수강 신청까지 한 시간가량이 남았는데, 지금 다른 것에 신경을 둘 때가 아니었다. 한때는 취업의 목표에 있던 회사이기도 했다. 이제는 전혀 입장이 다른 채로 방문한 것에 대하여 묘한 기분이 들었다.
임원진 전용 엘리베이터라는 걸 깨달은 건 엘리베이터 버튼이 딱 정해진 층수 외에는 없다는 걸 알아챈 순간이었다. 띵. 고층에 멈춘 엘리베이터 문이 열리자, 이랑은 멍하니 앞을 바라봤다.
"뭐 해. 안 내려?"
"아……."
아침에 입고 나간 세미 정장이 마치, 도환을 위해 제작된 것처럼 멋지게 잘 걸쳐져 있었다. 그는 회사 조명 아래에서 어깨에 오만함과 강철 같은 무언의 힘을 얹고 꼿꼿하게 서 있었다.
"꽃?"
"네. 저 아래에서……."
"아……. 하하."
도환이 어이없다는 듯 웃어 보였다. 이랑의 억지웃음과 더불어 손에 쥐여 있는 어색한 꽃다발을 대신 받아 들더니 향을 맡았다.
"벌써 줄타기네……."
"줄타기요?"
도환이 걸음을 옮기자 이랑도 그의 집무실로 따라 걸었다.
"아침에……."

"응?"

고요한 복도 사이로 도환이 고개를 돌려 이랑을 바라봤다. 회사에서의 그는 사무적인 표정 안에서 분명 사적인 눈을 하고 있었다.

"넥타이……. 직접 고르죠?"

"그럼 누가 골라?"

도환은 해석하기 힘든 얼굴을 하고선 이랑에게 다시 질문을 던졌다.

"아, 아니에요."

"……."

유리로 된 자동문을 열고 들어서자 늘어진 칸막이 위로 사람들이 자리에서 일어나 두 사람에게 인사를 건넸다. 순간 위축감에 발걸음이 주춤거려지고 어깨가 움츠려지려는 때에, 도환의 손이 이랑의 여린 팔목을 감싸 쥐었다.

"그렇게 오라고 애걸복걸 사정을 해도 안 오더니, 이렇게 서프라이즈로 와 주네요."

도환은 말도 안 되는 연기를 펼쳤다. 이랑은 눈을 동그랗게 떴지만 팔목에 들어간 무력에 의해 억지로 입꼬리가 말려 올라갔다. 어색한 웃음을 읽은 건 오직 표 비서뿐이었다.

도환을 지원하는 부서는 작게 두 개로 나누어져 있다고 표 비서가 옆에서 작게 설명을 덧붙였다. 대표직에 부임하게 되면 한 팀은 본래에 있던 위치로 돌아가게 될 거라며, 꽤 능력 있는 직원들로 구성되어 있다고 덧붙여 설명했다.

배도환 이사라는 직함이 네모난 검정색 판에 금색 도장으로 박혀 문에 걸려 있었다. 사실 말이 금장이지, 그는 태생부터 이름에 다이아몬드가 박힌 사람이었다. 굳이 명패가 필요할까 생각을 하던 중 문이 열렸다. 안으로 들어서자 단 한 번도 상상해 보지 못했던 세계가 펼쳐졌다. 마치 이곳이 정글이라면 인간의 손이 닿지 않은 우림 같은 곳일 거라는 생각이 들었다. 서류는 산더미처럼 우후죽순 질서 없이 쌓여 있었고 그 광활한 곳에 그가 앉는 집무 책상 외에는 공간의 여유가 없어 보이기도 했다.

"와……."

이 안에서 그는 엄청난 전쟁을 대비하고 있는 것 같았다. 그리고 누군가에게 절대 보여서는 안 되는 빈틈을 메꾸는 것들이기도 했다.

"너무 더러워?"

"아뇨. 그게 아니라……."

"점심식사는 아직 멀었는데, 근데 무슨 일로 오신 겁니까? 회계 정리하실 거라도? 아니면 부동산? 혹은……. 벌써 두 분 이혼하시려는 건 아닐 테고요."

도환은 심드렁하게 어서 제게 할 일을 내리라는 듯 중얼거리는 표 비서를 식은 눈을 하고 바라봤다.

"됐으니까 나가 봐. 한 시간이면 끝나. 점심은 둘이 하지."

"알겠습니다."

더 이상 묻지 않는 게 신기할 만큼 그는 두말하지 않고 집무실 문을 열고 사라져 버렸다.

"하여튼……."

도환은 머리를 가로저었다. 은연중에 이랑은 그가 우리 둘 사이를 혹시나 질투 어린 시선으로 바라보고 있는 게 아닌가 눈치를 봤다.

"대학원 때 발견한 놈이고 그 이후로 쭉 주구장창 함께 했던 녀석인데 꽤 머리가 좋아. 즉흥적으로 했던 결혼에 골머리를 꽤 썩었지. 이해해, 삐뚤게 행동해도 워낙 올바른 애라."

"……."

"그 표정은 재 성향이랑 내가 안 어울린다는 뜻인가."

"아뇨, 그런 뜻은 아닌데……."

"아, 가져왔어?"

"네."

이랑은 작은 가방 안에서 공인 인증서가 담긴 디스크를 꺼내고 도환에게 다가갔다. 그가 묵직하고 두툼한 의자를 끌어당겨 앉으라며 고갯짓을 했다.

"혹시 간이 의자는 없어요?"

"있어. 여기 앉아."

"……."

"아, 두 번 말하는 건 별로인데. 그래, 그럼."

그러더니 도환은 자신의 의자에 털썩 앉아 버렸다. 이랑은 입을 꾹 다물고 주변을 두리번거리며 앉을 의자를 찾았다. 하지만 도환이 양손으로 자신의 허벅지를 툭툭 치는 바람에 순간 몸이 얼었다.

"뭐 해? 두 번 말 안 해. 이제 10분 남았는데. 의자 찾느라 두리번거리면서 시간 낭비하는 것보다 얼른 앉아서 로그인하고 기다리는 게 낫지 않아?"

이랑은 얼굴에 힘을 가득 줬다. 쭈뼛거리며 솜털이 서는 기분이 들었다. 여기서 수강 신청을 놓쳤다가는 한 학기 동안 고생을 떠안을 거라는 생각이 머릿속을 복잡하게 했다. 우물쭈물하는 사이에 도환은 손목을 잡아끌어 이랑을 확 잡아당겼다.

"으아!"

"자, 보자."

도환은 이랑의 허리에 손을 감고 자신의 품 안으로 바짝 잡아당겨 고정해 놓고선 양옆의 책상에 손을 뻗어 의자를 잡아당겼다. 이랑은 순식간에 도환의 품에 갇혀 버린 채로, 널찍한 모니터에 시선이 박혔다.

모니터 안에는 알 수 없는 그래프들과 함께 실시간으로 올라가는 메일 함 그리고 언론사별로 업데이트되는 기사들이 올라오고 있었다. 모니터는 세 개로 나뉘어 있었는데 그중 제일 가운데에 있는 것에 복잡한 창을 전부 내려 버리더니 브라우저를 켜서는 그녀가 다니는 대학교 홈페이지로 접속을 시도했다.

"인증서."

주먹을 꼭 쥐고 있는 손가락을 하나하나 펴더니, 그 안에 꼭 쥐고 있던 디스크를 빼앗아 어딘가에 꽂았다. 이랑은 그가 키보드를 당겨 주자 본능적으로 모니터 오른쪽에 박힌 전자시계에 눈이 돌아갔다. 엉덩이 아래로 적나라하게 그의 허벅지가 느껴지는 것에 정신을 팔다가 서둘러 로그인을 했다.

도환은 5분 남짓 남은 사이에 사이트 주소를 따서는 알 수 없는 디오스 프로그램을 열어 무언가를 확인했다. 그러다가 나중에는 타임 시커를 확인하는 사이트까지 열어 놓고 그녀에게 드디어 마우스를 넘겨줬다.

"여기. 이거 보고하면 돼."

"이 시계랑 지금, 컴퓨터 시계랑 다른데요?"

"이게 맞아."

"지, 진짜예요?"

"응. 너희 학교 사이트 30초 정도 돌아가는 초가 빠른 거 맞으니까 나 믿고 해 봐."

말도 안 되는 소리 같았다. 실패하면 그의 능력으로라도 어쨌든 해결해 주겠지 싶어 일단 그렇게 하기로 했다.

10시 정각이 되었을 때 이랑은 그가 켜 둔 다른 서버의 시계를 보고 서둘러 클릭 시작하고 원하는 강의 목록들을 연달아 신청했다. 정말이지 신기하게 컴퓨터는 59분인데도 불구하고 알림창이 열리는 것에 동공이 확장됐다.

"헉."

도환의 허벅지 위에서 엉덩이가 들썩이는 것도 모르고 이랑은 부지런하게도 마우스를 달칵이며 완벽하게 한 학기의 수업들을 원하는 대로 신청해 냈다.

"해냈어요……."

어이없게도, 너무 쉽게. 해내 버린 것에 의구심을 품었다. 이랑은 멍하니 뒤를 돌아 도환을 바라봤다. 그는 나른한 표정으로 어느새 팔로 베개를 만든 뒤 몸을 뒤로 반쯤 눕히고선 이랑을 바라보고 있었다.

"거봐."

"그렇게 안 치열한 걸 수도……."

"……?"

도환은 한쪽 눈썹을 추어올렸다. 그리고 다시 이랑을 품에 가두고선 서둘러 브라우저 창에 무언가를 부지런히 입력했다. 사이트 접속자가 얼마나 되는지를 알려주자 이랑은 결국 인정해야 했다. 도환의 집무실은 엄청난 속도의 인터넷이 깔려 있었고, 또 컴퓨터 자체가 슈퍼컴이라고 표현해도 모자라지 않을 정도로 성능이 뛰어났다. 이랑은 도환의 전공이 경영이 아닐지도 모른다는 생각이 들었다.

은연중 침묵이 가라앉았을 때쯤, 이랑은 자신의 허벅지 사이에서 묵직하게 무언가 이질감이 들어 순간 놀라 자리에서 일어나려 했다. 그 순간 도환이 허리를 붙잡아 움직이지 못하게 했다.

"나도 이럴 줄 예상 못 했으니까. 좀 가라앉을 때까지 기다려. 너무 이기적으로 굴지 말고. 네가 지금 이대로 일어나 버리면 어떡해."

"……으아."

이랑은 도환을 벗어나려 했지만 그럴수록 그는 허리를 꾹 잡고 내리눌렀다. 결국, 팔을 접고 책상에 엎드려 버렸다.

* * *

"이사님은 결국 점심을 같이 못 하셨네요."

"그러네요."

이랑은 그렇다고 해도 딱히 아쉬운 기분이 들지 않았다. 도환은 급작스럽게 고개를 든 열기를 삭히느라 꽤 오랜 시간을 공들여야 했고, 점심시간에 급하게 잡힌 회의에 끌려 들어갔다.

"식사는 어떠세요."

"맛있어요."

"돈가스를 고르실 줄은 몰랐네요."

"제 이미지가 돈가스 안 좋아할 것 같아요?"

"워낙 마르고, 체형이 작아서 기름진 건 좋아하지 않을 것 같았어요. 그런데 듣자 하니 인스턴트 아주 좋아하시고 간식도 나름 많이 드신다고……."

아마도 상하가 종종 이랑의 일과를 표 비서에게 보고하는 것 같았다. 다른 건 다 괜찮아도 식습관은 부끄러운 기분이 들었다. 그건 어릴 적부터 제대로 된 끼니를 얻어먹어 본 적이 없었던 탓이기도 했다. 아버지는 새벽에 나가 밤늦게 들어오는 일이 잦았고 주말이나 돼서야 이랑과 함께 식탁에 앉았기 때문이었다. 당연히 평일에는 어머니와 언니들과 함께 식탁에 앉아 식사하고 지낼 거라고 생각했던 아버지는, 그녀에게 왜 살이 찌지 않느냐며 가끔 핀잔 섞인 소리를 하곤 했었다.

"그런데 이사님 집에 들어오시고 나서, 폭 패었던 볼도 제법 좋아졌어요."

"그, 그런가요."

"시간 될 때마다 운동도 해 보세요. 아직 학생이니까. 공부는 체력이 좋아야 능률이 올라요. 일도 그렇지만."

"비서님은 따로 운동하시는 게 있어요?"

"없습니다."

"하하……."

표 비서는 웃지 않는 눈으로, 입술만 씩 늘이며 미소를 담았다. 마주 앉은 그는 돈가스가 취향이 아닌 듯 젓가락을 몇 번 움직이더니 휴지를 몇 장 뽑아내 입을 닦았다. 주인 없는 집무실에서 먹는 음식이 무척 맛이 있는 건 아니었지만, 이랑은 어쩐지 기대만큼의 성취감에 입맛이 좋아 접시를 싹 비워 냈다.

"그래도 성공해서 다행이에요."

"무슨 성공이요?"

이랑은 젓가락을 입에 물고 눈을 동그랗게 말며 말할까 말까 내심 고민하다가 결국 조심스럽게 입을 열었다.

"수강 신청이요……."

"……."

표 비서는 낮게 한숨을 내쉬다가 결국 어이없는 투로 웃었다.

"수강 신청을 도와주신 거군요."

"네……. 죄송합니다."

"죄송할 건 아닙니다. 성공했다니 여기까지 오신 보람이 있어서 다행이고요. 그런데, 직접 하신 겁니까?"

"네. 이사님 컴퓨터가 엄청 좋더라고요."

"희한하네요. 아마 매크로라도 만들어서 더 쉽게 할 수 있었을 텐데."

"매크로요? 그게 뭐예요?"

표 비서가 이랑의 앞에 놓여 있는 빈 도시락 케이스를 자신의 것 위로 겹치며 설명했다.

"여러 개의 명령을 묶어서 하나의 명령으로 만드는 프로그램인데, 요즘 애들 매크로로 수강 신청이나 콘서트 티켓팅 많이 하지 않습니까? 그러니까……. 쉽게 말해 마우스를 자동으로 제 시각에 움직이게 만들고 클릭해서 목적을 성취하는 그런 프로그램입니다."

"헐……."

이랑은 황당한 표정과 함께 입이 벌어졌다.

"그런데도 수기로 성공하셨다니……."

자신을 집무실로 불러 스스로 하게끔 만든 이유에 대해 이랑은 생각 끝에 불현듯 미간이 잔뜩 구겨졌다.

"4학년이면 한창 고군분투할 때인데, 앞으로 계획은 있으십니까?"

"사실 아직, 원래 목표를 접지는 않았어요."

"원래라면……."

"취업이 목표고, 사실 그 대상에 이 회사도 있었다고 하면 웃기죠?"

"하하……. 인생, 앞일 모르죠. 그치만 회사에 자리 하나 만들어 달라고 하면 오히려 본가에서는 손 보탠다고 반응이 좋으실 수도 있습니다. 여자들 마냥 집 안에서 내조만 하는 시대는 아니라서 그런가."

"저는, 잘 아시잖아요. 대외적으로 알려지지도 않았고. 분명 로켓 달고 올라갔다고 말이 많을 거예요."

"그렇게 치면 태생이 다른 사람들이라 한들, 로켓 안 달았을까요."

"틀린 말은 아니지만……."

표 비서는 엘리베이터로 향하는 긴 복도를 이랑이 걷는 속도에 맞춰 느리게 걸으며 말을 이어 갔다.
"일만 제대로 한다면, 일각에서 하는 말은 귀담아들으실 필요는 없습니다."
"……."
"다만, 일반 사람들은 실수해도 그러려니 할 수 있는 걸 우리 같은 사람들은 책임을 크게 져야 할 만큼 억울할 때가 많습니다."
어쩐지 말을 뱉는 표 비서의 표정이 씁쓸해 보였다.
"가끔 회사에 방문하세요. 공부에 도움 되는 업무들이 생각보다 많을 겁니다. 전공이 그쪽이시라면 더더욱……."
"그래도 될까요?"
"그것조차도 뭔가 특혜라고 생각이 든다면, 과 동기라든지 혹은 조 모임이 생기면 필요에 의해 목적을 두고 방문해 보세요."
"제가 이사님 아내인 것도 밝히고요?"
이랑은 멋쩍게 웃으며 물었다.
"스스로가 감당할 자신이 있다면, 문제 될 건 없죠. 제가 생각했던 것보다, 이랑 씨는 대외적인 활동을 잘 해낼 것 같은 기분이 듭니다."
"……."
"이랑 씨."
"네?"
"원래 본인이 어떤 성격인지 잘 생각해 봐요."
"갑자기, 왜 그런 말을 하시는 건지……."
"개인적인 사담이지만, 전 유 회장님을 사회적으로 존경했습니다. 유이랑 씨는 외모적으로 유 회장님을 꽤 쏙 빼닮았거든요. 진

취적인, 그분의 성향까지 닮았으면 하는 바람에서 드리는 말씀입니다."

표 비서가 엘리베이터 앞에서 버튼을 눌렀다. 대기하고 있던 문이 고요하게 열리며 주황빛 조명을 보였다. 도환과 결혼하고, 집에서 나온 순간부터 이랑은 타인에게서 들려오는 아버지의 짤막한 이야기가 나쁘지 않았다. 생각보다 많은 사람이 아버지의 적이 아니라는 걸 새삼 느끼기도 했다. 그런 아버지에 관한 이야기가 들려올 때면 딱히 무어라 대꾸할 말을 찾지 못하는 바람에 어쩐지 고개가 아래로 숙어졌다.

"……."

"모셔다드릴까요?"

"여기서 보내 주신 차 타고, 그대로 가는데 집까지 동행해 주실 필요는 없어요. 괜찮습니다."

표 비서는 회사 로비까지 내려가는 엘리베이터 앞에서 그녀를 배웅했다. 닫히는 문 사이로 정중하게 허리를 숙이고 이랑을 향해 인사를 했다.

1층에 다다르자 점심시간이라 그런지 직원들이 애매한 오전 시간보다는 북적이고 있었다. 그 사이에서 아까 이랑을 데리고 왔던 직원이 보였다. 그는 보안 직원들이 근무를 서고 있는 데스크 앞에서 기다리고 있었다. 그를 따라 이동하려던 찰나에, 별안간 평범한 사원들로 보이지 않는 남자 무리가 멈춰 서서는 이쪽을 바라봤다.

"……."

"아, 안녕하세요."

인사를 받는 눈인지 어쩐지 경계를 담고, 달갑지 않은 표정으로 이랑을 바라보고 있던 남자는 성큼 다가왔다.
"여기는 어찌한 일로?"
"그게……."
옆에 서 있던 직원은 배도영 임시 대표를 보고선 넙죽 인사를 하고 몇 걸음 뒤로 물러났다.
"회사까지 들락거릴 정도로 부부 사이가 꽤 좋나 보군."
"……."
수강 신청하러 회사에 들어왔다고 웃으며 너스레를 떨기엔, 그의 목소리나 표정에서 자신을 달가워하지 않는다는 걸 바로 알아챌 수 있었다. 이랑은 이상하게 남자의 태도에 비죽 호기가 들어 고개를 빳빳이 들었다.
"제가 여기 들어오면 안 되는 이유라도 있나요?"
"……뭐?"
"그이 넥타이를 아침에 잘못 골라 준 것 같아서. 다시 바꿔 주러 들어왔어요."
꼭꼭 씹어 먹은 돈가스가 곧장 올라올 것 같았다. 태어나서 처음으로 가증스러운 거짓말을 태연하게 내뱉었다. 묘하게도 기분이 썩 나쁘지 않았다. 그리고 기민하게 배도영의 일그러지는 표정을 바라봤다.
"가 봐도 될까요."
이랑이 말없이 서늘한 표정을 짓고 있는 남자를 지나쳐 가려던 찰나였다.
"기분 나빠, 너."

"……."

이랑은 걸음을 멈춰 세웠다. 자신을 쓸데없는 존재로 추락시켜 버리는 말을 오랜만에 들어서였다.

"누굴 쏙 빼닮아서 참, 기분이 나빠."

"……."

"생긴 건 순해 빠져 보여도, 전혀 아닌 것 같아서 딱 별로야. 도환이가 널 고른 이유 알 것 같다. 어쩐지 둘째를 닮은 것 같기도 해."

이랑은 주먹을 꽉 쥐었다. 도환이 얼마 전 둘째 형의 봉안당에서 보였던 표정의 처연함이 스쳐서 속이 쓰렸다.

도영은 날 선 말을 끝내고 옆에 대기하고 있던 직원들과 함께 구둣발 소리를 내며 멀어졌다. 뒤에서 완벽하게 인기척이 사라진 뒤에야 이랑은 직원을 따라 회사 차를 타고 다시 집으로 돌아올 수 있었다.

* * *

상하에게 일찍 퇴근을 권유했다. 그녀는 종종 배려해 주는 이랑에게 미안해하면서도 거절하지 않고 냉큼 퇴근을 서둘렀다.

도환과 결혼을 했다 하더라도, 회사에 취직해 번듯하게 사회생활을 해 보고 싶다는 꿈은 접지 않아야겠다고 생각하며 대충 저녁을 때우던 참이었다. 화정 선배에게 수강 신청을 완벽하게 해냈다는 문자를 보내자 곧장 전화가 걸려 왔다.

– 대단하다, 정말. 몇 개는 실패할 줄 알았는데.

"그러게요."

– 보상으로 받은 노트북 덕분이야?

"설마."

그녀는 뉘엿뉘엿 해가 저물어 가는 노을을 바라보며 샐러드 접시를 손에 쥐었다. 그리고 어깨에 휴대 전화를 걸치고선 소파로 향했다. 도움을 제대로 받았다고 말할까 고민하다 관두기로 했다. 회사 집무실에 늘어져 있는 슈퍼컴퓨터 덕분이라는 이야기는 나중에 하기로 했다.

– 아, 안 그래도 전화하려던 참이었는데.

"왜요. 선배?"

– 네 학비, 배도환 이사가 처리했어.

"……네?"

이랑은 접시를 내려놓고 서둘러 미끄러지려는 휴대 전화를 다시 고쳐 잡았다.

"왜, 어떻게요? 학비는 이미 제가 다 냈는데요? 그게 어떻게 가능해요?"

– 네가 낸 등록금은 아마 통장으로 환급 처리될 거야.

"아, 아뇨 잠시만요. 이게 어떻게……."

– 그가 아침에 사람을 보냈어, 재단 이사장까지 만날 일은 아닌데 하상 그룹 대표 명목으로 찾아와서 요구하니 못 해 줄 이유 있나. 오히려 영광이지.

"그, 그거 불법 아녜요?"

– 불법? 무슨……. 돈을 안 낸다는 것도 아니고, 심지어 재단에서 투자받은 금액까지 있는 마당에……. 그리고 유치하게 학교에 잔디도 깔아 준다 그랬단다. 한때 자기가 여기서 대학원을 짧

게 다녔던 교우로서 그 정도는 해 줄 수 있지 않겠냐면서 말이야.
"네에?"
이랑은 씹던 샐러드까지 손바닥에 뱉어내고 소리쳤다.
– 아휴, 몰라. 아무튼, 배 이사랑 잘 이야기해 봐. 이미 상의 된 건 아니었나 보네. 목소리 들어 보니까……. 근데 나도 그가 학비를 대신 처리해 주는 거에 기분이 나쁘지는 않더라. 내가 전에도 말했듯이 네가 가지고 있던 돈이 그냥 돈도 아니고…….
할 말을 잃은 탓에 멍하니 선배가 하는 말을 듣기만 했다. 결국 짤막한 대답을 끝으로 전화를 끊어야 했다.
까맣게 죽어 있는 휴대 전화 화면을 바라보다가 문득 노을도 어느새 사라진 도심을 바라봤다. 유난히도 밝은 도심의 야경은 속도 모르고 부지런하게 반짝였다. 도환은 이랑의 기다림도 모르고, 늦어진다는 연락도 없이 제시간에 맞춰 퇴근하지 못했다. 평소답지 않게 기다림에 초조함을 두었던 이랑은 소파에서 깜빡 잠이 들었다가 현관문 소리에 벌떡 일어나 우다다 소리를 내며 달려갔다.
"어……."
도환은 손에 가방과, 서류 몇 가지를 들고 얼굴에 피곤함을 달고 들어섰다.
"반가워서 뛰어온 건 아닐 테고. 얼굴에 할 말이 가득한데."
"그거 무거우면 들어 드릴까요?"
"그게 할 말이야? 서류를 들어 준다고?"
할 말이 이게 아니라는 건 도환이 이미 더 잘 알고 있는 것 같았다. 능글맞은 얼굴로 안절부절못하는 이랑의 시선을 즐기며 느린 발걸음으로 들어섰다. 그는 집무실에 서류와 가방을 내려놓고 드레스 룸이 딸린 방으로 이동했다. 그사이 뒤를 졸졸 쫓는 이랑을 의식하고서는 문득 재킷을 벗고, 허리의 벨트를 푸는 동시에 그녀를 바라봤다.

“나 속옷도 탈의할 건데, 다 보고 있을 거야?”

“아, 네.”

“네?”

“아니요.”

이랑은 휙 뒤를 돌아섰다.

“나갈 생각은 없나 보네.”

바스락거리는 소리와 금속의 마찰음이 함께 들렸다. 도환이 옷을 다 갈아입고 바스락 대는 소리가 잦아들자 이랑은 조심스럽게 뒤를 다시 돌았다. 도환은 팔짱을 끼고 비스듬하게 드레스 룸 벽에 기대어 서 있었다.

“학비요.”

“응.”

학비라는 단어와 동시에 그는 팔짱을 풀고 순식간에 시선을 피한 뒤 이랑을 지나쳤다.

“이건 아니잖아요.”

“뭐가?”

이랑은 주방으로 들어서는 도환의 뒤를 졸졸 따랐다.

“학비는 제가 알아서 하면 돼요. 수강 신청 도와주신 건 정말 감사하고, 또…… 노트북은 그만큼 수고했다는 명목으로 주신 거니까 진짜 감사하게 생각해요. 그렇지만.”

"이랑아."
다정함과 냉정함. 혹은 단호함이 담긴 이름에 몸이 딱딱하게 굳었다. 익숙하지 않은 온기였다.
"……네."
"이럴 때는. 그냥 고맙습니다. 하는 거야."
"……."
그가 시원한 물 한 컵을 따라 단숨에 들이켜고선, 숨을 내쉬고 이랑을 바라봤다.
"해 봐."
"……."
"어서."
"고맙습니다."
이랑은 뚱한 표정으로 나지막하게 말했다. 그러자 도환의 큼직한 손이 정수리에 올라와 다정하게 쓸었다.
"그래."
도환은 아주 간단한 말로 화답을 하고선, 집무실로 향했다. 이랑은 한참이나 서서 멍하니 불빛이 새어 나오는 그의 집무실 문을 바라보고 서 있어야만 했다.

* * *

그가 출근하지 않는 걸 처음 본 이랑은, 평상복을 입고 외출 준비를 하는 모습을 어색하게 바라봤다.
"외출하자고요?"

"응."

"……."

"어렵게 뺀 시간이야. 어쩌면 오후에 다시 회사에 들어가 봐야 할 수도 있고. 뭐 해, 어서 준비해."

"어딜 가는데요?"

"가 보면 알아."

"……."

상하가 준비해 준 브런치를 오전에 마주 앉아 어색하게 먹는 것도 힘들었는데 이제는 단둘이 평범한 외출을 하자는 제안에 멀뚱히 서 있기만 했다.

"사모님 평소 입는 거로 준비해 드릴까요?"

이랑은 옆에서 외출 준비를 돕겠다는 걸 거절하고 스스로 드레스 룸으로 들어가 자신의 옷을 정리해 놓은 공간을 열었다. 열 몇 개 정도밖에 되지 않는 옷걸이 안에 거의 절반이 후드티였고, 얇은 옷은 잘 개어져서 박스에 담겨 있었다. 어디서 부랑자 생활을 하다 왔다 해도 믿을 정도로, 하루아침에 인생이 달라진 게 확연하게 느껴졌다.

창밖으로 느껴지는 봄 날씨에 후드티 하나와 청바지만 간단하게 입고 나오자 도환이 이랑의 모습을 고요한 눈으로 훑었다. 목적지를 말하지 않은 탓에, 옷차림이 목적에 맞는 건지 이랑은 자신의 옷매무새를 스스로 점검했다. 그가 별말 하지 않고 뒤도는 모습에 이랑도 결국 말없이 따라나섰다.

"변수 없으면 저녁까지 해결하고 올 겁니다."

상하의 배웅을 받고 이랑은 그와 함께 주차장에서 차를 타고 주상 복합 건물을 빠져나왔다.
“어디 가는데요?”
“가구점.”
“가구점……은 왜요?”
“나름 명석한 두뇌 빼고는 내세울 게 없어 보이는 여학생을 아내로 둔 남자로서, 해 줄 수 있는 게 별로 없어서.”
마치, 제 능력이 여기까지밖에 안 된다는 불쌍한 말투였다.
“설마 제가 가끔 드나드는 방에 책상 넣어 주시려고 하는 거예요?”
“너무 노골적으로 책상 넣어 달라고 말하는 것처럼 들려.”
이랑은 손으로 입을 가렸다. 너무 반가운 티를 냈던 것 같았다. 물질에 약한 게 티가 났다.
“좋은가 봐? 학비 내주는 건 그리도 경악하는 것 같더니.”
“그렇게 경악스럽게 굴진 않았는데.”
“좋다는 뜻으로 받아들여도 되나.”
“복학하면 꼭 다음 학기 장학금 받을 거고, 취직하면 갚을게요.”
“…….”
도환은 묘하게 미간을 찌푸렸다. 이상한 논리인 건 알지만, 이랑은 이 결혼은 오직 그에게만 국한되어 필요로 이행해진 것임을 잊지 않으려 했다.
가구 단지를 상상했던 이랑과는 달리 그는 서울 시내 한복판에 있는 백화점으로 향했다. 대학 동기가 백화점 사장으로 있다는 말을 덧붙이며, 겸사겸사 얼굴을 보고 가자는 말도 했다.
“저도 졸업하면 대학 동기들이 대부분 어떤 직업을 갖고 있을

지 궁금하네요.”

정말 궁금해서 묻는 말은 아니었는데, 그가 심드렁하게 대답했다.

“아마도 전문직에 종사하는 직장인, 혹은 자영업, 아니면 철밥통 공무원 등이 있겠지. 잘빠지면 변호사 등등이 있겠고.”

“백화점 사장은 없겠군요…….”

“백화점 사장이 대학 동기였다고 해서 할인해 주는 건 단 1%도 없어. 그저 얼굴을 보겠다는 것뿐이야.”

“제 표정에서 그게 보였나 봐요.”

“어.”

“저는 졸업하면 어떤 직장을 갖게 될 것 같아요?”

도환은 대리 주차를 물리고 직접 VVIP 전용 주차장에 차를 주차해 놓고선 P에 기어를 걸어 놓고 이랑을 바라봤다.

“넌 내 아내.”

“…….”

이랑은 무의식에 입술을 삐죽 아래로 내렸다.

“표정이 왜 그래.”

“그냥, 뭐…….”

“내 아내라는 직함이 생각보다 나쁘지 않을 건데. 앞서 말한 공무원, 전문직, 자영업에 종사하는 사람들보다는 말이지.”

말해 뭐 하냐는 대꾸가 턱 끝까지 차올랐지만 이랑은 쉽게 내뱉을 수 없었다.

도환을 따라 널찍하고 고요한 지하 주차장을 걸어 에스컬레이터에 발을 올리자, 그들을 맞이하러 내려온 직원이 인사를 건넸다.

"가구점 층으로 바로 안내 부탁드립니다. 그리고 유진 사장 있나요?"

"아, 네. 사장님 기다리고 계십니다. 오신다는 연락 받고, 점심 약속도 취소하셨어요."

"취소할 것까진 아닌데. 쇼핑 먼저 할 거라서……."

친구를 만나러 간다던 도환은, 막상 친구가 기다리고 있다는 말에는 귀찮음이 묻어나는 목소리를 비쳤다.

두 사람은 직원이 안내하는 가구점 층을 돌았다. 널찍한 공간에 들어찬 가구들은 고급스러운 조명을 받으며 자신을 한껏 뽐내고 있었다.

도환은 이랑의 취향을 묻지 않았다. 손으로 쓸었을 때 약간의 차가운 질감을 주는 책상들만 골라 달라며 간단하게 요구했다. 차갑고 딱딱해 보이는 책상만 고르는 그의 취향에 이랑은 고개를 갸웃거렸다. 자꾸만 따듯한 참나무로 만들어진 책상만 작은 손으로 쓸고 있는 이랑을 도환이 불렀다.

"이건 어때."

그가 마침내 가리킨 집무용으로 보이는 책상은 이랑이 누워서 모로 굴러도 모자라지 않을 만큼 크기가 범상치 않았다.

"이 사무용 책상으로 말할 것 같으면……."

스위스 장인이 돌을 직접 깎아서 만들었다며, 한껏 알아들을 수 없는 말을 늘어놓는 직원의 얼굴을 멍하니 바라봤다. 그런 이랑의 표정을 보던 도환은 직원을 물렸다.

"이걸로……."

"맘에 안 들어?"

"좋아요."
"나무는 안 돼."
"나무로 된 책상 좋다고 한 적 없는데요."
"자꾸 나무로 만들어진 식탁만 쓸면서 다녔잖아."
"그야…… 질감이 좋아서."
"책이랑 한 몸이 되고, 집중력이 필요할 때는 약간 서늘한 느낌을 주는 것들이 좋아."
"……."
사실 도서관이나 카페에 가서 책을 보고 오면 된다고 말할 참이었다. 아까부터 놓여 있는 가격표에 신경이 쓰이는 것도 한몫했다.
"이것도 다 갚아야 하는 거 알지?"
"……네."
"갚는다며."
"그러겠다고 대답했잖아요."
도환은 자꾸만 올라가려는 입꼬리를 잡았다. 이랑은 학비만큼이나 비싸 보이는 책상을, 혹여나 그의 집에서 나오게 되면 꼭 머리에 이고 나와야겠다고 생각했다.

* * *

도환은 오랜 시간을 허비하지 않았다. 언제 공간 사이즈를 재온 건지, 직원에게 건네주며 고른 책상과 어울리는 책장도 함께 벽면을 꽉 채울 수 있도록 주문했다. 책장과 집무용 책상. 의자까지 모조리 주문하고 나자 그제야 멀찍이서 대기하고 있던 직원을 따라 이동했다.

백화점 사장실 앞에 다다르자 다른 직원들이 대기하고 있다가 다들 허리를 숙여 인사를 했다. 얼결에 이랑도 그들에게 함께 인사를 했다. 이랑은 어울리지 않는 옷차림이 꽤 신경 쓰였지만, 도환은 개의치 않아 하는 것 같아 다행이라 여겼다.

"야, 얼굴 보기 왜 이렇게 힘들어."

이랑은 유진이라는 이름이 당연히 여자일 거라고 생각했다. 그는 도환만큼이나 훤칠한 키에 시원시원한 이목구비가 인상적이었다. 사장실로 들어서자 도환의 집무실과는 다르게 멋진 실내 장식이 인상적이었다. 이곳에는 복잡하거나, 무질서하게 늘어져 있는 서류 더미는 보이지 않았다.

"결혼식 때 뵀어요. 반가워요. 유진입니다."

"안녕하세요……. 유이랑입니다."

"그러고 보니, 우리 같은 성이네요. 본가는 다르겠지만."

이랑은 어디선가 본 적이 있던 것 같은 기분에 기억을 더듬었다. 그리고 이내 그가 누군지 떠올랐다. 한때 꽤 유명했던 영화배우였는데, 금수저라는 타이틀로도 화려했던 그가 어느 날 문득 아버지의 사업을 이어받아 은퇴한다는 이유로 여러 여자 팬들을 울렸던 기사를 본 적이 있었다.

"아……."

"……."

도환은 접객용 소파에 풀썩 앉더니, 곧 앞으로 놓인 시원한 아이스커피를 쭉쭉 들이켰다.

유진은 여자를 대하는 것이 어쩐지 꽤 능숙했다. 무심하게 먼저 가서 앉아 커피를 쪽쪽 마시는 도환과는 다르게, 그사이에 이랑의 안부를 몇 번이나 더 물으며 그녀가 앉을 자리까지 친절하게 안내해 주었다.

"주스 마실래요?"

"저도 커피……."

"미안해요. 하도 동안이라서, 커피 못 마시는 소녀인 줄 알고."

도환은 얼굴을 굳히고 비스듬히 유진을 바라봤다.

"동안 아니고, 그냥 어린 거 맞아."

"아, 그래?"

유진은 눈을 동그랗게 말고 다시 이랑을 바라봤다.

"실례지만 나이가……."

"대답하지 마."

이랑과 유진은 도환의 유치한 말에 눈이 동그래졌다. 그의 단칼에 잘라 버리는 말에 반항심이 비죽 솟아 이랑은 또박또박 유진을 보며 대답했다.

"스물네 살이요."

"……."

유진은 안 그래도 짙은 쌍꺼풀이 더 짙어지며 커졌다.

"뭐?"

그가 고개를 돌려 도환을 바라봤다. 여전히 묵묵히 커피 빨대를 물고 있었다.

"……."

"애 몇 살인지는 알고 결혼했죠? 완전……."

"서른두 살이요."

나이를 직접 입에 담은 건 처음이었다. 그리고 그 순간 도환과 눈이 마주쳤다. 그의 나이에 대해 딱히 불만이 있던 건 아니었다. 어떤 반응을 살피고자 함에 본능적으로 돌아간 고개였다.

"아, 뭐야. 난 또 모르고 사기 결혼 당한 줄 알고."

도환은 눈을 위로 굴렸다.

"사기 결혼이라니. 내가 사기꾼이냐?"

"연애결혼 한 거 아니면, 사기지. 그쵸, 이랑 씨?"

"아니요. 제가……."

유진과 도환은 일순간 이랑을 바라봤다. 이랑은 어색하게 입술을 달싹였다.

얼마 전 제사 때문에 본가에 들어가 작은어머니께서 걱정스럽게 물어왔던 질문이 스쳤다. 어른들은 분명 두 사람이 연애결혼을 한 줄 알고 있었고, 일각에서도 모두가 그렇게 생각할 거라 여겼다. 스스로도 그렇게 말하고 다녀야 그가 귀찮은 일에 시달리지 않을 것 같아서 거짓말이 툭 튀어 나갔다.

"제가, 좋아해서 결혼하자고 했어요……."

"……."

"……."

일순간에 침묵이 가라앉았다. 이랑을 바라보는 두 남자의 눈빛이 묘하게 변했다. 그런 두 사람의 눈빛이 무엇인지 파악하기도 전 억지웃음을 지어 내느라 애를 썼다. 그 침묵을 깨트린 건 직원이었다. 그녀를 위해 마카롱과 에끌레어 등을 접시에 담아 내려놓았다.

5. 시나브로

유리 밖으로 놓인 테라스로 나온 두 사람은, 사무실 안에서 마카롱을 오물거리며 장식품에 눈을 고정하고 있는 이랑을 바라봤다.

"줄까?"

"됐어."

"안 해?"

"응."

"점점 줄이는 거 같다?"

유진은 바스락거리는 담배 하나를 꺼내 도환에게 권유했지만, 거절하는 그를 짧게 눈에 담고 자신의 입에 물었다.

"외벽에다 테라스라니……. 누구 솜씨야? 여기 백화점 건축 당시에 넌 한국에 있지도 않아서 담배 피울 용도로 지은 것도 아닐 텐데."

"용도야 뭐, 주인이 쓰기 나름이지."

유진이 허세를 부리듯 웃었다.

"어떠냐."

도환의 질문에 유진은 긴 한숨을 연기로 대신하는 듯했다.

"뭐가. 가지치기하고 올라온 기분이 어떤지 묻는 거야?"

"……."

반대로 몸을 기대 연신 이랑만 바라보던 도환은 뒤늦게 몸을 돌리고 유진과 함께 나란히 도심을 바라봤다.

"허무하지, 뭐."

"왜?"

"글쎄. 난 너처럼 복수에 불타오르지도 않았고. 그저 우리 엄마가 매번 이복형제들한테 싫은 소리 듣는 게 보기 귀찮아서 한 짓이라. 사실 하지 말 걸 그랬나 생각도 해. 그냥 외국이나 전전긍긍하며 객사로 죽는 게 내 꿈이었는데."

"객사까진 아니어도, 한국 땅으로 들어오는 게 내 최종 목표가 아니었던 건 나도 마찬가진데……."

"꽤 귀찮고 성가셔. 이제 와서 그만두고 내려가자니, 아버지 어머니는 한숨 쉴 게 뻔하고 배다른 형제들은 뒤에서 얼마나 수군거릴지 불 보듯 뻔하고. 아, 힘들어."

"조금만 더 수고해. 다 돼 가니까."
도환은 피식 웃음을 흘렸다. 그가 듣고 싶은 말이 뭔지 뻔히 잘 알고 있기 때문이었다. 유진의 사장 자리는 도환의 대표직 투표권을 위하여 필요로 앉혀 놓은 자리이기도 했다. 그제야 유진은 진짜 미소를 보이려는 듯 입꼬리를 올렸다.
"그래. 네 입에서 그런 아쉬운 소리 나와야, 은근 할 맛 난다니까?"
유진은 킬킬거리며 도환의 어깨를 툭 쳤다.
"승민이도 그렇고, 영오도 그렇고, 다들 각자 자리에서 철면피 깔고 안 하던 짓 하려니까 죽을 맛인 것 같더라. 그런 와중에 넌 불현듯 서프라이즈로 결혼까지 선사해 주고. 그러고 나서 세인트도 잘 안 나타나질 않나."
세인트에 들르지 않았던 건, 외롭게 집 안을 지키고 있을 여자애 때문이라고는 차마 말을 잇지 못했다.
"조만간 끝나. 이 짓도."
"아, 언론 쪽은 아주 탄탄하게 재정비 잘 됐어. 오히려 네가 스타성 있는 기업인으로 이미지 박아 버리는 바람에 반응이 아주 좋고. 세대가 바뀌면서 물갈이된 주주들한테도 네가 은근 먹히던데. 진짜 갑자기 치른 결혼이 먹혔던 건가……."
도환은 뭐든 장담할 수 없는 이 바닥에서 그까짓 결혼이 자신에게 파급력을 행했을 거라고 여기진 않았다. 애초에 유이랑은 대외적으로 유명한 아이도 아니었고, 이제는 위태로운 기업 중 하나에 속한 은나기업의 혼외 자식일 뿐이었다. 다만, 그녀와의 결혼이 예상하지 못했던 심경의 변화를 제공한 건 확실했다. 그건 앞서 더 많은 변수를 계산해야 할 일과도 다를 게 없어 보였다.
"근데 재 뭐냐."
두 사람은 일순간 시선을 이랑에게 고정했다.
"좋아해서 결혼하자고 졸랐다니……. 하하."
"……."
"세상 물정 몰라도 너무 모르고, 이 바닥에서 교류가 없었던 것도 티가 팍팍 나서 어디 데리고 다니지도 못하겠다. 너한테 결혼하자고 조른다고 그게 될 일이라고?"
"안 될 건 없지."
"뭐?"
유진은 이 무슨 황당한 말이냐며, 얼굴을 잔뜩 일그러트린 채로 도환을 바라봤다.
"너, 육아해 본 적 있냐? 아니면…… 조카라도 뭐 대신 맡아서 보살펴 본 적이라든가."
"그럴 리가 있겠어?"
"……마치, 부모 없는 애 척박한 인생살이까지 덤으로 어깨에 짊어진 기분이라."
"무슨 소릴 하는 거야, 도대체."
염세적인 시선으로 내내 도심을 바라보던 도환의 눈빛이 이랑을 향할 땐 달라져 있다는 걸 기민하게 알아챈 유진은 순간 황당한 웃음을 흘렸다.
두 사람이 다시 테라스에서 사무실 안으로 들어서자 어느새 사장실로 들어온 직원이 이랑에게 주문한 가구와 관련한 추가적인 설명을 하고 있었다. 불필요한 것들이라고 여겨 넘겼는데 이랑은 비싼 수입 가구의 관리 방법이라든가, 혹은 사용 방법 등에 대하여 숙지하려는 듯 귀를 기울이고 집중하는 표정이었다.

"가구 마음에 들어요? 아, 이건 내 선물."

유진은 직원이 들고 있던 영수증 하나를 빼 들더니, 자신의 사인으로 대체하고 직원에게 넘겼다.

"아……."

"크게도 쏜다."

"학생이라고 들었어요. 우수한 학생이 되어서, 우리나라를 빛내는……."

"쓸데없는 소리 하지 마."

유진의 기계적인 음성을 가로막은 도환이 일어나 나갈 채비를 하자, 이랑은 그를 향해 살갑게 웃으며 고맙다는 말을 대신했다.

"아니지, 그의 옆을 빛내는……?"

이랑을 데리고 사장실을 나온 도환은 문을 탁 닫아 버리며 유진을 시야에서 사라지게 했다.

서둘러 건물을 빠져나가려는 도환의 발걸음을 쫓는 이랑은 점점 벌어지는 보폭이 버거웠다. 어느 정도 도환과 보폭이 느리게 맞춰지던 순간 그는 주머니에서 바스락거리며 무언가를 꺼내 들었다.

"먹을래?"

"……이거."

"네가 챙겨 준 거잖아."

"단거 안 좋아하는 줄 알았는데요."

"안 좋아한다기보다는 뭐."

"효과가 있어요?"

"알코올을 줄이는 것에 대한 효과? 글쎄."

도환은 낮게 웃음을 흘리며 초콜릿 하나를 입에 넣었다. 그리곤 오물거리며 초콜릿 하나를 더 벗겨 낸 뒤 이랑의 입에 넣었다. 이랑은 소분해 놓았던 초콜릿이 허무하게도 멍청한 짓이라는 걸 알았음에도 불구하고 도환이 언제부턴가 챙겨서 야금야금 먹고 다녔다는 걸 생각하니 한편으로는 뿌듯하기까지 했다.

지하 주차장으로 연결된 엘리베이터를 갈아타기 위해 복도를 가로지르는 순간, VVIP들이 모여서 다과를 즐기는 공간에서 익숙한 얼굴이 나타났다.

"유이랑?"

"……."

이랑은 본능적으로 몸이 굳어 소리가 들리는 쪽으로 고개를 돌렸다.

"어머. 너는 밖에 나올 거면 언니한테 연락이라도 하지. 이사님도 같이 계셨네요? 호호."

굵은 웨이브가 어느 청담동에 있는 미용실 원장을 달달 볶아 만들어 낸 결과물이라는 건 안 봐도 뻔했다.

이랑은 둘째 언니의 빛나는 동공이 불쾌하고 불편했다. 앞서 그의 눈치를 보기 바빠 둘째 언니에게로 한 발자국 앞서 나갔지만 튀어나온 말이 더 빨랐다.

"제부라고 해야 하나요, 이제?"

"안녕하세요."

"아이, 참. 얘가 이렇다니까. 밖에서 데이트할 시간 있으면 언니들한테 연락이라도 좀 해 주지. 엄마한테도."

"미, 미안해, 언니. 원래 나올 계획이 있었던 건 아니라서."

"아, 유이랑 씨 둘째 언니 되시는 분 맞죠. 결혼식 때 이후로 뵙는 건 처음이라 몰라보았습니다."

둘째 언니는 그의 번듯한 미소에 기분이 좋은 듯 한껏 볼을 부풀렸다. 화사한 옷이나, 액세서리가 자신과는 대조됐다.

도환은 악수를 청하기 위해 손을 내밀었다. 악수를 받는 둘째 언니는 자신의 막냇동생의 남편에게 악수를 청하는 추임새가 아니었다. 호감을 느끼는 남자에게 손을 내미는 것과 같은 표정과 몸짓이 보여 이랑은 은연중에 불쾌함을 얼굴에서 가리기 어려웠다.

"식사라도 같이하면 좋을 텐데, 시간 되면 차라도 한잔 같이 하실까요. 저희는 애매하게 식사를 집에서 하고 나온 때라서요."

"어머, 그래도 돼요? 이랑아, 너도 시간 되는 거니?"

"……."

이랑은 낯선 눈으로 그녀를 바라봤다. 단 한 번도 자신에게 시간의 여유를 물어본 적 없는 둘째 언니가 마치 처음 본 사람 같아서였다. 과거에 아버지가 공부에 재능 없으니 연기 학원이라도 보내는 게 낫겠다고 했던 말이 떠올랐다.

멋진 도심의 풍경을 담고 있는 분리된 공간 하나를 세 사람이 차지하자, 직원이 다가와 주문을 받았다.

"저는 커……."

"이랑이는 딸기 스무디 주시고, 저는 커피면 됩니다."

둘째 언니는, 유이랑의 주문을 대신하는 도환을 당황한 눈으로 바라봤다. 그리고 자신도 커피를 다시 주문하는 목소리를 어색하게 내비쳤다.
"자매분들 얘기는 많이 못 들었어요. 이랑이가 많이 이야기 안 해 주던데."
도환이 불시에 옆자리에 앉은 이랑의 손등을 감싸 쥐며 미소를 그리자, 둘째 언니가 당황한 듯 몸을 등받이에 기대고선 이랑에게 시선을 던졌다.
"제, 제가……."
"언니들 얘기 많이 안 해 줬어? 얘도 참……. 원래 이랑이가 쑥스러움을 많이 타고 별난 구석이 많아요. 아빠를 닮아서 그런가. 도움받지 않고 혼자서 하려는 것들도 많고, 고집도 좀 센 편이구요."
도환은 머금고 있던 미소를 슬슬 풀어내고, 심드렁한 표정을 짓기 시작했다.
"생각보다 할 줄 아는 게 많이 없던데."
"그, 그래요? 아, 이렇게 불시에 결혼할 줄 알았으면 신부 수업이라도 받게 할 걸이라며 엄마가 엄청 아쉬워했다니까요. 호호."
둘째 언니는 입을 가리고 웃었다. 이랑은 그 모습이 당황스러움을 감추기 위함이라는 걸 잘 알고 있었다. 여유롭고, 남자를 대하는 것에 있어서 유려함이 마냥 신기할 뿐이었다.
이랑은 자신의 앞에 놓인 스무디만 묵묵히 휘젓고 몇 모금을 빨아들일 뿐 대화에 끼어들지 않았다. 아니, 어쩌면 끼어들 수 없었던 것 같기도 했다.
"나름 연애한 건데, 말하기 쑥스러웠나 봐. 그래?"
도환은 다정한 눈으로 이랑을 보며 물었다. 이랑은 입에 머금고 있던 스무디가 목에 묵직하게 걸리는 기분이 들어 도환을 놀란 눈으로 바라봤다.

"사실, 제가 너무 좋아해서 결혼하자고 졸랐거든요. 하도 안 받아 주길래, 그날 저녁에 공개적으로 이랑이랑 결혼하겠다고 만인 앞에서 말한 것뿐인데. 다들 놀랐을 수도 있겠네요. 우리 이랑이 성격이었다면 말을 원체 안 했을 테니……."

이랑은 간신히 삼켰다. 하마터면 유리컵 안으로 스무디를 고대로 뱉어 낼 뻔했다.

* * *

"서른?"

"네……."

"서른 될 때까지 직업이 없다는 말이야?"

도환은 차 키를 이랑에게 넘기며 멀리 서서는 이리저리 딴청을 피우는 척, 어설프게 몸짓하는 둘째 언니를 보며 물었다. 혹시 직업이 있는데 제가 모르는 게 아닐까 싶었다. 그래서 의심을 담은 눈으로 멀리 서서 자신을 멀뚱하게 바라보고 있는 둘째 언니를 응시했다.

"유 회장님 집안 첫째가 회사에서 일한다고 하지 않았던가? 예전에 표 비서한테 들었던 것 같은데."

집안에 대하여 적극적으로 묻는 건 처음이라서 이랑은 어느 선부터 어디까지 말해야 할지 난감했다.

"말하고 싶지 않으면 안 해도 상관은 없어. 표 비서한테 전화 한

통이면 다 알 수 있는 건데, 내 아내 집안일에 대해 표 비서한테 묻는 거 내 입장도 좀 곤란하잖아."

"……."

이랑은 순간 눈이 동그래졌다. 아까부터 이상하게 손가락이 오그라드는 말만 골라 하는 그였다. 분명 진지한 표정은 맞지만 능글맞고 장난기가 가득해 보였다.

"저…… 아까, 친구 분 있는 데서 제가 했던 말은……."

"진심 아니었어?"

"……."

"흠."

도환은 아쉽다는 듯 주머니에서 초콜릿 하나를 꺼내 껍질을 까낸 뒤 입에 넣고 오독이며 씹었다.

"사실 아니잖아요."

"음."

고개를 대충 끄덕인 도한은 멀리서 헤드라이트를 번뜩이며 미끄러져 들어오는 세단을 바라봤다.

"지금이라도."

"……."

"앞으로 사실이 되면, 되는 거지."

다정하게 웃는 게, 멀리서 두 사람을 흥미롭게 바라보고 있는 둘째 언니를 의식해서일 거라 생각했다. 그런다 해도 상관없었다. 이랑은 도환을 어색하게 바라보다가, 다정함을 한껏 담은 미소로 화답하고 배웅할 준비를 했다.

"가족 중에 혹시 치우고 싶은 사람 없어?"

"네……?"

도환은 촉감이 말랑거리는 캐러멜 껍질을 까더니 이랑의 입에 넣어 주곤 말을 이었다. 입 안에 도는 달콤하고 고소한 맛과는 다르게도 살벌하고 날 선 말이 이질적이었다.

"잘 생각해 봐."

"무, 무슨……."

"분명 있을 거야."

도환은 이랑의 관자놀이를 검지로 톡톡 쳤다. 그리고 마침내 도환 앞에 도착한 세단 뒷좌석 문이 열리자 탑승했고, 곧장 지하 주차장을 빠져나갔다. 빨간 후미등을 번뜩이며 차가 멀찍이 작아질 즘에, 멍한 기분을 깨우는 목소리에 어깨가 움츠려졌다.

"진짜니? 아니지?"

뒤를 돌자, 호기심과 함께 심기가 뒤틀리다 못해 얼굴도 뒤틀린 둘째 언니가 보였다.

"저 사람이 널 언제 봤다고 결혼을 하자고 졸라. 우리 엄마랑 언니가 바본 줄 알아? 진짜 웃긴 미친놈 아니야? 얼굴은 완전 상급인데, 정신은 어디 하나 나간 거 같은데?"

그녀는 의심을 담은 눈초리, 말을 던지고 난 후 이랑의 반응을 살폈다.

"말이 너무 심하잖아요."

"배고파. 나 카드도 뺏겼는데 밥 좀 사라."

"……네?"

이랑은 팔을 잡아끌고 다시 백화점 안으로 들어서는 둘째 언니의 말에 황당한 표정을 지었다.

“엄마랑 큰언니가 아주 나 쫓아내려고 난리라고.”
“무슨 일 있어요?”
“일은 무슨, 이리저리 마음 못 잡는다고 난리들이지.”
“회사에 자리 하나 내준다고 한 게 몇 년 전인데, 왜 안 들어가요?”
“하.”
둘째 언니는 엘리베이터 앞에서 코웃음을 치며 팔짱을 낀 채 몸을 삐딱하게 기울고선 이랑을 향해 몸을 돌렸다.
“너 회사에 자리 하나 바라고 있었니?”
“……그런 뜻으로 말한 거 아닌 거 알잖아요.”
“안 그래도 엄마가 너 본가에 기생충처럼 들러붙어 살 때부터 회사에 혹여나 발붙일까 봐 노심초사하면서 평생 살았던 거 알아, 몰라.”
“어머니한테도 분명 말씀드렸어요. 은나기업에 절대로 들어갈 생각 없다고…….”
“야.”
띵. 엘리베이터 문이 낮고 간결한 소리와 함께 열리고 안에서 남녀 둘이 빠져나왔다. 두 사람은 일순간에 불편한 대화를 침묵하고 남녀가 멀어질 때까지 기다렸다.
둘째 언니는 급한 성질을 억누르지 못했다. 이랑의 팔을 잡아끌어 엘리베이터 안으로 밀었다.
“너 똑똑히 들어. 로또 한 장 사서 그냥 당첨된 거나 다름없는 거야, 지금. 알아?”
“로또라뇨.”

사행성 도박에 그를 비유하는 것에 화가 났다. 이랑은 둘째 언니의 거침없는 발언이 교양 없다고 매번 타박하는 큰언니의 말에 동의하면서도 마주할 때는 속수무책으로 당하는 기분에 분했다.

"안 그랬으면 은나기업 어디 한자리도 차지 못 하고 지방으로 쫓겨날 신세였을 텐데. 아니, 학교라도 졸업 제대로 했겠니? 아버지 그렇게 돌아가신 후로, 막말로 그 집에서 잠이라도 자게 해 준 게 어디냐고."

"저도 그 집 식구예요."

"아, 맞아. 식구. 혼외……."

둘째 언니는 입술을 자신의 손으로 가렸다. 마침 다시 문이 열리며 다른 승객이 탑승했기 때문이었다. 두 사람은 안쪽으로 더욱 깊숙하게 밀려들어 갔다. 그러다 자신이 즐겨 가는 펍이 늘어진 층에 도착하자 그녀는 다시 이랑의 팔을 끌고 빠져나왔다.

"구질구질한 네 인생이 반전인 걸 바라보는 내 기분 좀 헤아려라."

둘째 언니는 펍 입구에서 직원의 안내를 받아 라운지로 들어섰다. 대낮부터 술을 마시겠다는 의미였다. 이랑이 주춤거리자 희번덕거리는 눈을 했다. 다급하게 둘째 언니를 따라가 바(Bar)로 된 곳에 나란히 자리 잡자 그녀는 상의도 없이 메뉴를 시키기 시작했다.

"너 들어왔을 때 우리 엄마 표정 아직도 잊히지 않아."

"……."

이랑은 그녀가 넘실거리는 갈색 액체를 얼음도 넣지 않고 유리잔에 채우는 걸 바라봤다.

"하긴, 씨 뿌린 게 네 탓은 아닌데. 왜 다들 널 못 잡아먹어서 안달인지."

언니는 조금 전까지 술을 마신 것 같았고, 술이 깨려던 찰나에 우리를 만났던 것 같았다. 다시금 술이 취하는 속도가 빨라 보였다.

"네가 조금만 더 멍청했어도. 집안에서 예뻐했을 텐데."

살며시 쥔 주먹이 바들바들 떨려 왔다. 유 회장님을 닮아 똑똑하다고, 유 회장님을 쏙 빼닮았다고, 유 회장님을 닮아 차분한 성격에 또래답지 않다는, 그 말들이 집에서 이랑을 평생토록 가시방석에 앉게 했다. 돌아가신 아버지를 원망한 적은 유산을 나눠 받지 못했을 때 현실적으로 딱 한 번이었다. 살길은 만들어 주고 가지.

아버지가 없는 세상에서는 아버지를 닮아 똑똑한 혼외 자식을 반기는 곳은 없었다. 이랑이 혼자 남았을 때를 대비하지 않고 가버린, 아버지가 너무나 한심하게 보였고 원망하지 않을 수가 없었다.

"이제 은나기업 하나는 네가 건사해도 되겠다."

"그럴 일 없어요."

"하하. 너 쫓아내지 않았던 걸 이렇게 갚을 거야? 공짜로 밥 먹여 주고 재워 줬던 건 갚아야지."

"언니……!"

"어머니가 부탁했던 거."

이랑은 순간 결혼 전에 어머니가 제게 넘겼던 목록이 빼곡하게 담긴 서류를 떠올렸다. 은나기업을 다시 살리려면, 그의 기업에서 실행해 주는 발주가 필요했다. 어쩌면 앞으로의 모양새가 베갯머리송사가 될 수도 있다는 생각에 몸서리가 쳐졌다. 이런 식으로 쓰러져 가는 아버지의 사업을 일으킬 생각은 없었다. 그렇다고 딱히 명확한 해결책이 있는 것도 아니었다. 자신은 고작, 이제 사회에 발돋움도 하지 못한 대학 졸업을 앞둔 학생이라는 것이 현실이었다.

"우리 제부에게 말은 했니?"

그녀가 붉은 입술을 늘어트리며 미소를 머금고 물었다.

"말 안 할 거예요."

"……."

곧장 정색하던 둘째 언니는 바 의자에 몸을 기대더니, 다시 술을 벌컥벌컥 들이켰다. 아마도 이게 진짜 알코올 중독인 것 같았다.

"공짜 밥 적선하듯 먹여 줬다고 여기신다면, 갚을게요. 당장이라도 정산해 드리죠. 그치만, 어머니가 제게 말씀하셨던 건 아무리 생각해 봐도 배도환 이사님께는 말 못 해요. 먼저 가 볼게요."

이랑이 자리에서 일어나 그가 언젠가 제게 주었던 신용 카드를 꺼냈다. 그러다가 자신이 가지고 있는 비상금이 든 카드로 다시 바꿔서 꺼내 들며 입이 쓴 걸 꾹 참았다.

"……그럼 안 될 텐데."

차분한 목소리에 이랑은 일어선 채로 둘째 언니를 바라봤다.

"왜요?"

"배도여 이사. 죽었다던……. 그 사람 둘째 형이던가?"

"알아요?"

"뭘. 그 사람을 아느냐고? 개인적으로? 아니면, 그 사람이 왜 죽었는지 아느냐고?"
그녀가 손뼉을 치고 뒤로 상체를 뒤집으며 깔깔거리고 웃었다.
"둘 다요."
"그 자식 그냥 우울증이었어. 가끔 클럽에 나타나서 마치, 세상 별은 다 머금은 듯한 눈을 하고 손발 오그라드는 시인 흉내나 내는 노인네 같았어. 별거 아니야, 이랑아."
우울증으로 세상을 등진 사람을 별거 아니라고 치부하는 둘째 언니가 이제는 완전하게 미친 사람처럼 보였다.
"그니까……. 쉽게 말해서 이런 거야. 지금 배도영 임시 대표랑 죽은 그 사람 둘째 형이랑 파벌 싸움하다가, 결국 밀리니까 숨 막혀서 스스로 목숨 끊은 거라니까?"
"……."
"그런데 그 와중에, 셋째가 왕좌의 자리에 딱 앉게 생겼는데. 아내라는 여자 집안 꼴이 말이 아니면 남들이 뭐라고 하겠니? 표라도 밀리면 네가 책임질 거야?"
"무슨 이야기를 하고 싶은 거예요?"
둘째 언니는 몸을 늘어트리며 상체를 바에 기대고 눈을 뱀처럼 가늘게 뜨고 웃으며 중얼거렸다.
"자살. 그거 하상 그룹에 치명적인 흠이라고들 하잖아. 근데 다들 그 흠을 덮어 줄 만한 배도환이라는 유성이 나타났는데 세상에……. 너랑 결혼을 하다니. 도대체 그 자식은 무슨 생각인 걸까?"
"아까도 말했지만……."
"둘이 눈 맞아서, 뭐 우리 모르게, 갑자기 배꼽이라도 맞춰 봤어? 하긴, 하도 창고 문으로 쥐새끼처럼 드나들어서 밖에서 뭔 짓을 하고 다녔을지를 모르니…….”
“언니……. 주변에 듣는 귀 많아요.”
“뭐 어때. 여기 VVIP 라운지야. 솔직히 여기서 네 얼굴 아는 사람이라도 있겠니?”
“…….”
“다 쓰러져 가는 집안에, 그것도 넌 혼외 자식에, 별 볼 것도 없고. 그 사람한테 도움 되려면 뭐라도 좀 건사해 보라고 하는 소리란다……. 그 덕에 우리도 동아줄 좀 잡아 보게.”
둘째 언니는 두서없는 말을 내뱉으며 하품을 쩍 했다.
“그 사람 이번에 대표직에 못 앉으면, 그거, 네 탓도 있는 거다?”
이랑은 더 이상 듣고 싶지 않았다. 두서없는 말임에도 불구하고 그녀가 하는 말이 무엇인지 명확하게 내리꽂혔기 때문이었다.

* * *

“손에 있는 거 치워 드릴까요?”
도환은 부드럽게 흔들리는 차 안에서 그저 말없이 손에 쥔 초콜릿 껍질만 지분거렸다.
“…….”
그가 대답하지 않자, 운전석에 앉아 핸들을 잡고 있던 직원은 두 번 묻지 않고 다시 정면을 바라본 채 신호를 받았다.
세상에서 가장 부유한 가정에 태어났음에도 불구하고, 분명 결여된 것이 많다는 생각을 할 때가 많았다. 그럴 때마다 도여 형은 퍼석하게 메마른 가정 환경에 항상 온기를 불어넣는 존재와도 다름없다고 여겼다. 부유했지만 그는 부유함을 앞세워서 어떠한 이득을 취하려 들지 않았고, 그럼으로 인해서 누리고 사는 방법도 잘 알지 못했던 것 같았다.

3형제가 어느덧 성인이 되었을 때는 사회가 얼마나 자신들에게 혹독하게 화살을 겨누고 있었는지 알았다. 또 형제들끼리도 피를 흘려야만 살 수 있는 운명에 놓여 있다는 걸 깨달았을 때 도여 형은 미련 없이 생을 마감했다. 사실 도여 형의 성향을 닮지 않았던 탓에 그를 더욱 이해하지 못한 거라고 합리화시키곤 했다. 그래서 가끔은 둘째 형의 감성적으로 치우쳐진 성향을 외면하고 싶은 마음에 해외를 전전긍긍하기도 했다. 외롭게 놔두다 못해 그렇게 보내 버린 것에 대한 일말의 책임도 있는 것 같았다.

형의 죽음에 대한 소식을 접했을 때 도환은 무기력함에 한동안 잠만 내리 잤던 기억이 떠올랐다. 유학길에 다시 오르기 전, 갓 20대 초반이었던 도환은 억지로 넥타이를 매는 도여 형을 떠올렸다. 이제 막 회사에 들어가 첫째 형과 자리를 나란히 하고 아버지 밑에서 당근과 채찍을 매일같이 번갈아 맞을 때, 그는 피폐함과 수척함을 얼굴에 감추지 못했다. 눈에 보이진 않았지만 분명 목에는 투명한 목줄이 차여져 있었다.

도여 형은 왜 도망가지 않았을까. 그토록 사랑하던 책과 음악을 포기하고 끔찍이도 싫어하던 아버지 밑으로 들어가 넥타이를 매게 된 것에 대하여 언젠가 물었을 때 그랬다. 생각보다 많은 사람의 가정과 삶이 자신들의 손에 달린 걸 알았다고. 그땐, 잘 깨닫지 못했다. 그게 무슨 멍청한 소리냐며 어린 스무 살 남자애다운 답만 뱉었다. 그 사람들이 굶어 죽든, 말든 그게 무슨 소용이냐고. 형이 좋아하는 거나 하며 살라고. 그런다 해도 우린 굶어 죽지 않으면 그만 아니냐며, 멍청하고 한심한 소리나 죽죽 해 대던 자신의 머리를 그저 흩트리며 출근 준비를 하는 도여 형이었다. 너른 어깨에 걸쳐진 슈트를 이토록 어울리지 않는 사람은 처음이라며 놀리던 게 아직도 선명하다.

"그때, 멋있다고 한마디라도 할 걸 그랬나……."

도환은 차창에 턱을 괴고 중얼거렸다. 단 한 번이라도 응원을 담은 소리를 한 적이 없었던 게 이제 와서 후회가 됐다. 빈말은 없던 감정도 생겨나게 만드는 건가. 문득, 이랑이 아까 어설프게 내뱉었던 말이 스치자 비죽 웃음이 스쳤다.

그를 죽음으로 내몰았던 건, 큰형의 욕심도 한몫을 하긴 했지만 선택을 한 건 도여 형이었다. 누구의 탓이라고 내몰기엔 이유가 부족하다는 건 자신도 잘 알고 있었다.

"도착했습니다."

붉게 타들어 가는 노을에 눈을 감고 있던 도환은 시큰거리는 눈을 느리게 떴다. 그사이 대기하고 있던 표 비서가 문을 열자, 사복 차림으로 내린 도환은 피곤한 표정을 여지없이 드러냈다.

"이렇게 급하게 오라 가라 할 정도면 뭐야. 전화로 해도 되잖아."

"2주 뒤, 주주 총회 소집 통지서 올라왔습니다."

도환의 표정이 순식간에 굳었다. 서둘러 로비를 지나쳐 자신의 집무실로 올라갈 수 있는 엘리베이터에 탑승하자 일순간에 긴장감이 맴돌았다.

"큰형은?"

"아까 베이징에서 도착하자마자, 바로 집무실로 들어가셨다고 합니다."

"안건은 당연히 대표직에 대한 선임일 테고."

"맞습니다."

표 비서는 뒤따라 들어오는 직원의 차를 드리냐는 질문에 간단하게 모든 것들을 물렸다. 약 한 시간 동안 일절 방해하지 말라고 한 뒤 문을 굳게 닫았다.

"참석 여부에 대해 미지근하게 대답하는 몇 빼고는, 딱히 불안한 동태를 보이는 쪽은 없습니다."

그사이 노크 소리가 두 사람 사이를 갈랐다. 분명 방해하지 말라고 했던 지시를 어긴 것에 대하여 표 비서는 날 선 표정을 한 채 문을 열었다.

"분명 아까……."

여직원은 다급한 얼굴로 태블릿 PC를 표 비서에게 내밀었다. 그가 미간을 찌푸리며 받아 들어 안의 내용을 빠르게 확인했다.

"하……."

그가 도환의 곁으로 다가와 태블릿 PC 안에 뜬 내용을 내밀었다.

"마지막까지 긴장 놓으시면 안 되겠는데요."

기사에는 이랑의 얼굴과 함께 은나기업의 몰락에 관한 내용이 담겨 있었다. 죽은 유 회장의 병명까지도 적힌 기사의 내용대로라면 모든 것들은 배 일가의 탓이었다. 도환은 헛웃음을 지었다.

"사실이야?"

"……."

"아니라고 말할 순 없죠."

속독해 내려간 내용을 보며 인상을 찌푸렸다.

"은나기업에서 만든 전자 제품 기술력을 우리 회사에서 사들이려고 했던 건 알겠는데……. 그러다 그걸 베껴서 개발해 냈고, 따로 상용화했다면 완전 양아치 짓이잖아. 도대체 누가 한 거야."

"……."

표 비서는 입술을 잘근 깨물었다. 표정이 심상치 않음에 도환은 신경질적으로 태블릿 PC를 회의용 탁자에 던졌다.대답을 종용하는 것과 다름없는 행동이었다.

"도여 형님 살아 계실 적에……."

도여라는 이름에 도환은 고개가 표 비서를 향해 천천히 돌아갔다.

"제대로. 처음부터 다시 얘기해. 간단하고 명료하게."

그가 집무 서랍에서 뜯지 않은 담배를 꺼내 들었다.

"회장님께서 지시하신 일들이 있었습니다. 마침 그 당시에 은나기업과 비슷한 기술을 연구하던 프로젝트를 도여 형님께 맡기셨고, 아무래도 은나기업에서 개발한 기술이 너무 탁월하다 보니 따라잡을 수 없었던 것 같았습니다. 확실한 건 아닙니다."

"……후."

"도여 형님은 개발을 하다가 멈추고 갑자기 은나기업에게 합병을 제안했었습니다. 아니면 거액을 주고 그 기술을 사 오는 쪽으로 설득했는데 잘 안 되셨던 것 같습니다."

"그래서……."

"처음에는 제품 출시가 급하다 보니, 부품을 은나기업에 발주를 해서 완제품을 만들어 출시했는데 마지막에는 회장님이 그마저도 허락을 안 하셨습니다."

표 비서는 그저 시선을 아래로 내렸다. 도여 형님이 결국 그 기술까지 베껴야 했다는 말이었다. 그 이후 은나기업에게 가는 발주는 전혀 없어지는 바람에 마침내 휘청이고야 말았다는 말을 차마 뱉지 못하는 얼굴이 여지없이 드러났다.

"유 회장은 평소 지병이 있었던 건 아니고? 기사가 너무 자극적이잖아."

그답지 않은 회피성 발언이었다. 표 비서는 입술을 지그시 깨물고 도환을 바라봤다. 그리곤 기사의 뒷내용이 더 문제라는 듯 화제를 돌렸다.

집안 하나 뿌리째 망하게 만들어 놓고선, 둘째 형의 자살과 연이은 은나기업의 몰락에 쏠리는 시선이 두려워 혼외 자식인 유이랑을 배도환의 배우자로 지목해 정략결혼을 시켰다는 내용이었다. 유이랑은 고작 대학교 졸업을 앞둔 스물네 살짜리 여자애라는 점에 초점이 맞춰진 것에 여론이 들끓을 거라고 표 비서가 지목했다.

"정정 기사 내도록 움직이겠습니다."

"뭘 정정할 건데. 유이랑이 대학생이 아닌 거? 아니면 스물네 살이 아닌 거? 아니면, 정략결혼? 그래. 그거 하나는 정정해도 되겠다. 불시에 과자 봉지 하나 집어 들듯, 술에 취해 재랑 결혼하겠다고 찍어서 하루아침에 식 올렸던 거."

"이사님."

도환은 담배를 물었지만 불을 붙이진 못한 채 낮게 욕을 중얼거렸다. 그는 집무 의자에 털썩 앉아 고개를 젖히고 골 아픈 듯 눈을 지그시 감았다. 조만간 열리는 총회는 두 번 없을 기회였다. 주주들은 번듯하고 기업 이미지에 타격 없을 대표를 원할 테고, 자칫하면 도영에게 표가 쏠릴지도 모를 일이었다.

"기사가 어디서 흘러 들어간 건지 확인해 봐. 그리고……."

"네."

"도여 형이 당시에 기술 개발할 때, 주변에서 방해한 인물 없었는지도 조용히 알아봐. 넌 이해가 되냐?"

"애초에 말이 안 되는 것들이 많습니다. 하지만, 유 회장님은 젊은 시절에 저희 회장님이 스카우트 제의를 수차례 했을 정도로 유능하신 분이기도 했습니다. 그분이 개발한 기술들이 평범하다고 보긴 어렵습니다. 현실적으로 요새……. 하지만, 저희도 그만큼의 개발자들은 많이 데리고 있죠."

의문이 많은 것도 사실이었다. 아무리 은나기업이 기술이 좋고, 유 회장이 머리가 좋다 해도 세계 각국의 유능한 IT 기술자들이 몸담고 있는 곳이 하상 그룹이었다. 은나기업에서 개발한 기술을 따라잡지 못할 리가 없었다.

"은나기업 우리 지붕 안으로 들어오게 해야 할 것 같다."

표 비서는 놀란 눈으로 그를 다시 바라봤다.

"주주들이 허락할까요."

그는 말을 마치자마자 자신의 편에 서 있는 주주들에게 먼저 연락을 돌리는 걸로 표 비서에게 지시했다.

"어차피 절반 이상만 허락해 주면 돼."

합병 하나 정도는 주주들의 사인을 받는 게 어려울 건 없었다.

어차피 하상 그룹의 주식 대부분은 회장님 앞이었고, 나머지의 많은 지분이 도환과 도영 앞으로 되어 있기에 주주들의 반대가 있다 하더라도 큰 문제는 아니었다.
"이랑의 어머님이 흔쾌히 동의할까요."
도환은 깍지를 낀 채 손가락 마디마디 사이를 지분거렸다.
"장모님 만나 뵐 때가 왔나 봐."
"……."
도환은 피식 웃어 보였다. 마침내 스탠딩 코미디라도 본 남자처럼 웃어 보였다.
아까 백화점에서 둘째 언니라며 자신을 소개했던 여자의 얼굴이 떠올랐다. 유이랑과는 닮은 곳이라고는 하나도 없었는데, 아무래도 다른 배라서 그런 건가. 비죽 뻐근한 목을 이리저리 꺾으며 생각했다. 아무렴 아버지는 같은 유전자인데, 그런데도 자매가 닮은 구석이 하나도 없다는 게 신기했다.

* * *

"너무 갑작스럽게 찾아왔죠?"
"어떻게 오셨어요?"
문을 연 앳된 직원이 도환에게 물었다. 아마 그가 누군지 알아보지 못하고 위쪽의 지시로 문을 열어 준 것 같았다.
"집에 아무도 없습니까?"
"네. 사모님은 아직 회사에서 돌아오지 않으셨고, 큰 아가씨도 거의 함께 출퇴근 하셔서요."

"아……."
"집안 살림은 한 여사님이 거의 맡아서 하시는데, 아……. 저기 오시네요."
도환은 멀리서 다가오는 중년의 여성을 바라봤다. 단정하게 뒤로 묶은 머리는 반 이상이 백발이었다.
"어서 오세요. 이사님. 집에 주인이 없어서 저희가 대신 맞게 돼서 죄송합니다."
한 여사를 따라 집 안으로 들어서자 오래된 가구들과 이 집안 여자들의 취향으로 느껴지는 듯한 화려한 가구들이 빼곡하게 차 있었다.
"아닙니다. 함께 왔어야 했는데 근처에 일이 있어서 들렀습니다."
한 여사는 보일 듯 말 듯 알 수 없는 미소를 머금고는 뒤를 돌아 그를 응접실로 안내했다. 도환이 불시에 이랑과 함께도 아닌 혼자 이곳에 방문했다는 건 이례적인 일이 아닐 수가 없었다. 어떠한 목적을 두고 방문했다는 걸 인지한 이랑의 모친이 회사에서 급박하게 본가로 오고 있다는 연락을 받고 한 여사는 대표에게 차를 내오면서 그대로 전달했다.
"이랑 아가씨는 잘 지내고 있나요? 갑자기 방문하신다는 연락에, 함께 오는 줄 알았는데……."
"잘 지냅니다. 곧 복학도 앞두고 있는데, 처음 봤을 때보다 얼굴에 제법 살도 포동포동하게 올랐어요."
"다행이군요."
한 여사의 씁쓸한 눈과 억지로 웃음을 머금고 있는 것을 본 도환은 그녀가 이랑을 품에 안아 키웠단 걸 알아챘다.
"전에 챙겨 주신 반찬 거의 다 먹었는데, 오늘도 조금 받아 갈 수 있을까요? 이랑이가 좋아할 것 같아서요."
한 여사는 찻잔을 내내 바라보다가 놀란 눈으로 도환을 바라봤다. 도환은 이 집안의 사람들이야말로 포장지 뜯어내듯 치러 낸 결혼의 전말을 다 아는 탓에, 자신을 고운 시선으로 보지 않는다는 걸 당연하다 생각했다. 피식 웃음이 터졌다. 둘째 언니라는 여자 앞에서 원맨쇼 하듯 펼쳤던 장난스러운 말들이 떠올랐다.
"저도 같이 먹어서 그런지 빨리 소진됐어요. 어머니가 일찍 돌아가셔서 그런지, 본가 밥 못 얻어먹은 지 꽤 됐거든요."
하상 그룹은 그녀의 집안에게는 어쩌면 적대적인 대상이었다. 이랑의 아버지를 지병으로 몰아 마침내 죽음의 문턱을 넘게 했지만, 그렇다고 해서 그들 탓이라고 원망할 수 없는 기라성 같은 존재였다. 그런 와중에 이랑을 옛말로 치면, 보자기에 싸서 일언반구 없이 데려가 버렸다. 애착을 두고 키웠던 이 중년의 여사에게만큼은 배도환이 달가운 존재는 분명 아닐 거였다. 하지만 도환은, 언제나 그렇듯 남에게 호감을 사는 방법을 잘 알고 있었다. 수려한 외모를 어떻게 사용해야 하는지도.
"그럴게요. 혹시 좋아하시는 찬이나 음식 있으면 조금 해서 챙겨 드리겠습니다."
신혼부부의 어리숙함까지도 티 내면서 멋쩍게 웃자 한 여사가 자리에서 일어나 대답했다.
"이랑이가 좋아하는 건 저도 다 잘 먹습니다."
"그럼."

"그전에."

돌아서려는 그녀를 잡아 세운 도환은 함께 자리에서 일어났다.

"이랑이가 지내던 방 구경하고 싶은데 괜찮은가요?"

"……."

불시에 요구한 사항은 거절하지 못한다는 걸 잘 알고 있었다. 한 여사는 잠시 머뭇거리다가 고개를 조심스럽게 끄덕였다.

"어느 정도 정리를 해 놓은 상태인데……."

"위층인가요?"

그가 당연하다는 듯 너른 계단을 향해 몸을 틀려 하자, 한 여사가 가로막았다.

"그쪽 아닙니다. 따라오시죠."

"……."

의아한 표정으로 한 여사가 트는 방향을 따라 그가 걸었다. 거실 구석 복도로 쭉 이어진 곳에 자리 잡은 방은 가족들이 사용하는 곳이라고 보기엔 어려웠다. 직원들이 사용하는 공간이라도 해도 이상하지 않을 정도로 문도 작고, 얼핏 지나다니다 보면 창고라고 해도 이상하지 않을 방이 그의 미간을 찌푸리게 했다.

"여기요?"

"……."

그녀는 말없이 고개를 끄덕이고 방문을 열었다. 익숙한 체향이 옅게 맡아지는 기분에 어디선가 이랑이 바스락거리고, 후드티 소매 밖으로 꼬물거리는 손가락을 내밀며 나타날 것 같았다.

"방에 보일러를 아직 끄지 않아서 조금 훈훈합니다."

"……."

그는 다섯 평 남짓해 보이는 공간을 천천히 둘러봤다. 허탈함에 웃음이 나왔다. 죽은 유 회장이랑 쏙 빼닮아 유전자 검사를 하지 않아도 자식이라는 건 안 봐도 알 수 있는데도 불구하고, 그녀가 언제부터 이런 작고 창고 같은 방에서 지낸 것인지 의아했다.

"회장님이 돌아가시기 전까지는…… 제대로 지낸 건 맞죠?"

날 선 목소리가 제대로 터졌다. 한 여사는 조용히 고개를 끄덕였다. 그녀는 고작 집안의 직원일 뿐이었고, 이곳에서 눈칫밥을 먹고 산다 해도 도와줄 수 있는 것이 하나 없다는 것에 항상 무기력함을 달고 살았을 것이었다.

"아가씨께서 이곳에 올 때, 친어머니가 병상에 누워 있었어요. 사모님과 따님 분들은 어린 아가씨가 영악하다고들 했는데……. 천성이 착해 어머니에게 짐이 되고 싶지 않아 낯선 아버지를 따라나선 거였어요. 외가 쪽 사촌들에게도 짐이 되고 싶지 않아 했답니다. 그게 참……."

"어른들이 보기엔, 속이 쓰리죠. 또래는 또래다워야 하는 건데."

중, 고등학생들이 쓰면 딱 맞을 만한 아담한 책상이 유독 오래돼 보였다. 한 여사는 그 책상을 마치 이랑을 쓰다듬듯 쓸다가 따듯하게 웃으며 대답했다.

"마치, 어린 동생이 안쓰러운 듯 말씀하시네요……."

"……."

한 여사는 잠시 자리를 비우겠다며 조용히 방에서 나갔고 그는 불 꺼진 작은 방에서 혼자 서 있었다. 마침 안주머니에서 진동이 울려 휴대 전화를 확인하니 밀린 메일을 포함해 이랑으로부터 문자가 도착했다.

[상하 씨가 감기가 심해서, 병원 가니 독감 판정을 받았대요. 일주일 정도 일을 못 할 것 같다고 연락받았거든요. 그런데, 제가 할 줄 아는 요리가 많이 없는데…….]

말끝을 흐리는 글자에서도 이랑의 표정이 보이는 것 같아 그는 웃으며 미간을 찌푸렸다. 지금 그녀의 방에 있다는 걸 숨긴 채, 일찍 퇴근할 수 있을 것 같다는 희망을 담은 문자를 보내 놓고 휴대전화를 다시 주머니에 넣었다.

도환은 바지 주머니에 손을 꽂아 넣고 채광이 좋지 않은 방을 꼼꼼히 둘러봤다. 처음으로 보는, 이랑의 오래된 취향이 고스란히 기록된 공간이었다. 문 열고 복도를 따라 열 걸음 정도만 나가면 몇 억을 호가하는 가구들이 빼곡히 차 있는 공간이 나오는데 그 사실을 믿기 힘들 정도로 여기에 다른 세상이 존재하고 있었다. 남아 있지 않은 몇 가지 소지품들을 손으로 만지작거리기도 하고, 1인용 침대에 풀썩 앉아 삑삑거리는 녹슨 스프링에 엉덩이를 들썩거리기도 했다.

너는, 여기서 얼마나 긴긴 시간을 불안해하며 기약 없이 지냈을까.

그럼에도 조금이라도 아버지가 살았던 곳에서 떠나고 싶지 않아 버티고 있었을 여린 마음에서 비어난 강한 고집이 엿보였다. 방구조상 근처에 주차장이 딸려 있는 건지 웅웅거리는 소리와 잡음이 심했다. 방음도 제대로 되지 않는 곳에서 지낸 걸 보아하니 이랑이 했던 말과는 다르게 예쁨받고 살아 온 건 아닌 게 확실했다.

"도착하셨습니다. 이사님."

"아, 네."

다시 방으로 돌아온 한 여사가 안주인이 도착했다는 말을 넌지시 전했다. 도환은 더 있고 싶은 마음이 가득했지만 이곳은 더 이상 이랑의 공간이 아니라는 마음으로 냉정하게 방을 나서는 거로 택했다. 응접실로 돌아오자, 그제야 다급하게 여자 두 사람이 들어섰다. 한 여사는 차를 내오겠다며 다시 사라졌고 이랑의 어머니는 사복을 입고 서 있는 도환을 반가움과 놀라운 시선이 섞인 눈으로 바라봤다.

"이사님이 여기까지 방문해 주시다니, 시대에 걸맞지 않게 정말 영광이라고 말해야 하나요?"

그녀는 퍼가 풍성한 코트를 옆으로 벗어 놓고 도환에게 악수를 청했다. 도환은 기다랗고 앙상하게 마른 늙은 나뭇가지 같은 손을 잡을까 잠시 고민했다. 어쨌든 오늘 아쉬운 건 제 쪽이니까 손을 꾹 잡고 흔들었다.

큰딸은, 마주쳤던 둘째 딸과 이목구비는 비슷했지만 풍겨 오는 기운은 분명 달랐다. 철없는 둘째 딸과 대조되는 일찌감치 철들어 버린 큰딸. 어쩌면 이들 사이에 유이랑이라는 존재는 애초에 없을지도 모른다는 확신이 들었다.

"본론부터 얘기하죠."

"기사 봤습니다."

큰딸은 여유 있고 자신 있는 말투로 도환의 말을 맞받아쳤다.

"제가 찾아올 걸 예상하셨을 수도 있겠네요."

"예상이라기보다는……. 너무 쉽게 은나기업이 처한 어려운 사안들에 대해서 해결해 줄 수 있는 하상 그룹의 능력에 다시 한번 더 놀랐을 뿐이죠."

"합병 제안하는 쪽으로 검토 중입니다."
"제안이 아니라, 마치 통보처럼 느껴지네요."
"무리가 되는 제안입니까?"
"아닙니다. 주식 비율과 경영권에 대한 논의만 빠르고 원만하게 해결한다면 크게 문제 될 건 없어 보여요. 더군다나 사돈지간인데요."
그의 어머니는 큰딸의 거침없는 대화에 그저 흐뭇하게 미소를 머금고 찻잔을 들었다 내려놓길 반복했다.
"형식적으론 그렇네요."
"네?"
"아닙니다. 아, 이랑이 소식도 궁금하셨을 텐데 다음에는 같이 한번 들르겠습니다."
도환이 자리에서 일어나자, 두 여자도 함께 일어났다.
"우리 이랑이 잘 지내죠?"
"……."
도환은 우리 이랑이라는 말에 이상하게 속이 뒤틀리는 기분이 들어 큰딸의 얼굴을 바라봤다.
"혹시, 생일이 언젭니까?"
"네?"
"유이랑 생일이요."
도환의 서늘한 목소리를 마지막으로 응접실에는 침묵이 한동안 내려앉아 있었다. 세 사람 사이에서 그 누구도 이랑의 생일을 대답하는 사람은 없었다.

* * *

“너무 고액입니다.”

이랑의 본가에서 홀로 나오는 도환과 뒤늦게 합류한 표 비서는 합병 금액에 대하여 조율하던 중 짙은 한숨을 내쉬었다.

“별수 있나.”

심드렁한 표정으로 대답한 도환은 금요일 저녁 늦은 퇴근길과 맞물려 서울 한복판에 차가 묶여 버린 것에 지친 듯 등을 시트에 파묻었다.

“이사님.”

“달라는 대로 줘.”

“큰 리스크 감수해야 할 수도 있습니다. 과거엔 어땠을지 몰라도, 현재로선 기술력은 저희 쪽이 월등히 앞서 있습니다.”

“그전은 아니었잖아.”

“이제는 그렇다고요.”

“뭐라도 다른 쪽으로 굴려 보면 리스크는 채울 수 있겠지.”

“이사님.”

“아니면, 방법 있어?”

“도여 형님이 지고 가신, 죄책감에 이러시는 겁니까?”

“…….”

도환은 지친 기색이 역력했다. 어쩌면 형이 무겁게 지고 간 것들에 대하여 일말의 책임이라도 지어 줘야 그곳에서 편하게 있지 않을까 하는 생각. 그리고 한편에서는 이랑에 대한 생각도 제법 많은 부분을 차지했다.

표 비서는 도환의 말 없는 표정을 읽어 내린 뒤 동시에 똑같은 지친 기색을 했다. 나란히 앉은 뒷좌석엔 두 남자의 무거운 숨만 가득이었다.

“정정해.”

“뭐를요.”

“죄책감이 아니라 책임감.”

“하…….”

도환은 상체를 비스듬히 일으키더니, 눈썹 한쪽을 추어올리고 선 표 비서를 바라봤다.

“그리고 은나기업 합병 못 하면 이거 좋게 이야기 못 풀잖아. 안 그래?”

“사랑받는 아내, 존경받는 남편이라도 되고 싶으신가 보네요.”

“그래, 기사 반문이라도 내려면 그렇게라도 쓸 거리가 있어야지.”

“이랑 씨는 어디 계십니까?”

“집.”

“세인트에 한번 들르셔야 합니다. 내친김에 오늘 가시죠. 합병 건도 논의하셔야 하고요.”

“오늘은 연차 낸 날이잖아.”

“이사님이 연차가 어디 있습니까?”

도환은 황당한 눈으로 표 비서를 바라봤다.

“나도 엄연히 연봉 책정돼서 월급 받고 다니는 직원이거든.”

어쩐지 의기소침해진 도환을 이해하지 못한 눈으로 바라보던 표 비서는 앞서 보이는 지하철역에서 세워 달라고 요청했다. 차가 정차하자 내리기 전 손잡이를 잡고 고개를 다시 도환을 향해 돌렸다.

"저는 회사로 돌아갑니다. 내일 새벽에 출근 준비 끝내 놓으세요. 오늘은 푹, 쉬시고요. 이사님."

"어, 그럴게. 조심히 들어가."

도환은 표 비서의 등을 떠밀어 버린 뒤 손수 차 문까지 닫아 버리고선 운전대를 잡고 있는 직원에게 서둘러 출발하라고 손을 흔들었다. 차가 출발하자 황당한 표정으로 지하철역 앞에 덩그러니 남아 있는 표 비서를 바라보며 도환은 웃음을 참지 못했다.

도환은 집 앞에 도착하자마자 운전 직원에게 퇴근을 지시한 후 서둘러 엘리베이터에 올라타 시간을 확인했다. 차가 밀리는 바람에 예상했던 시간보다 더 늦게 도착한 게 아쉬워 짧게 혀를 찼다.

지문을 가져다 대자 짧은 전자음이 울리고 난 뒤 현관이 열렸다. 고요한 신발장에는 센서 등만 유일했고 멀리 보이는 거실에는 조명이 보이지 않았다. 신발을 벗고 서둘러 집 안으로 들어서, 혼자 남아 있었을 이랑을 찾아 이리저리 고개를 돌렸지만 어디서도 인기척이 들리지 않았다.

"……."

깜깜한 시야가 어느덧 그곳에 적응해 사물을 인지할 즈음이 되자, 소파 아래에서 거실 테이블 위로 둥그렇게 등을 말고 규칙적으로 오르락내리락 하는 인영이 보였다. 머리까지 후드 지퍼를 뒤집어쓰고 엎드려 있는 작은 인영은 복학에 앞다투어 봐야 할 책들을 잔뜩 펼쳐 놓고 보다가 잠이 든 것 같았다. 작은 등을 큰 손으로 크게 쓸자, 숨을 깊게 내쉰 이랑이 고개를 반대쪽으로 돌려 버렸다.

"아……."

쯧. 그가 낮게 혀를 찼다.

최근에 끼니를 잘 챙겨 먹는 것 같아 처음 결혼 날짜를 통보했던 날에 패인 볼이 이제는 제법 통통하게 올라와 볼만했다.

"으음……."

이랑은 그의 아쉬운 소리를 읽은 것인지 눈을 비비고 몸을 일으켜 세웠다.

"더 자. 침실로 들어가서."

"언제 왔어요……?"

볼에 눌려 있던 책이 딸려 올라오는 걸 그가 재빠르게 눌러 찢기려는 걸 예방했다. 그러고 보니 생각보다 많은 양의 책이 펼쳐져 있는 걸 바라봤다. 이제는 구석진 작은 방이 아니라, 책을 들고 거실까지 나와서 보는 걸 보니 묘하게 말로 설명하기 힘든 뿌듯함이 차올랐다. 나름대로 이곳에서 잘 적응하는 것 같아서.

이랑은 자리에서 일어나 거실에 불을 켰다.

"조금 전에."

"빨리 깨우지 그랬어요."

하암. 이랑은 기지개를 쭉 켜며 연신 하품을 했다. 그러다가 그가 거실 한편에 내려놓은 큼직한 가방을 보며 고개를 갸웃거렸다.

"저녁 했는데……. 저거 혹시 음식 포장한 거예요?"

"내가 뭘 가져왔게?"

"저도 음식 할 줄 안단 말이에요. 상하 씨는 일주일 정도 못 올 거랬어요. 독감이 엄청 무서운 거라면서……. 엄청 아픈가 봐요."

이랑은 조잘조잘 말했지만 그는 듣지 않는 것 같았다. 팔을 잡아끌어 바닥에 주저앉아 지퍼를 죽 열자 그 안에서 익숙한 반찬 통들이 보였다.

"어……?"

"선물."

"이거……."

"늦었는데, 저녁 먹을까."

그가 자리에서 일어나 주방으로 들어서고, 이랑은 황당한 표정으로 천천히 일어서서 그의 뒷모습만을 바라봤다.

"혹시, 이거……."

"응. 한 여사님께 받아 온 거야."

"어, 어떻게요?"

이랑은 큼직한 가방이 무거워 결국 들지 못하고 질질 끌어 주방 식탁 근처에 가져다 올렸다. 반찬을 하나씩 꺼내 올리며 반가움과, 놀라움을 담은 목소리로 물었다.

"회사 들렀다가, 근처에 볼일 있어서 가서 연락드렸어. 흔쾌히 내주시더라고."

너른 등을 하고선 말하는 그의 표정을 읽을 수 없어, 이랑은 그저 그 말만 듣고선 반찬 통을 정리했다.

"우와……."

"많이도 주셨네. 즉석 밥 남아 있나?"

"네, 있어요. 팬트리에 사실 상자째로도 많던데요. 상하 씨가 알려 줬어요."

이랑은 일전에 자신이 사 두었던 열 개는 아무것도 아니었다며,

무안하게 웃으며 중얼거렸다.

도환이 젓가락으로 접시에 반찬과, 볶은 고기들을 먹을 만큼 나눠 담아내는 사이 이랑은 팬트리에 가서 즉석밥을 가져와 렌즈에 데웠다.

"어머니랑 언니도 보셨겠네요……."

도환의 눈치를 보며 조심스럽게 묻자 그가 고개를 들어 이랑의 눈을 마주쳤다.

"응. 근처에 미팅이 있어서 갔다가 표 비서한테 부탁해서 연락했더니 문 열어 주시더라고. 반찬 좀 얻으러 왔다고. 네가 무척 잘 먹는다고 하니까 바로 챙겨 주시던데. 왜?"

"아, 그냥……."

이랑은 젓가락을 물고, 도환의 눈치를 봤다. 매번 가시방석에 앉게 만드는 대화를 늘어놓는 어머니가 그와 평범한 대화만 하지 않았을 거라 여겼지만 묘하게도 그의 얼굴에선 그 어떤 불편함도 느껴지지 않았다.

"이건 되게 특이하네."

"아, 모자반이에요. 식감이 엄청 좋아요. 지금 아니면 못 먹는 건데. 한 여사님이 챙겨 주신 건가 봐요."

"어머니가 돌아가신 지 오래되어서, 이런 집 밥 같은 거 얻어먹은 지 오래라."

"이사님 본가에도 작은어머님 계시잖아요……."

"음, 그렇다 해도. 뭐……. 작은어머님이 직접 요리하시거나 그런 건 아니니까. 요리하시는 분들이 상주하고 있어서."

"그렇구나……."

이랑은 그가 집에 들렀다는 말에 묘하게 긴장이 서렸지만, 그의 말투나 행동에서 불편함이 느껴지지 않아 그저 눈치만 보는 것 외에는 할 수 있는 게 없었다. 도환은 즉석 밥 포장지를 벗겨 내 이랑의 앞에 밀어 주었다. 이랑은 그제야 숟가락을 들었다.

"맛있어요?"

"응. 자주 얻어다 먹을까?"

"……."

불시에 치고 들어오는 다정함은, 이상하게도 잔인하다 느꼈다. 이랑은 목이 메어 오는 기분이 들었다. 사실은 집에서 미움받지 않으려고 기를 쓰고 살았다고 솔직하게 말할 수 없는 현실이었다.

"다음에는 같이 가요……."

"그러자."

도환은 다정하게 웃었다.

이랑은 소담스럽게 숟가락을 움직여 식사를 시작하는 그를 바라보다 뒤늦게 식사를 시작했다. 두 사람은 식사를 서둘러 마친 뒤, 사이좋게 나란히 서서 상하 씨가 출근하지 못하는 동안 먹을 찬이 생겼다며 잘됐다고 입을 모았다.

"그런데……."

"김치찌개를 했었네? 근데 왜 아까 안 내놨어?"

"처음 한 거치곤 진짜 맛있어요. 까먹었어요……."

도환은 숟가락으로 냄비를 휘젓고 간을 봤다. 얕게 입술을 움직여 쩝쩝거리는 모습에 이랑은 문득 시선을 다른 데로 돌렸다. 얼마 전부터 그가 침대에서 이랑의 몸을 지분거리지 않는다는 건 분명했고, 왜 그러는지에 대한 이유가 궁금해지기 시작했다. 대놓고 요즘은 왜 밤에 자신에게 입맞춤을 해 주지 않냐고 물어본다는 건 또한 자신에게 기함할 일이었다.

"……."

도환은 말없이 뚜껑을 닫고 숟가락을 싱크대 안으로 넣었다.

"왜요? 왜요?"

이랑은 그의 표정에 미묘한 변화가 있는 걸 뚫어지게 바라봤다. 평소보다 적극적인 대답이 돌아오길 바라는 마음에 몸을 바짝 붙여 까치발을 뜨고 고개를 올렸다.

"……응?"

"어떤데요?"

"맛있어."

그가 단순하고, 간단하게 대답하자 이랑은 온몸이 굳은 채 그대로 멈췄다.

"들이대는 거야?"

"네?"

"위험한데."

잘생긴 얼굴이 묘하게도 두근거리는 말들을 쏟아 냈다.

"너……."

"아, 아니에요."

"잠시만."

이랑이 까치발을 내리고 뒤돌려 하자, 그가 허리에 팔을 감싸고 순간 몸을 돌려세워 볼을 잡아 시선을 마주하게 했다.

"얼굴 발그레해졌어."

"……아닌데요."

"맞는데."

"……."

"왜?"

"아니라구요."

"왜 얼굴이 발그레해진 건데?"

이랑은 시무룩함을 담아 도환의 손 안에서 부풀려진 볼 그대로 입술을 꾹 닫았다. 비율 좋은 얼굴을 가진 남자가 마침 제 남편이고 이제는 다정함까지 겸비하려는데, 붉어지지 않는 게 이상한 거 아니냐고 억울한 표정이었다.

6. 호기와 오기

간단한 식기가 개수대 위에서 물기를 똑똑 흘렸다. 식기 세척기를 일부러 돌리지 않고, 도환이 고무장갑을 끼고 손수 설거지를 하는 이유에 대해 이랑은 아무리 생각해 봐도 알 수 없었다. 이랑은 멍하니 탁자에서 손으로 턱을 괴고 도환을 관망했다. 그러다 마침내 일어서 싱크대 앞에서 도환과 입씨름을 시작했다.

"할 수 있다니까요."

"그게 말이나 돼?"

"말이 안 될 게 뭐예요."

"상식적으로 하는 소리가 아니잖아."
"어쨌든 상하 씨가 독감 때문에 일주일 동안이나 쉬게 됐고, 집안 살림을 제가 해 보겠다는 게 뭐가 잘못됐냐는 거죠."
"언젠가부터 차오르는 자신감이 속도가 붙는 건 괜찮은데. 네가 보통 사람들과 사는 분위기나 패턴이 비슷하다고 착각하면 안 되지."
"……."
이랑은 엄하게 내려앉은 그의 목소리에 짐짓 어깨가 굳었다.
"내 말뜻은."
"집 가 보셨다면서요."
도환은 문득 튀어나오는 도발적인 이랑의 이런 모습을 볼 때마다 무척 난감했다. 항상 각에 잰 듯한 계획에 들어맞아 즉흥적으로 선택한 그녀였다. 그에 따른 변수가 제법 골을 아프게 한다 해도 괜찮을 정도로 이랑은 제게 백팔번뇌를 치게 하는 존재가 되어 가고 있었다. 모든 걸 감내할 정도로 존재감이 자리 잡고 있다는 건 확실했다.
"그래서. 하고 싶은 말이 뭐야."
어린애인데, 속에는 나이 찬 늙다리 노인도 하나 있는 게 분명했다.
"저희 본가에 가 봤으면 분위기상으로도 아셨을 텐데요."
"뭐를?"
"저한테 머리 굴리지 말라고 하셨잖아요. 기억나세요?"
"그랬지."
도환이 뒤를 돌아 서재를 향해 가려던 차에 이랑이 그를 뒤따라

잡더니 앞을 막아 세웠다.
"머리 안 굴릴 테니까 상대해 줘요."
"……."
"어머니와 언니들이랑 얘기하다 보면 단번에 알았을 텐데, 모를 리가 없잖아요. 내가 평생토록 그곳에서 반가운 존재가 아니었을 거라는 거."
도환은 급작스럽게 목이 타들어 가는 기분이 들었다. 그걸 확인하러 간 게 아니었는데 어쩐지 이랑은 다른 쪽으로 착각을 하는 것 같아서였다. 그는 검지로 미간을 쓸며 곤란한 표정을 감추지 못했다.
"내가 본가에 들른 건 별다른 게 아니라……."
"그러니까. 일주일 동안 밥값이라도 하게 해 주세요."
"……뭐?"
매번 같은 표정, 염세적인 시선을 하는 도환의 얼굴에서 오로지 황당한 표정만이 올라왔다.
"살아온 패턴이라는 게, 그렇잖아요. 전 이렇게 높은 층에 살아 본 적 없고 그렇다고 대접받고 살아 본 적도 없어서 그래요. 그러니까…… 빨리 적응해 보려고 노력할 테니까……."
우물쭈물하는 게, 점점 자신감을 잃어 가는 모습이 적나라하게 보였다.
"편한 대로 해."
마침내 시선이 바닥으로 곤두박질치려던 순간, 이랑은 퍼뜩 다시 시선을 올려 도환을 바라봤다.
"대신, 따라와."

도환은 집 안에 마련된 집무실로 향하던 발걸음을 틀어 이랑의 아지트로 향했다.

"여, 여긴 왜요?"

"여긴 안 되겠어."

"네?"

"왜 하필 이 방인가 생각해 봤는데. 알 것 같기도 하고……."

여기 집에 방이 몇 개더라……. 도환은 복도를 나가 두리번거리며 집 안을 활보했다. 이랑은 이해하기 힘든 행동을 하는 그를 멀뚱하게 바라보고만 서 있었다. 이 집에 들어와 이곳저곳 샅샅이 문을 다 열어 본 게 아니라, 사실 저 문을 열면 이곳이 방인지 혹은 또 다른 창고가 있을지는 확인해 본 적이 없었다.

"아, 차라리 여기가 낫겠네."

도환이 문을 확확 열었다가 닫는 통에, 이랑은 안의 모습을 살피기도 전에 멈춰 선 그의 등에 코를 박았다.

"여기는 왜요?"

현관과 멀지 않은 공간이었는데 그 안에는 오디오와 도환의 취향이 담긴 CD들이 벽 한편에 가득 차 있었다. 반쯤 누울 수 있는 의자의 가죽을 쓸며 도환은 생각을 정리한 듯 휴대 전화를 올려 어딘가로 전화를 했다.

"여기로 방을 바꿀 거야."

"집무실을요?"

"아니, 네 공부방."

"고, 공부방이요?"

유아적인 표현에 따라 묻다가, 그것이 제가 사용할 공간이라는 걸 깨달았다. 조만간 가구가 들어올 작은 방의 사용 공간을 두 세 배 더 커진 곳으로 바꾸라는 것이 도통 이해가 가질 않았다.

“여기 채광도 좋고, 괜찮네.”

“저기 끝의 방이 편해요…….”

“그래도 명색에 이 집안의 안주인은 넌데, 네가 사용할 공간 하나 묻지 않고 오직 다 내 물건들 위주로만 좋은 공간들은 다 꿰차고 있으니…….”

의도를 알 것 같았다. 이것 또한 도환의 배려였다. 하지만 이랑은 이상하게 속에서 롤러코스터를 혼자 타고 있는 감정에 수치심마저 들었다.

첫사랑을 스스로 겪어 본 적이 있었다. 비슷한 색감을 띠고 있는 감정이라는 확신이 드는 순간이었다. 하지만 항상 그렇듯 결말을 상상한 적은 없었다. 그저 순순하게 좋아했던 거니까, 어쩌면 열병조차도 앓지 않은 그 감정은 여린 분홍색 같은 기억이었다. 그때와는 다르게 심장이 격하고 불규칙적으로 움직이는 게 걷잡을 수 없이 번지는 불 같았다. 강렬한 욕구가 가득, 들어차는 감정들이 저와는 맞지 않는 성향이었다.

방을 둘러보는 도환을 관망하던 그 찰나에 늦은 밤 현관 벨 소리가 울렸다. 문을 열고 한참 지나자 백화점에서 가구를 배송하는 직원들이 들어와 분주하게 움직였다.

“넌, 저기 끝 방에서 소지품들 챙겨서 나와.”

“……네.”

직원들은 밤늦게 가구를 배송하러 온 집에 대해 주의를 들은 건지 최대한 말수를 줄이고 빠르고 신속하게 가구 배치를 진행했다. 이랑은 조용한 집이 사람들의 발소리로 복작거리자 이상하게 기분이 들뜨는 것 같았다.

이랑은 무릎을 꿇고 구석에 몰아 두었던 짐들을 나직한 좌식 테이블 접어 그 위로 차곡차곡 쌓아서 옮길 준비를 했다. 가방에 구형 노트북과 그가 얼마 전 선물해 주었던 신형 노트북을 조심스럽게 담았다. 아껴 쓰다 못해 이제 손수건 얇기만큼 너덜너덜해진 무릎 담요로 두 노트북의 사이를 갈라 겹치지 않게 했다. 얼마 되지도 않는 짐들은 마치 어딘가에 잠시 여행을 온 것 같은 모습이었지만, 하나둘씩 늘어나고 있는 기분을 지워 내지 못했다.

"……."

이랑이 일어나 뒤를 돌자, 어느 순간부터 지켜보고 있었던 건지 도환이 입구에 몸을 비스듬히 기대어 해석하기 힘든 표정으로 이랑의 눈을 마주쳐 왔다.

"거의 다 되어 가."

"네. 저도…… 이것만 옮기면 끝이에요."

도환은 이랑의 뒤로 놓인 작은 짐들을 바라봤다. 다리가 접혀 납작하게 낮아진 판판한 곳 위로 책과 작은 소지품들이 아기자기하게 잘 정돈되어 올라와 있었다. 잘만 하면 그대로 들어다가 가구가 다 들어선 곳에 갔다 오는 것에 무리가 없어 보였다.

"예전 노트북은 안 버려?"

"아직 고장 안 났는데요."

"고장 나진 않더라도, 필요 없으면 정리할 줄도 알아야지."

"추억이나, 손때가 묻은 건 잘 버리지 않아요. 누구나 그렇잖아요."

작은 몸이 도환을 지나쳐 살며시 빠져나와 복도 사이와 현관을 오가는 남자들을 바라봤다. 당당하게 나가서 보는 것도 아니고, 작은 몸을 그의 몸에 감추고 고개만 빼꼼히 내미는 모양새가 웃음이 났다.

"누구나가 다 그렇진 않아. 아까 네가 내게 설명한 것과 비슷한 맥락이지."

"……."

이랑은 도환을 향해 호기심을 가득 담은 얼굴을 했다.

"그렇잖아. 정치든, 경제든, 교육이든, 어떤 분야에서 남을 이끌고 그럴 만한 위치에 있는 계층의 자녀들이나 가족들은 안정적이고 부유하게 살 거라고 생각하는 거."

"그건……."

"개인마다 뚜껑 열어 봐야 아는 사정이 있다는 거, 관심 없으면 알 턱이 있나."

도환은 그제야 이랑의 시선을 마주쳐 왔다. 이랑은 언젠가부터 자신만 알 수 있는 그가 찰나에 짧게 머금다가 신기루처럼 사라지는 웃음을 알아챘다.

두 사람은 거의 막바지에 다다른 상황을 바라보다가 나란히 복도에 서서 조용히 설치가 끝나기만을 기다렸다. 나란히 선 두 사람은 찰싹 붙어 있진 않았지만 서로의 온기가 느껴질 정도의 간격에 서 있었다.

"끝났습니다."

"수고하셨습니다."

"아, 아닙니다. 괜찮습니다."

"날씨 일교차가 크네요. 늦은 밤 퇴근도 못 하고 들르신 건데, 들어가는 길에 함께 오신 분들 따듯한 거라도요."

"가, 감사합니다."

배송 담당 매니저로 보이는 남자가 서둘러 인사를 하고 그가 내미는 수표를 받아 들었다. 그는 가구에 대한 설명, 앞으로 관리해야 하는 방법이 적인 책자 몇 개를 조심스럽게 전달하고 사라졌다. 현관문이 굳게 닫히고, 이랑의 곁으로 다가온 도환이 책자 몇 개를 넘겼다.

"이게 뭐예요?"

"설명서."

도환은 성큼성큼 빠르게 가구가 설치된 방으로 들어섰다. 조명을 켜자 도심의 야경과 아우러지는 가구들이 현대적이고 예쁘게 잘 자리 잡고 있었다.

"쯧."

"왜요?"

"뭐랄까. 딱 여대생 방 같아서."

"여대생 맞는데……."

그가 근엄한 표정으로 뒤돌아 그녀를 바라봤다.

"엄연히 말하자면 유부녀이기도 하지."

이랑은 뜨끔한 마음에 손에 들린 책자를 두리번거리며 살폈다. 하지만 안에 적힌 외국어에 뜨악하며 도환에게 책자 한편을 펼쳐 들고 들이밀었다.

"설명서가 죄다 외국어예요!"

"알아."

"영어도 아니고, 불어?"
"그래? 어디 봐."
도환이 다시 책자를 받아 들어 안의 내용을 읽어 내렸다. 미간이 미묘하게 구겨졌다.
내용을 속독해 내려가는 모습에 이랑은 또 한 번 놀랐다. 불어 못하냐는 투의 시선이 적나라해 이랑은 나름 영어를 꽤 잘한다고 어필하려던 차에, 그가 책자를 탁 닫고 그녀에게 다시 넘겼다.
"조심하시오. 숙지하시오. 뭐 그런 거."
"불어…… 할 줄 아세요?"
"아니. 몰라."
"그럼 어떻게……."
"대충 그림 보면 알잖아. 나 일 보러 들어간다. 새벽에 나가야 해. 아침은 김치찌개 먹어야 하나? 그런 자극적인 건 아침으로 먹어 보긴 처음인 거 같은데……."
도환은 바쁜 시간을 할애했으니, 더 이상 방해하지 말라는 기운을 풍기며 방을 나섰다. 이랑은 덩그러니 남아 황당한 표정으로 한참이나 서 있었다.

* * *

호기롭게 밥값을 해 보겠다며, 선언한 지 첫날의 동이 텄다. 도환은 늦은 밤 잠이 들었고 이랑은 늦은 시간까지 새 가구에 적응하느라 없는 소지품을 이리 놓았다가 저리 놓았다를 반복하다가 잠이 들었다. 다시 잠에서 깨어 일어날 땐, 옆자리의 온기가 순식간에 사라졌던 때였다.

도환과는 다르게 한가한 일정이었지만 아침 일찍부터 이동해야 했기에 이랑은 서둘러 씻고 나와 거실을 지나쳐 주방으로 들어섰다.

"일어났어? 오늘부터 혼자 있어야 할 텐데, 다시 생각해 봐. 그……. 누구지. 이름이 뭐라고?"

"상하 씨요."

이랑은 정수에 물을 한 컵 받아 텁텁한 입가에 축이며 대답했다. 도환이 다시금 어제와 비슷하게 즉석 밥을 데우고 있는 모습을 멍하니 보다가, 비죽 고개를 드니 눈이 마주쳤다.

"……아침."

"아침에 밥 챙겨 먹어 보긴 처음인데."

"어릴 때도요?"

"대부분, 가볍게 먹기를 권고하잖아. 영양학적으로도. 아침 거하게 먹으면 속이 영 안 좋더라고."

"탄수화물을 먹어야 머리가 잘 돌아간다고 하던데……."

"그래, 잘 돌아가는지 한번 보자."

도환은 아일랜드 식탁에 서서 대충 어제 이랑이 끓여 놓은 허접한 찌개와 즉석 밥을 푹 떠서는 한입에 넣고 오물거리며 대답했다. 여느 직장인과 다르지 않은 모습에, 이랑은 그가 날 선 말로 결혼을 통보했었던 날의 이미지를 떠올렸다.

"먹을 거야?"

이랑은 고개를 가로저었다.

"너야말로 탄수화물 아침에 먹어 줘야, 머리가 잘 돌아가는 거 아니냐고."

"그렇긴 한데, 아침 먹으면 자꾸 졸려요."

"그래서……."

"커피를 연하게 마신다든가 아니면 에너지 드링크 같은 거 마셔요."

"에너지 드링크?"

"고카페인이 잔뜩 들어간 탄산음료인데 가끔 마시고 나면 정신이 각성되어서 뭐랄까……. 간신히 하루를 버티게 만들어 주는 음료?"

우연히 편의점에서 들러 간단히 끼니를 해결하다가 발견한 신문물 같은 거였다.

"한 번도 안 먹어 봤어요?"

"음……."

유학 시절에 언젠가 술과 함께 폭탄주로 만들어 마셔 본 적이 있던 기억이 스쳤는데, 도환은 입을 꾹 다물고 마저 밥을 떠서 입에 넣고 씹었다.

"궁금하면, 저 학교 갈 때 사다 드려요? 직장인들도 많이 마시는데."

"됐어. 그리고 너도 그런 거 최대한 줄여. 차라리 커피가 낫지. 잠이 올 정도로 체력이 비루한 거면 운동을 해서 보강을 하든가 해."

이랑은 입술을 삐죽였다.

도환은 어지간하면 잔소리처럼 들리게 말하지 않으려 해도, 어쨌든 하고 보면 잔소리라는 게 뱉는 사람도 인정하지 않을 수가 없었다. 식사를 다 먹어 갈 즈음, 드레스 룸으로 향한 이랑이 옷을 다 갈아입고 나오자 도환은 식기를 대충 치우고 출근을 서두르며 물었다.

"어디 가?"

"학교에요."

"아직 개학 전이잖아."

"그렇긴 한데, 학교 가서 미리 신청할 것도 있고 정리할 것도 있고요. 만날 사람도 있고."

"오, 인맥이 있고 나름 바쁜 대학생이시다?"

"그런 뜻은 아닌데……. 전화로만 처리할 수가 없는 거라……."

"같이 나가."

"방향이 달라요. 정반대 방향인데요."

"돌아가면 돼."

"……."

도환은 집무실에 들어가 시계를 차고 나왔다. 이랑은 그가 대답 따윈 기다리지 않는다는 걸 알고 있었다. 평소엔 대화가 잘 맞고 제가 제시한 이야기들에 대하여 언뜻 모든 것들이 다 수용되는 것 같으면서도 이런 경우에는 암묵적으로 힘을 행사했다.

차를 끌고 가지 않고 오늘도 대중교통을 이용하려는 제 의도를 파악하기 전에 말없이 그를 따라나섰다. 엘리베이터에 나란히 선 두 사람의 모습이 닫힌 문에 비쳐 보였다. 백팩을 메고 하얀 운동화와 후드티 위로 항공 점퍼가 작은 체구 위에 걸쳐져 있었다. 반대로 그는 슈트를 입고 서류 가방을 대충 손에 걸치고 있는 것이 누가 봐도 기업인이었다.

"안 어울린다."
"뭐가요? 옷이요?"
"우리 둘. 특히 아침에는."
아파트 출입구를 지나쳐 경비를 보던 아저씨의 인사를 자연스럽게 받은 도환은 멀리 서 있는 표 비서에게 다가갔다.
"어, 두 분 같이 내려오시네요."
"……."
도환은 말없이 뒷좌석에 올라탔고 표 비서는 누가 말하지 않아도 이랑을 그의 옆좌석에 태우며 앞 보조석에 탑승했다.
"오늘 첫 줄에 뜬 기사입니다."
아침 출근길에 함께해 본 건 처음이라 이랑은 차 안에서부터 업무적인 대화가 오가는 것에 주눅이 들었다. 낯선 기분이 들었지만 그래도 차를 얻어 타고 가는 입장에 끼어들 만한 주제나, 분위기가 전혀 아니었기에 입을 꾹 다물고 차창 밖을 바라봤다.
도환은 태블릿 PC를 받아 들고, 한참 속독으로 읽어 내려갔다. 표 비서가 고개를 반쯤 뒤로 돌려 목소리를 낮추고 물었다.
"사모님은 학교 가시는 건가요?"
"……네."
"차림이 여느 대학생이네요."
그가 설핏 웃으며 다정하게 말했다. 어쩐지 반갑지 않은 기분에 화답으로 웃어 주지 못했다. 누가 봐도 옷차림이 학교였나 싶어 다시 한번 매무새를 보다가, 불현듯 그의 잘 갖춰 입혀진 슈트 차림을 바라봤다. 현관에서 어울리지 않는다며 나직하게 내뱉은 말이 떠올랐다. 두 사람의 옷차림을 향한 게 아니라 어쩌면 두 사람의 입장, 혹은 너무나도 다른 성향에 따른 것을 지적한 걸지도 몰랐다.

"운전 연습 언제 할 거야."

도환이 태블릿 PC를 표 비서에게 건네며 이랑에게 질문을 던졌다. 불시에 속내를 꿰뚫은 그에게 놀란 이랑은 동그래진 눈으로 그를 향해 고개를 돌렸다. 끌고 나갈 짬이 나지 않았던 거지 일부러 안 한 건 아니었다. 약간의 억울함이 속내에 자리 잡자, 이랑은 볼멘소리로 나지막하게 말했다.

"할 거예요……."

하지만 도환은 옆으로 고개를 돌리고 차창만 바라보고 있었다.

서서히 번화가를 지나치는 거리는 버스와 대중교통을 이용하려는 승객들로 북적였다. 차가 정차 구간에 진입하자 말다툼 소리가 유리창 밖에서 들려왔다. 그쪽을 향해 이랑이 고개를 돌렸다. 도환이 이미 향해 있는 시선의 방향이기도 했다.

남자와 여자는 아침 버스 정류장에서부터 말다툼이 조금 격해 보였다. 화가 난 여자는 그저 뒤돌아 자기 갈 길을 가고 싶어 했고, 남자는 그런 여자를 억지로 붙잡아 세우다 못해 자신도 화를 내며 무어라 한참 자신의 견해를 쏟아 내고 있었다.

"저기 봐봐."

이미 보고 있는데, 이랑에게 손짓하며 방향을 가리켰다. 표 비서는 작은 태블릿 PC에 시선을 고정하고 있다가 도환의 말에 운전대를 잡고 있는 기사와 동시에 차창 밖을 바라봤다.

"걔네 싸운다."

"사랑싸움이네요."

표 비서가 맞받아쳤다. 무슨 내용인지는 몰라도 주변의 시선은 전혀 신경 쓰이지 않을 정도로 두 사람은 서로에게만 집중하고 있다는 것이 이랑에겐 어쩐지 인상적이게 다가왔다.

"엄청 사랑하나 봐요."

혼잣말과도 다름없는 거였는데, 차 안에 탑승한 이후로 처음으로 도환이 이랑에게 시선을 진득하게 맞춰 왔다.

"사랑하면 길거리에서 싸워……?"

"아뇨, 그런 뜻이 아니라……. 주변 사람들 시선 신경 쓰이지 않을 정도로 남자는 여자에게 뭔가를 엄청나게 설득하려고 하고, 여자는 남자의 말에 대해서 반박하며 다투고 있는 거잖아요. 그만큼 관계에 서로가 애착 있다는 뜻인 것 같아서요."

도환은 말없이 이랑의 말을 경청했다. 표 비서가 이랑에게 대답했다.

"혈기왕성하게 연애하는 나이 대에는 평범하게 있는 일이기도 하고, 그치만 저희 나이 대가 되면 대부분 싸울 땐 조용히 남의 시선을 피해서 하곤 합니다. 농후한 성인이 되었다는 입장에서요."

도환은 표 비서의 말에도, 이랑의 말에도 별다른 대꾸를 하지 않았다. 이랑은 도환이 무슨 생각을 하는지 궁금했다. 하지만 차 안에는 도환의 직원이 둘이나 탑승하고 있기에 사적인 질문은 최대한 눌러 놓는 게 먼저였다.

"첫사랑도 그렇잖아요. 뭐든지 처음이니까 열병을 앓듯이……."

"맞아요."

이랑은 조용히 표 비서의 말에 고개를 끄덕이며 대답했다. 잠시의 침묵을 가르고 도환의 질문이 이랑을 향했다.

“첫사랑. 있었어?”

“…….”

이랑은 불시에 파고든 질문에 고개를 돌려 다시금 도환의 눈을 마주쳤다.

“네. 있었어요.”

묘한 표정이 도환의 얼굴에 자리 잡았다. 사람을 파악하려는 듯한 깊은 눈동자가 오랜만에 드러난 탓에 이랑은 습관적으로 근육이 수축하는 기분이 들었다.

“도착했습니다.”

“아, 여기서 세워 주세요. 감사합니다.”

표 비서는 뒷좌석에서 내리려는 이랑을 향해 인사했다.

“좋은 하루 보내요.”

“네!”

탁. 뒷좌석의 문이 닫히자 검은 세단은 부드럽게 유턴을 하고 대학 정문에서 큰 도로변으로 다시 빠져나갔다. 이랑은 볕은 따듯하지만 서늘한 기온에 휴대 전화를 들어 올려 날씨를 확인했다.

“조금 더 두껍게 입고 나올걸…….”

이건 아마도, 조금 전 그에게서 차가운 눈동자를 본 탓인 것 같기도 해서 몸을 털었다.

이랑은 정문을 통과해 먼저 선배를 만나는 일정부터 소화하려 했다. 하지만 선뜻 정문을 통과하기도 전, 다시금 뒤를 돌아 한적한 도로에 사라진 차량의 흔적을 찾았다. 첫사랑에 대한 존재를 묻는 그 사람과, 불시에 대답해 버린 탓에 보아 버린 그의 눈은 어쩐지 기분이 마냥 나쁘진 않았다.

“이제 와서 뭐. 있었다면 어쩔 건데? 본인도 있었을 거 아닌가.”

어쩌면 도환의 첫사랑은 연상일지도, 혹은 어린 연하일지도 모를 일이었다. 어느 기업의 자제일지도, 혹은 유학 시절에 만났던 금발의 여인일지도. 생각이 무한으로 뻗어 나가며 그의 첫사랑에 대한 심오한 상상의 나래가 계속 펼쳐지자 이랑의 볼은 차갑게 식었다가 붉게 타들어 가는 것을 반복했다. 이랑은 뒤꽁무니가 다시 나타날 것도 아닌데, 미련을 버리지 못하고 오랫동안 휑한 도로만 바라보고 있었다.

한참만에야 고개를 돌려 정문을 향해 걸었다. 이제는 제법 익숙한 캠퍼스인데도 불구하고, 항상 눈치만 보고 고개를 숙이며 존재감을 드러내지 않으려고 노력하며 다녔던 시간에 제가 묶여 있었단 생각만 들었다. 얼마 전 선배를 만나러 왔던 캠퍼스는 한창 새 단장을 준비하고 있었다. 스산한 기운은 온데간데없었고 어느덧 교정에는 따듯한 새 학기를 맞이할 잔디가 새로 깔리고 있었다. 잔디가 새로 공사되는 걸 바라보며, 비죽 미간에 주름이 지는 걸 막을 수 없었다.

“왔어?”

봄이 오긴 왔나 보다, 선배는 전과는 다르게 옷차림이 제법 가벼워진 모습이었다.

“나가자. 점심 먹긴 애매하고, 근처에 케이크 맛집 있는데 갈래?”

“케이크 맛집…….”

“왜? 단거 좋아했잖아.”

“그러게요. 그런데…….”

근래에 들어서 어쩐지 단걸 제법 찾지 않는다는 걸 알았다. 해가 넘어와서는 더더욱 그랬다. 단것보다는 씁쓸하고 정신을 각성하게 만드는 커피를 더 찾았으면 찾았지.

"어유, 지지배 너도 이제 나이 먹나 보다."

"왜요?"

"글쎄. 올해 들어와서 얼굴 보니까 뭔가 성숙해진 것 같은 느낌이라. 유 회장님 곁에 서 있을 때 가끔 보면 볼이 뽀얘서 마냥 애 같더구먼."

"선배랑 저랑 얼마나 차이 난다고요……."

"원래 한두 살 차이가 제일 많이 나는 거랬다. 나 차에 놓고 온 거 있어서. 같이 갔다 사무실로 올라가자."

선배는 공사 소리가 들리는 캠퍼스가 시끄럽다며 툴툴거렸다. 직원 전용 주차장 건물로 이랑과 함께 걸어가던 차에 물었다.

"운전하고 온 거야? 차는 어디에 세웠어?"

"그게 사실은……."

운전석 문을 열고 그녀는 제가 놓고 온 것을 한심한 눈으로 보다 말끝을 흐리는 이랑을 향해 시선을 던졌다.

"이사님 차 얻어 타고 왔어요."

"진짜? 와우……."

"좀 그렇죠? 학교까지……."

"응. 그렇긴 하다. 그 사람 조만간 껑충 올라갈 사람인데, 매일 아침 와이프 등교시켜 준다는 생각하니까……. 생각보다 은근, 애처가 같기도 하고."

"진지해지지 마요!"

"아하하. 농담이야."

"이사님이 학교에 대해선 별말 안 하시지?"

"네……. 뭐……."

학업에 매진하라며, 마치 부모와도 같은 애매한 입장에 서서는 자신만의 공부방을 만들어 준 건 딱히 설명하지 않았다.

"보고 싶어서, 자주 좀 보자고 그냥 부른 거야."

"알아요."

이랑은 가끔 화정이 자신의 롤 모델일지도 모른다는 생각을 언뜻 해 본 적이 있었다. 부유한 환경에 태어났음에도 불구하고, 그녀는 그 배경을 잘 사용하지 않았고 스스로 개척해 내는 것들이 많았기 때문이었다.

"배도환 이사 유학 시절에 2년 정도 룸메이트였던 녀석이 글쎄, 얼마 전 내가 소개팅에 나가서 만났던 놈이더라."

"지구촌 진짜 좁다……."

"그렇지? 세상 밥맛 떨어지더라. 우리 고모는 사람 사는 배경이나, 평등에 궐기를 거는 사람이라서 소개해 준다길래 믿고 만난 건데. 으……. 당한 기분."

"선배는 왜, 비슷한 수준의 사람을 만나는 걸 꺼려요?"

"꺼리다니. 그저 달갑지 않은 것뿐이지. 우리랑 비슷한 배경의 사람들은 얼추 한 다리 건너면 다 아는 사이 아냐?"

"맞아요. 편하잖아요. 동질의 기류가 흐르는 사람이랑 살면 골치 아플 일도 없고 그리고 어쩌면 평탄하게 살 수도 있고요."

"그래서 거절하는 거지. 모르겠어? 너나 나나. 이 배경에 잘 융화되어 살아가고 있는 것처럼 보이니?"

"……."

할 말이 없어져 버렸다. 화정의 말이 마치 쉬운 답을 왜 찾지 못하냐는 듯 멍청한 녀석 하나에게 핀잔을 주는 것과 다름없게 느껴져서였다.

"그런 표정 짓지 말구."

"그게……."

"왜, 배도환이 잔소리가 심하니?"

케이크를 먹으러 가자던 화정은 귀찮다며 배달 어플을 뒤적거렸다. 그러다 11시가 넘어야 배달이 된다며 직원이 별로 없는 사무실 어딘가를 열어 먹을거리를 찾았다. 화정이 이거라도 먹자며 가져온 건 초코바와 달달한 캐러멜 몇 가지였다.

"잔소리가 심한 건 아닌데, 제가 잘 융화되어 살아갈 수 있을지는 미지수예요. 아니, 어쩌면 못 할 수도 있어요."

"못 하긴. 너야말로 참 눈치 빠르고 영특한 앤데. 상대가 너무 기라성 같아서 쫀 것뿐이야. 어릴 적에 낯선 본가에 들어가서도, 유 회장님 돌아가신 후에도 그 본가에서 잘 버티면서 살던 게 넌데?"

"……그건 먹고 잘 곳이 없어선데."

"안 봐도 뻔해. 그 집에서 사는 것보다 차라리 밖에 나와 사는 게 나을 만큼 지옥이었을 텐데. 너야말로 진짜 속내가 뭐야?"

"속내라뇨……. 말이 너무 심해요."

"진짜 있는 그대로 묻는 거라니까."

화정은 커피 맛이 나는 얇은 과자를 하나 으적으적 씹더니 심드렁하게 물었다. 이런 심리적으로 상대를 파악하려 드는 대화는 언제나 닥치면 즐겁지 않았다.

“제가 그 집에서 버틴다고, 아버지 유산이든 뭐든 단 한 푼도 받을 수 없는 거 알아요.”

“암, 그렇고말고.”

“그런데 버틴 건, 굶겨도 좋으니까 가족으로 인정받고 싶어서였어요. 같은 성을 가진 사람들에게. 반쪽이라도 어쨌든 언니들에게도 저와 똑같은 유전자가 흐르고 있으니까.”

“…….”

“선배는 외로워 본 적 있어요?”

“글쎄.”

“너무 어릴 적부터 열악하고 외로운 환경에 노출되었던 게 탓이라고 생각하기로 했어요. 누굴 탓하기엔, 전 그 사람들의 핏줄로 태어나 버렸으니까. 그들이 절 선택한 것도, 제가 그들을 선택한 것도 아니니까.”

최대한 밝게 분위기가 가라앉지 않게 말하려고 했는데, 억지로 쓰게 웃어 버린 것 같았다.

“그래서, 미움받고 싶지 않아서. 이쁨받고 싶어서. 밥그릇에는 손도 안 대려고 했어요. 공부만 잘해도 귀염받겠구나 싶었는데, 알고 보니까 제 존재 자체가 글쎄……. 미운털이더라고요.”

“너도 참……. 박복하다.”

한숨을 쉬고 자리에서 일어난 화정은 햇살이 비치는 창가로 다가가 한숨을 푹 내쉬었다. 걱정했던 것보다 잘 지내는 건 분명한데, 앞서 폭풍의 눈 안에 들어와 있는 것 같은 불안한 표정이 내심 걸렸다.

“걱정돼요, 선배?”
“응.”
“어떤 게요?”
“사실 나야말로 강한 척하고 있지만 솔직히 말하자면……. 네가 고민하는 것과 비슷해. 네가. 아니, 우리가. 그들이 사는 세상에 잘 융화되어 살 수 있을지 말이야.”
얼마 전 화정은 통화 중에 부모님이 경영하시는 회사로 호출을 받았다는 말을 흘린 적이 있었다. 그게 그녀를 앞으로 얼마나 고통스럽게 할지는 몰라도, 앞서 소개팅을 한 것만 봐도 알 것 같았다.
“생각보다 괜찮은 사람일 수도 있어요.”
이랑은 멋쩍은 목소리로 화정을 향해 웅얼거렸다.
“일단은 만나 보세요. 막상 그들이 사는 세상에도 우리와 같은 사고방식을 가진 사람들이 있을 수 있잖아요. 살아온 삶에 대한 마인드는 다르더라도.”
손톱 위의 거스름을 떼어 내며 자신 없는 투의 말이었지만, 솔직하게 말하자면 요즘 들어 배도환에 대하여 느끼는 새로운 감정이기도 했다. 그가 때로는 음울한 얼굴을 하고, 염세적인 시선을 하고 있어도 불시에 흐르는 다정함을 마주할 때면 내면에 자리 잡은 본성이 나쁘지 않다고 믿고 싶었다. 가치관이 단단히 잘못되고 미친놈인 줄만 알았던 그가 어느 날에는 아침에 출근 준비를 하며 주방에 서서 즉석 밥에 김치찌개를 조용히 그리고 깔끔하게 해치우는 일반적인 모습을 보였다. 이랑은 도환이 일반적이고도 평범하며, 가정적인 면모 또한 분명히 자리 잡고 있다고 믿었다. 언뜻 스쳤던 유 회장님 그러니까. 제 아버지의 모습처럼.

"에잇, 모르겠다. 11시에 떡볶이 먹을래? 나가기도 귀찮은데 시켜 먹자."

"여기서요?"

"옆에 공간 또 있어. 아, 맞다. 너 여기에 사인해 주고. 여기저기 교수님들이 너에 대해 질문이 엄청 많아. 한 학년 남은 시점이라, 귀찮은 일들은 안 생길 것 같은데 문제는…."

"교수님들 호출이 잦겠네요."

"빙고."

"성향을 잘 몰라서 그렇지, 줄타기들 엄청나게 할 거야. 네 전공이 불행하게도 경영이니……."

휴대 전화를 뒤적이며 떡볶이 가게를 심오하게 고른 화정이 드디어 배달을 시키고 옆으로 켜 놓은 난로에서 보리차 두 잔을 따랐다.

"2학기부터는 본격적으로 인턴도 다니고 할 거 같은데. 괜찮겠어? 아니, 계획은 있는 거야?"

"당장은요."

"배도환 이사가 허락은 해 줄까?"

"은연중에 내비친 말들은 있는데, 어떻게 될지 모르겠어요. 일각에서 말이 많을 수도 있고……."

"그가 대표직에 올라가고 나면 네가 하고 싶은 것들에 대한 제약이 많을지도 몰라. 각오는 해야 해. 하긴……. 그것 또한 네 탓이 아닌데 어쩌겠냐만."

이랑은 화정이 마냥 부러웠다. 그래도 하고 싶은 일들 혹은 일선에서 몸이라도 담그고 나왔으니까. 허황된 꿈을 꾸고 있는 걸까. 게다가 이런 상황에 도환에 대한 감정이 분명하게 싹을 틔웠고 그건 제법 빠른 속도로 자라나고 있었다.

"선배 쪽 분위기는 어때요?"

"응? 무슨?"

"……주주 총회요."

"지지배 모르는 것 같아도, 은근 눈치는."

"아무래도……."

이랑은 멋쩍게 대답했지만 관심을 전혀 두지 않을 수도 없는 노릇이었다. 정치 쪽에 대한 개념도 뚜렷한 이랑의 평소 성향에 그저 넘기기엔 무거운 질문이었다.

"부모님 눈치 보니까, 우리 쪽도 배도환 이사 쪽으로 기운 것 같아. 아무래도 배 회장님 쓰러지시기 전에 호랑이 새끼를 키운 게 분명하다고."

"좋은 쪽은 아니죠?"

"그에 대한 이미지가 좋다는 뜻은 아니지. 그치만 사업이라는 게 그렇잖아. 이득 될 만한 곳에 사람들은 투자를 하고 싶어 하고 손을 들어 주고 싶어 하지."

묘한 기분에 웃음이 번지려는 걸 간신히 잡고 있었다. 그의 능력에 대한 평판이 사람들 사이에서 좋다는 건, 반가운 이야기였다.

* * *

두 사람은 배달 음식을 두고 마주 앉았다. 휑한 공간은 정말이지 직원들이 가끔 손님을 맞이하거나 혹은 특별한 학생들이 깊은 상담을 요할 때 사용되는 곳 같았다.

“도우미 아주머니가 독감 걸려서 당분간 네가 집안 살림을 하겠다고 했다고?”

이랑은 고개를 나지막하게 끄덕이며 나무젓가락을 쪼갰다.

“근데, 생각보다 막막하던데요.”

“야야, 아서라. 얼른 그 말 취소하고 다른 아주머니 보내 달라고 해.”

아주머니라고 칭하기엔, 상하의 나이가 생각보다 앳되다는 건 딱히 설명하지 않았다. 자극적인 맛에 기분이 좋아지는 것도 한몫했다. 도환이 저녁에 돌아왔을 때 식탁에 무언가를 차려야 한다는 무거운 마음은 잠시 접어 두기로 했다.

“어제는 김치찌개도 끓였어요.”

“아이고, 한 여사님이 이랑이 하나는 참 잘 키웠네!”

“그리고 맛있게 먹었어요.”

“누가.”

화정은 종이컵에 떡볶이와 튀김을 덜어 내 야금야금 먹더니 무심한 투로 물었다.

“저랑, 그 사람이요.”

“켁.”

“그쵸? 상상 안 되죠? 먹는 모습 보면 더 기함할 건데…….”

말하려던 계획은 없었지만, 그가 아일랜드 식탁에 서서 제가 끓여 놓은 김치찌개라고 표현하기도 뭣한 음식과 함께 즉석 밥을 깔끔하게 먹고 출근길에 자신을 내려 주고 갔다는 걸 결국 모조리 말하게 된 셈이었다.

"그럼 그 얘기도 마냥 틀린 건 아닌가 봐."

"뭐가요?"

"배도환. 그 사람 생각보다 그렇게 냉혈한 스타일 아니라고 동기들이 그러더라. 아무래도 얼굴에서는 냉기가 자르르 흘러서, 상상도 안 될 일이긴 하지만."

"그럴 만한 계기가 있었던 것 같아요."

"넌, 그 계기를 알고 있고?"

이랑은 오물거리던 떡볶이가 점점 매워진다는 생각에, 젓가락을 내려놓고 복숭아 맛 주스를 마셨다. 그리고 다시 젓가락을 들려다 화정을 바라봤다. 작게 혀를 찬 이랑은 속에 맴도는 말을 결국 꺼내 보기로 했다.

"알고 싶었던 건지도 몰라요. 그 사람 둘째 형의 죽은 이유에 대해서요."

"……."

화정의 표정이 재빠르게 굳었다가 다시 평온함을 유지했다. 이랑은 문득 내민 이 대화가 어쩌면 많은 소득이 될지도 모른다는 희망을 품었다.

"때로는 모르는 게 약이 될 수도 있고. 또……. 평온한 일상을 흔들지 않을 수도 있다는 생각 해 봤어?"

"그 말은 선배도 뭔가 알고 있는 거죠?"

"글쎄. 다 소문이야. 다 소문이라고……."

화정은 인상을 팍 썼다. 떡볶이가 결국엔 통각을 마비시켜서라고 둘러댔지만 눈치 빠른 이랑은 알 수 있었다. 생각보다 입에 담기 힘든 불편한 소문이 있는 거라고.

“너무 불편한 가십들은 질투에 눈이 멀어 부풀려지기 마련이야. 실체를 알게 된다고 하더라도 은연중에 그를 죽음으로 몰아가게 된 이유는 여전히 불편한 건 마찬가지고.”

이상하게 모든 것에게 질투가 나는 시점인 것 같다. 자신만 모르고 있는 것에 대한 몸부림이랄까. 그들이 사는 세상에 내가 융화되어 살아가고 싶은 욕심이 드는 순간과, 둘째 형의 죽음에 대한 궁금증이 일어선 건 동시였다.

“게이라는 소문도 있었고. 또…….”

“그건 너무했다.”

“모르는 일이지. 그치만 정확한 건 배 회장님이 둘째에 대한 기대가 크셨대. 그래서 밀어붙이는 게 많았다고 하더라. 그 사람 성향……. 나도 대학원 때 한 학기 같은 수업을 들어서 대충 알 것 같았거든.”

“어떤데요? 대체적으로 배 회장님네 남자들은 날이 서 있는 기분인데……. 둘째 형도 그랬어요?”

“아니, 전혀.”

화정은 다시 젓가락을 들어 떡볶이를 휘저었다. 늘어지게 녹아 있는 치즈가 그녀의 젓가락에 휘감겨 올라왔다.

“그 사람 배 회장 자식이라고 하기엔, 너무……. 뭐랄까…….”

젓가락을 빙빙 돌리다가 화정은 스치는 기억에 그를 표현하려는 단어들을 떠올리려고 무던히도 애쓰고 있었다.

“다정하고, 한량 같고, 공부와는 거리도 멀어 보였고. 여자 좋아하고. 술 좋아하고. 음악 좋아하고. 그림 좋아하고…….”

"……."

이랑은 낯선 이야기에 멀거니 화정의 얼굴만 바라볼 뿐 아무 말도 할 수 없었다.

"안 어울리네요."

단 한마디를 마지막으로 다시 젓가락을 드는 것 외엔 더 이상 말을 뱉지 않았다.

"그 둘째 형을 배도환 이사가 무척 잘 따랐었대."

마지막으로 화정이 한 말에 이랑은 우울하게 씹던 턱을 멈췄다.

"엄청 형제가 우애가 좋았다고 하더라. 봉사 활동도 같이 다니고, 매번 성당에도 함께 다니고, 그 와중에 첫째 놈은 영락없이 단점만 받아 타고난 놈이라……. 사회적으로도 이미지가 그렇잖아?"

화정은 사회적인 이미지를 논하며 얼마 전 도영이 주식을 가지고 장난친 것에 대하여 눈살을 찌푸렸다.

"성당을 다녔다고요?"

"응. 보기엔 악마를 숭배할 것 같은 모양새여도, 제법 독실한 가톨릭 신자들이야. 그 집 형제들."

"안 어울려."

"그치? 밤에는 영락없이 이상한 술집에 모여서 삼삼오오 비싼 양주들이나 까 재끼는 놈들인데……."

"술집……이요?"

"응. 술집. 세인트라고, 녀석들이 가는 아지트가 있어. 종종 우리 동창회도 거기서 열리곤 하는데, 이쪽 바닥에 있는 애들이 이용하라고 만들어 준 술집이라서 그런가. 일반 고객들은 손님으로 안 받는 것 같더라."

술집이라는 말이 이상하게 거슬렸다. 이랑에게 있어서는 술집이라는 이미지 자체가 유흥업소처럼 다가왔기 때문이었다.

"그런 피폐한 곳은 아닌 것 같아. 재즈가 흐르고, 파란색 네온사인이 모던하게 걸려 있는 무대가 있는 곳인데. 분위기는 제법 괜찮아. 아주 돈 냄새 쩌는 놈들 아니면 입장도 안 시켜 줘서."

이랑은 도환이 신혼 초에 사복을 입고 밤에 나가던 걸 기억해냈다. 그 이후에는 회사 일이 바쁘다는 핑계로 외출을 자제하긴 했지만 그가 '세인트'라는 곳에 얼마나 드나들었을지에 대해 문득 궁금함이 일었다. 그곳에 가면 농익고 예쁜 여자들이 그를 향해 달려들 걸 생각하니 허벅지 위로 어느새 자리 잡은 주먹에 힘이 꽉 하고 들어갔다.

평균 이상으로 잘생긴 외모가 모든 대외적인 활동에 무기처럼 사용되고 있다고 느꼈다. 꼭 그런 것처럼 믿게 만드는 화술도 뛰어나고. 하지만 집에서는 이상하게도 음울한 눈으로 자신을 끈적하게 바라볼 때도 있었다. 침대 위에서 익숙하지 않은 행위에 가끔 템포를 잊는 자신의 얼굴을 돌려 시선을 억지로 바라보게 하면서도 젖은 눈을 감추지 못했다. 마치, 장마가 오면 볼 수 있을 법한 젖은 눈이었다. 귓불이 뜨거워지는 기분이 들어 입고 온 폴라티에 얼굴을 거북이처럼 숨겼다.

"왜? 추워? 히터 틀어 줄까? 봄이고 낮에는 약간 더워서 안 틀어 놨는데."

"아뇨, 괜찮아요. 볼이 약간 시릴 때가 있어서요……."

"어우, 나는 매워서 땀난다."

자세한 건 아니지만 화정을 만나 수확한 게 있는 것 같아 내심 기분이 가벼웠다.

도환은 독실한 가톨릭 신자였고, 둘째 형을 제가 예상했던 것보다 무척 사랑했다는 게 확신으로 다가왔다. 어쩌면 오롯이 둘째 형만이 가족 같은 사람이었을지도 모른다는 생각이 들었다. 척박하고, 황폐한 그 집안에서는 그럴 만도 하다고 여겼다. 눈치 볼 일도 없었고 무료한 삶에 목이 마른 청년들은 어쩌면 애정이라는 걸 갈구하며 살았을지도 모른다고.

이랑은 매운 기가 가신 입 끝에 씁쓸함이 맴도는 것 같았다. 과한 욕심이고 제게 어울리는 감정이 아니라는 건 잘 알고 있었다. 제 자신이 그에게 애정이라는 걸 내려 주는 단비 같은 존재가 되어 줄 수 있는지에 대해서 말이다. 그는 거대한 산이었다. 제까짓 게 뿌려 봤자 화단 꽃에 주는 물뿌리개 수준 밖에 되지 않는다는 걸 현실적으로 잘 알고 있었다.

"어머, 비 오나 보네."

후드득 소리가 유리창을 때리더니 마침내 요란한 소리를 내며 흩어졌다.

"봄비……가 오나 봐요."

"그러게. 진짜 봄인가 봐. 캠퍼스에 벚꽃 화사하게 피면, 그 사람이랑 같이 와."

화정은 진지함과 장난스러운 대화를 잘도 오가며, 꽃이 피는 날에 대해 날짜를 계산했다.

"그 사람이랑 올 수 있을까요?"

"너 하기 나름이지. 근데……. 내가 촉은 아주 대단하거든, 이랑아."

자신의 관자놀이를 검지와 중지를 모아 톡톡 친 화정은 일렁이는 까만 눈동자로 이랑을 바라봤다.

"네가 그 사람 인생에 본의 아니게 파고든 건 맞는데. 거기에 더더욱 본의 아니게, 너 그 사람한테 꽤 큰 존재가 되어 가고 있는 것 같아."

"빈말이라도 고마워요."

이랑은 느리게 눈을 깜빡였다. 절대로 우리 사이는 그렇게 될 수 없는 이유에 관해 설명하고 싶어도, 어쩐지 부부끼리만 알아야 하는 이야기 같아 적나라하게 펼칠 수 없음을 안타까워했다. 화정 선배는 분명 사람들 사이에 있어서 흐름을 재빠르게 읽는 특이하고 독특한 재능이 있었다. 그래서 경영을 전공했다고 생각했는데 어째서 일선이 아닌 학교에 남아 있는지 이유를 알지 못했다.

화정에게도 그들과 비슷하고 심오한 사연이 있을 거라 생각한 적이 있었다. 눈칫밥 얻어먹느라 급급했던 시간들에 치여서 그런지, 매번 화정에게 신세를 지고 있는 것 같았다. 왜 이제야 그녀에 대한 사사로운 것들이 궁금한지 비죽 미안한 마음이 들었다.

"선배……."

"응?"

"첫사랑 있었어요?"

주먹밥을 돌돌 말아 입에 넣다 눈을 동그랗게 뜨고 이랑을 바라보던 화정은 불시에 불어닥친 질문에 허허 하고 웃었다.

"……."

봄비가 창문을 세차게 때렸다. 스쳐 지나간 재밌고 풋풋한 이야기를 듣고 싶었을 뿐이었고, 그저 화정과 사사로운 이야기들로 따듯한 시간을 보내고 싶었을 뿐이었다. 도환에게서 보았던 비슷하게 스치는 음울한 표정이 아니라. 이랑은 이제는 식어 버린 음식 앞에 시선을 내렸다.

"첫사랑? 있었지."

불시에 아픈 곳을 타격받은 것 같은 표정에 이랑은 오히려 반대로 당황스러웠다. 느낌상 분명 화정은 건드리면 툭 터질 것 같은 얼굴이었다. 그러다가 허탈하게 웃었다.

"첫사랑이라고 하니까 마치 선생님, 첫사랑 이야기 해 주세요로 들려서 당황스러웠어."

"어떤…… 사람이었어요?"

"내 앞날 송두리째 바꿔 놓은 사람."

"……."

"사는 세상이 너무 달라서, 나만 괜찮다고 되는 게 아니었더라고."

화정은 답답하고 무거운 얼굴이었다. 재촉하지 않았음에도 불구하고 연달아 입을 열었다.

"고등학교 때 동갑내기 친구였는데, 공부도 잘하고 인물도 반반했어. 뭐랄까……. 나랑 맞는 구석도 꽤 많았거든. 가난하거나 사는 배경이 힘든 친구도 아니었는데 현실적으로 내가 너무 거대한 산이었나 봐."

"그래도 둘만 좋다면 되는 거 아니었어요?"

예전 화정이 교복을 입고 다녔던 시절, 곁에서 은연중에 보였던 남자가 기억에 스쳤다.

“그렇게 생각했던 때가 있었는데……. 그게, 현실적으로는 힘들더라.”

“그랬군요…….”

“나 때문에 피해를 많이 봤어. 집안에서 대학교 진학할 때부터 그 친구한테 제약을 많이 걸기 시작했거든. 난 우리 집이 자식을 위해서라면 그렇게 치졸하고 유치한 짓을 벌일 수 있는 사람들이라고 예상하지 않았어. 곱고, 화분처럼 컸다는 증거겠지. 이상적인 것들만 꿈꾸면서 말이야.”

이랑은 이제는 젓가락을 움직이기도 힘들 정도로 식어 버린 음식에 시선을 고정했다.

“인제 와서는 그 녀석이 평범하게 잘 사는 모습이 제일 부러워. 아마 좋은 여자 만나서 결혼도 하고 아이도 있겠지.”

화정의 말을 빌리자면 그는 아주 평범한 집안의 두 형제 중 장남이었다고 했다. 열정적으로 사랑했고 반대에 부딪혀 한창 시작해야 할 연애의 첫 걸음도 떼지 못했다고 말하며 화정은 주변을 정리했다.

“결국, 헤어진 거네요.”

“아주 화창한 날에 눈물이 범벅이 된 채로 걔한테 헤어지자고 했다니까. 근데 걔 표정이 어땠는 줄 알아?”

“…….”

이랑은 선배를 도우며 주변을 정리하고 환기를 시키기 위해 창문을 열었다. 아직 겨울 냄새가 남아 있는 시린 기운이 창문을 통해 밀려들어 왔다.

"고맙다고 했어. 그런 선택 해 줘서."

"고맙다고요?"

그 뜻을 그대로 받아들이자 비죽 인상이 쓰였다.

"내가 곤란한 걸 싫어했으니까. 걘 나한테 헤어지자고 말하지 못할 정도로 항상 번뇌가 가득한 얼굴을 하고 있었어. 그런 사람한테 내가 먼저 헤어지자고 말할 땐, 모든 것들로부터 무기력해짐이 어떤 건지 처절하게 알게 된 후지."

"……어디서 뭐 하고 지낸대요?"

화정은 가볍게 목 언저리를 손가락으로 긁으며, 어느 날 그에 대한 소식을 들었던 걸 기억해 냈다.

"보란 듯이 아주 좋은 회사에 취직해서, 잘 지내고 있대. 그 소식 이후로는 그에 관한 이야기는 들리지 않아. 근데 한국 진짜 손바닥만 하더라. 그 많고 많은 회사 중에 하상 그룹에 들어갔다는 거야."

익숙한 이름에 번뜩 고개가 들렸다.

"네?"

"신기하지? 입사한 지 꽤 됐을걸? 아마 특채로 들어간 거 같아. 아주 똑똑한 놈이었어. 나는 전교 10등 안팎에서 놀았다면, 걘 3년 내내 전교 1등을 놓치지 않았거든. 집안 배경도 나름 나쁘지 않았으니, 유학도 다녀왔을 것이고 아주 잘나가고 있을 거야."

그에 비해 선배는 지금 무얼 하고 있는 거냐고 묻고 싶었다.

"선배는, 그 사람보다 더 높은 곳에 있어야 하는 사람이잖아요."

이랑의 달싹이는 입술을 읽은 화정은 푸스스 웃으며 고개를 저었다.

"나? 지금 반항하는 거야."
"선배가 쌓아 왔던 것들 너무 아깝잖아요……."
"그게 뭐? 이제 와서……."
"……."
"지위, 학벌, 이런 게 다 무슨 소용이겠어. 밤에 잘 때마다 불치병에 시달리는 사람처럼 푹 잠도 못 잔 날들이 더 많은데. 근데 웃기지 않아? 사람 하나 때문에 내 자신에게 모든 것을 브레이크를 걸어 놨다는 게."
가족에 대한 복수심. 이것밖에는 그녀가 왜 학교에 남아 있는지 전체적인 이유가 납득이 되지 않았다.
"사람이 세월 지나니까 무뎌지긴 하더라. 소개팅도 나가 보고, 노력은 하고 있어. 나야말로 마냥 독거노인처럼 늙어 죽을 순 없지만. 그래도 다행인 건 내 부모가 돈이 좀 많다는 거?"
화정은 마지막에 혼잣말을 하며 낄낄거리고 웃었다.
"이대로 늙어도 어디 요양 시설 들어갈 돈은 넉넉하겠지."
"마냥 혼자 살겠다는 말로 들리잖아요."
"넌, 혼자 살고 싶은 생각 없었어?"
"……그랬던 것 같아요."
가족이라는 울타리에 대하여 왜 그토록 갈망하고, 목이 빠지게 애원했는지 모른다. 어릴 적부터 처해져 있던 환경이 어쩔 수 없이 자신을 그토록 만들었다는 것 외에는 별다른 답이 나오지 않았다. 성격은 수더분하고 어쩌면 소극적인 자세를 취하는 걸 더 좋아했다. 주목받는 걸 싫어했다. 그랬다가는 그토록 집착하는 가족들에게 미움을 받을지도 모른다는 의식이 은연중에 자리 잡고 있었다.

화정은 볕이 따사롭다며 사람 없을 때 캠퍼스나 걷자고 했다. 이랑은 흔쾌히 그녀를 따라 일어서 밖으로 나갔다. 이런 생각을 할수록 물먹은 솜처럼 기분이 축축 처진다는 걸 알고 있었다.

* * *

"화정을 만났다고?"

"네."

이랑은 도환이 일찍 퇴근을 하겠다는 문자를 받고 곧장 집으로 돌아왔다. 사사로운 이야기가 이제는 제법 편해지는 분위기 속에 둘만 남은 상황에선 어쩐지 이야기가 더 편하게 튀어나왔다.

"학교에 가서 수다만 떨다 온 거야?"

넥타이를 풀며 드레스 룸으로 들어간 도환은 금세 옷을 갈아입고 주방으로 들어섰다. 아침과 같은 메뉴긴 했지만 다행히 도환이 이랑의 본가에 들른 김에 받아 온 반찬이 있었다. 도환이 식탁에 자리 잡자 이랑은 밥솥에서 밥을 푸고 그의 자리에 음식을 차려 냈다. 도환은 조그마한 손이 야무지게 반찬을 접시에 덜어 내고, 마지막에는 자신의 옆자리에 물컵을 가져다 놓는 모습을 진득한 시선으로 응시했다.

"넌 안 먹어?"

"속이 아파서……."

숟가락을 들며 점심으로 뭘 먹었길래 속이 아프냐고 되물었다.

"선배랑 매운 거 먹었거든요. 오래간만에 먹어서 좋긴 했는데,

예전에 별 탈 없었는데 요즘은……."

"너도 나이 드나 보다."

도환은 씩 웃으며 밥숟가락을 입에 넣었다.

"아직 학교에 남아 있다고?"

은연중에 화정에 대한 생각이 머릿속에서 사라지지 않는 탓에 질문을 듣지 못했다.

"네?"

"화정이가 아직 학교에 남아 있냐고."

"알아요?"

"모르는 게 이상하지 않아? 게네 집이 무역업으로 대한민국에서 제일 이건데."

도환이 엄지손가락을 치켜들며 표현했다. 이랑은 화정의 집안이 좋은 건 알고 있었지만, 그 정도로 배경이 대단할 줄은 생각하지 못했다. 도환의 표현대로라면, 어쩌면 화정이 첫사랑과 헤어질 수밖에 없는 이유가 이해가 되기도 했다.

"그 집안은 원래 여자들이 좀 드셌어."

"드셌다뇨. 표현 진짜 이상해요."

"그렇잖아. 수더분하고 찹쌀떡처럼 느릿한 너랑은 다르지."

"저, 저도 선배가 제 워너비일 때가 있어서. 그거 영향받아 공부도 열심히 하고 그런 거거든요?"

"아, 그러세요."

도환은 가늘게 눈을 뜨고 시선을 음식에 고정했다. 한동안 침묵을 유지하며 식사를 하던 도환은 반쯤 먹었을 때 입을 열었다.

"우리 동기들 사이에서는 화정이 같은 여자는 만나지 말자. 이런 농담도 있었는데."

"무슨……. 그런……."

이랑은 아니라고 반박하지 못했다. 화정은 대학 때도 합리적이지 않은 행정에 대한 궐기 운동은 앞장서서 다 했고, 어느 날에는 소주병을 화염병으로 만들어 공격적으로 휘두르며 다녔다. 제가 그런 그녀를 지지했다는 건 애써서 말하지 못했다. 아직까지는 도환에게 자신의 신념이나, 정치적인 색을 내세우기엔 어려운 것도 있었다.

"무슨 이야기 하다 왔는데?"

도환이 자신의 학비를 대신 내주는 탓에, 잔디를 새로 까는 걸 목격하고 왔다는 둥, 이런 이야기나 꺼낼까 하다 이랑은 결국 속에서 계속 실타래가 뭉쳐 다니는 기분에 솔직히 털었다.

"첫사랑이요."

"아하."

도환은 한쪽 눈썹을 치켜올렸다. 가끔 그는 이런 표정을 지을 때가 있었다. 이랑은 도환이 무언가를 알고 있다는 확신이 들어, 무언가 오늘은 수확이 많은 날이 될 것 같은 예감이 들었다.

"대단했지."

"알고 있어요?"

"모를 리가 있어? 경영권 승계 앞두고 대학원까지 잘 졸업했던 것이 대놓고 부모 뒤통수치듯, 학교에 남아 있겠다고 하는데 다들 기함했지."

"대단했나 봐요. 그 사랑이."

도환은 마저 식사를 끝마치고 난 뒤, 물을 야금야금 마시며 이랑을 의미심장하게 바라봤다. 그 시선에 이랑은 귓불에 열이 오르는 느낌이 들어 손가락을 올려 만지작거렸다.

"넌."

"네? 저 뭐요."

"있었냐고."

"……."

"첫사랑."

묘하게 날 선 질문이었다. 어쩌면 첫사랑이라고 생각했던 그 사람에 대한 인적 사항도 잘 모르니까 말해도 될 것 같았다.

"아까 있었다고 대답했잖아요……. 그런데 이름도 모르고, 그저 몇 번 아버지 생전에 따라다녔던 봉사 활동에서 마주쳤던 남잔데……."

도환은 말이 끝나자마자 식기를 치웠다. 부산스러워지는 느낌에 이랑은 다급하게 말하며 그의 눈치를 봤다. 왜인지는 몰라도 도환의 기분이 안 좋아 보이는 건 분명했다.

"이후로 만난 적 없어요."

"그랬겠지. 집에 갇혀 살았는데 제대로 번호나 따서 네가 누구라고 말할 기회가 있었겠냐만……."

"……."

이랑은 싱크대에 그릇을 넣고 물을 틀었다. 그가 제지하며 식기세척기를 사용하라는 지시에 언뜻 몸의 방향을 틀 때였다.

"기회가 있었다면, 물어는 봤으려나?"

도환은 커피 머신의 뚜껑을 열며 왜인지 툴툴거리는 말투로 물었다. 이랑은 멍하니 도환이 커피 두 잔을 내리는 모습을 보며 선뜻 대답을 내놓지 못했다. 자신도 어쩌면 평범하게, 아니 사는 배경이 어떻든 사람 취급이라도 받으면서 살았다면 결과가 어떻든 풋풋하게 첫 연애 한번은 해 봤을지도 모른다고 생각했다.

7. 벚나무

이랑은 화제를 돌리는 게 낫겠다 싶었다. 이런 식으로 불편하게 줄이 팽팽히 당겨지는 대화의 느낌은 피하고 싶은 마음에서였다.

"이야기 중에 나온 건데……. 선배 남자 친구가 하상 그룹에 입사했대요. 지금은 다니고 있을지 아닌지도 모르는 사이가 된 지 꽤 오래됐고……."

그 순간 현관 벨이 울렸다. 도환은 손가락을 들어 커피 머신 옆으로 매달려 있는 작은 화면으로 대상이 누군지 확인했다.

"일찍 퇴근한 게 아니라, 집에서 연장선이네요."

인터폰 화면으로 표 비서가 보인다는 건, 도환이 아직 업무의 연장선 위에 놓여 있다는 거였다. 이랑의 얼굴에 은연중에 싫은 표정이 스쳐갔다. 도환이 놓칠 리가 없다.

"……."

도환은 묘한 표정을 하고 이랑을 바라봤다.

"회사에서 일을 마무리하고 오길 바랐던 거야? 너랑 놀아 달라고?"

"그, 그럴 리가요. 저도 봐야 할 책 있어서……. 자격증 준비도 해야 하고……. 그럼 일 보세요. 전 방으로 가 볼게요."

현관 버튼을 누른 지 얼마 지나지 않아 표 비서가 실내용 슬리퍼를 갈아 신고, 집 안으로 들어섰다. 긴긴 복도를 걸어오는 소리에 이랑은 주방에서 나와 그에게 고개를 숙이고 인사했다. 표 비서의 손에는 묵직한 서류와 함께 아침과 다르지 않게 태블릿 PC가 들려 있었다.

"저기 오네. 네 빛나는 화정 선배 첫사랑."

표 비서는 그가 하는 말을 듣지 못했다. 미간을 찌푸리고 업무가 산더미처럼 밀린 게 마치 피곤함의 원천이라는 노골적인 얼굴을 하고 다가올 때까지 말이다.

* * *

이랑은 그를 보고 딱딱하게 굳어서는 멍청한 모습으로 서 있었다. 표 비서는 도환에게 인사를 먼저 하고 입이 떡 벌어져서는 자신을 바라보는 이랑에게 인사를 건넸다. 평소보다 황당한 얼굴을 한 채로 인사를 받는 그녀에게 의문을 담은 시선을 보냈지만, 그보다 도환과의 이야기가 먼저라는 듯 입을 열었다.

"그, 그럼 저는……."

이랑은 자신의 공부방으로 마련된 방으로 들어가 조용히 문을 닫았다. 표 비서와 도환, 두 사람만 남은 공간에서 집무실로 이동하는 중에, 표 비서의 시선이 이랑의 꽁무니를 좇았다.

"왜 저러시는 겁니까? 제 뒷담이라도 하다가 딱 걸린 표정인데."

"하하."

도환은 머리를 손으로 털며 집무실로 들어섰다.

"슬슬 인지하는 중인가 봐."

"뭐를 말입니까."

"이 바닥이 손바닥보다 더 좁다는 거?"

"……."

표 비서는 무슨 말인지 해석하기 힘든 표정을 짓다가, 일선으로 돌아온 대화에 집중했다.

"얼마 전에 헤드라인 장식했던 기사 출처 알아냈습니다."

도환은 마지막까지 눈이 휘게 웃다가, 순간 굳은 채로 표 비서를 바라봤다.

"어딘데."

"예상은 했는데, 너무 안일해서 놀랐습니다."

"끌지 말고."

"큰형님이요."

"……."

도환은 집무실 한편에 마련된 소파에 마주 앉아 그가 내민 태블릿 PC를 바라봤다. 그 안에는 간결하게 기밀문서로 등재된 PPT가 보였다. 출처가 명확하게 주고받은 메일 주소와 IP 주소까지 증거물로 올라와 있었다.

"개새끼네."

"……."

예상은 하고 얼추 하고 있었지만, 너무 유치해서 몸 둘 바를 모르겠다고, 도환은 고개를 저으며 비실비실 웃어 댔다.

"아무리 밥그릇 싸움이라지만 너무한 거 아니냐."

"저희가 생각했던 것보다, 그 자리 뺏기기 싫으신 것 같습니다."

"그래서 제 동생 얼굴에 침이라도 뱉는 거. 강행하는 게 정상이냐."

표 비서는 날 선 웃음이 함께 터지려는 걸 참아 냈다.

"큰형은 태생이 원래 그런 놈이야. 아버지에게 사랑받고 싶고. 모든 이들에게 광적으로 관심받고 싶어 했고, 누구보다 빛나고 싶어 했지. 장남들은 다 그런가 싶었는데, 아니. 그 새끼가 미친놈이지……."

표 비서는 그의 말을 경청하며 퍼석한 입술을 매만졌다.

"그리고, 더 없어?"

손을 내리고 잔잔한 동공이 그와 시선을 주고받았다.

"도여 형님이 살아 계셨을 때 마지막으로 맡았던 프로젝트에 대해 조용히 파고 있긴 합니다……. 그런데……."

도환은 속이 좋지 않은 기분이 들었다. 평소 식사량보다 많은 양을 억지로 삼킨 저녁 탓이었다. 포만감이 뇌까지 타고 올라가 축축 늘어지게 했다. 자신이 만든 음식을 떠먹는 걸 보는 이랑의 눈이 하도 매혹적이라, 그걸 반대로 구경하고 싶어 든 숟가락에 후회가 드는 건 아니었다. 자리에서 일어나 집무실을 서성이며 표비서가 내민 서류 한 장을 받아 눈에 담았다.

"뭐야……."

"은나기업에서 개발해 낸 것에 조금 더 기술을 넣어 개발하고 있던 부품에 대한 기록지요."

"어디서 났어?"

"도여 형님이 회사에서 지낼 적에 금요일마다 팀원들을 시켜서 주간 기록지를 적게 했다고 합니다."

"……."

왜 지금껏 도여 형님이 남긴 기록물에 대하여 살펴볼 생각조차 하지 못했는지, 한심해질 지경이었다. 형의 죽음을 의심하면서도, 인정하지 못하면서도 왜 그에 대하여 파고들 생각을 하지 못했던 건지. 그건 그가 스스로 죽음을 택한 것 만큼은 확실해서 사실은 파헤치기조차 무기력했던 것 같았다.

"회사 기록물 자료실이 평수를 넓힌다고 작업하던 도중에 제 아래 직원이 찾아냈습니다. 너무 구석진 곳에 있더랍니다. 누가 지나간 프로젝트에 대한 기록지를 찾아보겠습니까. 살펴볼 생각도 못 하겠죠."

"……."

"그리고 도여 형님 그렇게 되고 나서, 회장님 지시로 도여 형님이 핸들링하던 팀, 팀원들 다 지방으로 보내 버리고 흔적을 지우려고 하시니……. 누군들 감히 흔적을 찾았다 하더라도 말하기가 두려웠겠죠."

“총알이라도 찾은 기분인데…….”

“기록지 담당했던 직원 이름 찾아서 당시에 어떤 상황이었는지 들어 보려고 조용히 움직이는 중입니다.”

도환은 유리창 너머로 도심을 바라봤다. 음울해 보이는 표정은, 제 형의 죽음이 횟수로 5년이 넘었음에도 불구하고 아직까지 그 슬픔이 잊히지 않았다는 걸 보여주었다.

형에 대한 애착, 그리움, 척박하고 건조한 식구들 중에 유일하게 살갑게 굴던 둘째 형을 그리도 죽음으로 몰았던 것들을 잡아다가 무미건조한 표정으로 썰고도 남을 사람이었다. 그게 그의 첫째 형인 배도영이라 해도 예외는 없다고 표 비서는 그의 뒷모습을 보며 생각했다.

“총회 앞두고 별 큰 움직임은 아직 없습니다. 주주들은 만나서 이미 약속은 받았지만, 표를 던지는 날 뒤바뀔지 모르니 예의 주시하고 있습니다. 아, 그리고 이번 주 주말에 세인트에서 저녁 모임 있습니다.”

“……데려갈까.”

“……네?”

“표심도 다질 겸.”

도환은 이랑의 방이 있는 쪽을 향해 시선을 넌지시 던졌다.

“쟤.”

“그다음 주가 개강일 텐데요.”

한쪽 눈썹을 올리며 표 비서를 바라보던 도환이 입을 열었다.

“이랑이 개강일도 알아?”

“전 비서입니다. 이사님.”

"알아. 그런데 그것까진 안 챙겨도 돼."

"……."

"너, 게이야?"

표 비서는 얄궂은 질문에 눈을 옆으로 굴렸다. 이럴 때면 항상 노골적으로 연애 혹은 만나는 사람에 대하여 캐묻는 그가 무언가 아픈 상처를 일부러 헤집는 기분이었다.

"그랬으면 좋겠습니까? 그러면, 아예 장가도 안 가고 평생 일만 하다가 죽을 텐데요. 그럴 생각 전혀 없습니다. 대표직에 올라가시는 것까지가 제 임무입니다. 그 후로부터 연병장 열두 바퀴 돌 만큼 줄 세워 놓고 맞선 보렵니다."

"누가 너 같은 거 만나나 주려나."

"무슨 말씀이 그러십니까."

"여자들은 겁쟁이 싫어해."

"……."

"이랑이 챙겨 주는 선배가 화정인 건 언제부터 알고 있었어?"

"……."

대비하지 못했던 질문에 표 비서는 입술을 지그시 깨물었다. 곤란한 표정이었다. 이런 식으로 개인사를 파헤치는 걸 별로 좋아하지 않는 걸 알면서도 이랑의 입에서 나온 이야기는 그냥 지나칠 수 없었다.

"죄송합니다."

"넌 내 개인사는 시시콜콜 다 따지면서, 내가 너에 대한 개인사를 묻는 건 별로인가 봐."

"그게……."

도환은 검지로 미간을 쓸었다. 이제는 시선조차 피해 버리는 게 도환을 더욱 짓궂게 만들었다.

"비겁한 새끼. 언제까지 도망 다닐래?"

"……."

도환은 그의 정수리를 보고 있던 시선을 퍼뜩 올려 인기척이 들리는 문으로 돌렸다. 저벅저벅 빠른 걸음으로 걸어가 그가 문을 확 하고 열자 이랑은 몸을 웅크리고 손바닥을 펼친 채 귀를 문에 대고 있는 자세를 하고 있었다. 문은 그녀가 자세를 고쳐 세우기 전에 너무 빨리 열려 버린 탓에, 이랑은 뒤늦게 기우뚱거리며 화들짝 놀랐다.

"넌, 언제부터 엿듣고 있었는데?"

"……아."

"그게……."

"둘 다 됐고. 남 연애사는 더더욱 관심 없고. 넌 저녁 먹고 가."

이랑은 엿듣고 있던 것을 들킨 게 얼굴이 뜨거워 괜히 발랄한 척하며 표 비서에게 물었다.

"저녁 드실래요?"

도환은 표 비서를 향했던 고개를 다시 이랑에게 천천히 돌리더니 한 소리를 던졌다.

"그런 친절은 아무한테나 들이대지 말았으면 좋겠는데?"

"아……. 그야 집에 온 손님이잖아요."

표 비서는 무표정한 얼굴로 일어났다. 이랑의 친절한 제안에 대하여 마치, 정해진 답이 있는 사람처럼 옷매무새를 고치고 서류 가방을 들었다.

“집까지 찾아와서 죄송합니다. 식사 제안은 감사합니다. 대부분 식사는 회사에서 해결하고 오니까 신경 안 쓰셔도 됩니다.”

“……네.”

이랑은 너무나도 차갑고 간결한 대답에, 아까 전 화정 선배가 표현했던 남자에 대한 이미지와는 전혀 겹치는 게 없어 보여 비죽 볼이 통통 불어 올랐다.

“이거…….”

표 비서는 서류 가방에서 작게 포장된 상자 하나를 꺼내 이랑에게 건넸다. 도환이 중간에 빼앗아 들려 했지만, 더 재빨랐던 표 비서가 빼앗기지 않은 채 이랑의 손에 쥐여 줬다.

“개강하면 공부 열심히 하세요. 이건 배도환 이사님이 즐겨 사용하시는 브랜드에서 만든 만년필입니다. 실용성은 없지만, 상징적으로 선물하는 거니 받으세요.”

마치 그 말은, 미래에 네가 무슨 일을 하든 응원하겠다는 말투로 들렸다. 이랑은 공부가 끝나고 어쩐지 그의 아내가 아닌 어쩌면 번듯한 직업을 갖게 될지도 모른다는 희망이 가슴을 부풀게 했다. 하지만 표 비서가 돌아간 뒤 이상하게 날이 서고 유치하게 혼잣말조차도 퉁퉁거리는 도환의 눈치를 보는 건 제 몫으로 남았다.

* * *

“김치볶음밥?”

얜 살면서 한식만 먹고 살았나 보다. 도환은 그렇게 정의 내린 지 한참이었다. 양식은 본능적으로도 떠올리지 못하는 게 신기할 따름이었다.

토스터에는 먼지가 쌓이기 직전이었고 3일째가 되던 날 식빵의 유통 기한이 지났다며 우는 표정으로 쓰레기통에 버리는 걸 보기도 했다. 어제저녁에는 계란찜이 올라오더니, 이제는 햄을 구웠다. 딱 봐도 중고등학생들이 좋아할 밥상이라 여겼는데 언뜻 생각해 보니 이랑의 나이가 고작 20대의 중턱도 밟지 못했다는 생각이 스쳤다. 그럴 때면 이상하게 미묘한 감정이 자제되지 않을 정도로 속에서 뒤엉켰다. 화가 나기도 하고, 오만하고 도도했던 제 안의 괴물이 어느 날에 나타난 하얀빛에 속절없이 무너지는 기분까지 들었다.

도환이 넥타이를 조여 매는 동시에 식탁에 앉자 이랑은 이제 제법 익숙한 모양새로 밥상을 차렸다. 큼직한 후드티에 모자를 눌러쓰고 끈으로 턱 아래를 꽉 조여 맨 모습이, 이상하기도 해 그는 픽 하고 코웃음을 터트렸다.

"왜요?"

"아니. 그냥."

"따끈해요."

"……."

이제 3일째가 되니 매번 물리는 것 같아도 이상하게 적응되는 밥상이 괜찮았다. 도환은 숟가락을 들고 통통하게 부풀어져 있는 작은 뚝배기를 보다가 은연중에 나른한 시선을 던졌다.

"너 후드티밖에 없어?"

"음……. 옷이 많이 필요 없으니까. 학생은."

"나도 학생 시절이 있었어. 참고로 나 학생 때 동기들……. 그러니까 동기 중 여자들은 매번 옷이 바뀌던데. 너처럼 후드티만 입고 다니진 않았던 것 같아."

이랑은 눈을 도르륵 굴렸다. 그가 어울렸던 여자 동기들은 아마도 화려한 외제 차는 기본 옵션이었을 테고, 공부에 매진하지 않아도 될 넉넉한 배경과 여유가 있었을 거라고. 말이 속에서 뱅뱅 맴돌았다.

"가서 쇼핑 좀 해. 어때. 다음 주면 개학인데. 그런 차림으로 차 끌고 학교 가는 것도 이상한 거 알아?"

도환은 드디어 숟가락을 들고 식사를 시작했다.

"저한테 어울리는 옷차림이 뭔지 몰라요……. 그냥 편한 게 제일 좋아서 입는 건데."

"그, 후드티……. 너무 애기 같아 보여."

스르르 녹는 계란찜이 제법이라는 생각 끝에 나지막하게 말을 뱉었다. 옷장에 후드티만 있는 것도 아닌데, 하필이면 요즘 아침에 다시 쌀쌀해지는 기온 탓에 꺼내 입은 게 화근이었다.

"애기라뇨!"

도환은 발끈하는 이랑의 목소리를 처음 들어 낯선 표정으로 뒤를 돌았다. 작은 주먹을 불끈 쥐고 바들거리는 걸 바라봤다. 검지로 자신을 가리키며 그는 멋쩍은 표정으로 되물었다.

"혹시, 내가 뭐 말실수했나?"

"저 스물네 살이에요. 자그마치. 애라는 표현 진짜 싫어한다고요……."

진짜……. 애 맞구나.

숟가락을 입에 물고 있던 도환은 작게 식식거리며 주방으로 들어서는 이랑을 빤히 바라볼 뿐 더 이상의 말은 꺼내지 않았다.
결혼식 이후 오만함으로 똘똘 뭉쳐 누군들 다 적으로 보였던 차에, 이랑에게 함부로 굴었던 때가 있었다. 작고 마냥 병아리 같은 애한테 무슨 짓을 저지른 것인지 요즘은 그 생각에 눈앞이 아찔해질 때가 많았다.
형이 죽고 난 뒤에 성격이 무척 거칠어졌고, 무례함은 옵션으로 달고 다녔는데 요즘은 다시 본래의 성격으로 돌아오는 기분이 들었다. 마치 야수가 되었다가 백신을 맞고 다시 사람으로 돌아오는 기적을 경험하는 중이라고 표현해도 어색하지 않을 정도로.
"주말에……. 부부 동반 일정 있어."
"네……."
이랑은 푹 눌러쓴 모자의 끈을 더 조여 맸다. 밥을 조금 남겨볼까 하다가, 이랑의 눈이 계속 제 밥그릇만 지켜보고 있는 것이 이상하게 신경 쓰여 억지로 다 먹어치웠다. 아침 회의가 일찍 잡혀 있었는데 하품하고 졸다가 책상에 이마나 안 박으면 다행이라 여겼다.
"드, 드레스 코드는……."
그는 제가 잘못 들은 건가 해서 다시 물었다.
"응?"
식기를 직접 치우며 이랑의 옆으로 놓인 정수기에 팔을 뻗어 물을 마셨다. 눈을 마주쳐 오는 동공이 반짝 빛이 나는데 어딘가 자신이 없어 보이는 것 같기도 했다.
"모자는 왜 쓰고 있었어?"
도환이 턱 밑에 단단히 묶여 있는 매듭의 기다란 선을 쭉 끌어 내리자 스르륵 풀리며 산발인 머리가 드러났다.

“머리가 이상해요. 어젯밤에 잠을 많이 설쳤나 봐요. 아침에 일어났는데 빗질도 잘 안 되고…….”

“네가 개냐. 무슨 빗질이야. 나 출근하고 나면 샤워해.”

“…….”

이랑은 도환은 멀뚱히 바라봤다. 할 말이 있는 것으로 보여, 도환은 식탁 옆으로 밀어 놨던 은색 메탈 시계를 손목에 채우며 기다렸다.

“요즘은……. 왜…….”

시계 버클의 매듭에 힘을 주자 딱 소리가 나며 단단하게 고정됐다. 그 순간 이랑을 다시 바라보자 시선을 피하는 게 답답했다.

“자꾸 소파에서 자요?”

“아…….”

“벌써 며칠째 소파에서 자잖아요.”

“요즘 늦게까지 볼 게 많아서 침실까지 걸어갈 여력이 안 나서……?”

말도 안 되는 변명을 늘어놨다. 미세하게 인상을 쓰는 미간에 주름이 지자 뽀얀 피부 위로 그의 검지가 꾹 눌러졌다.

“인상 쓰지 마.”

변명은 그럴싸하지 못했고, 그는 진동이 울리는 휴대 전화를 핑계 삼아 슈트의 겉옷을 챙겨 들었다. 현관을 나서는 내내 전화를 붙잡고 이랑의 시선을 피하는 행동을 했다는 건 자신이 봐도 비겁했다.

* * *

주말이 올 때까지 김치가 주 종목이었던 메뉴가 이상하다고 눈치채지 못했던 그녀는 그의 권유로 금요일엔 늦은 밤 배달 음식을 먹기로 했다. 이날은 그가 마지막까지 스퍼트를 달려야 하는 날이라며, 표 비서가 늦은 퇴근을 이랑에게 대신 전했지만 그는 12시가 되기 전 여지없이 집으로 돌아왔다. 배달 음식에 익숙해 보이지 않았던 탓에 그는 어색하게 휴대 전화를 돌리다가, 이랑에게 떠넘겼다. 이랑도 배달 음식에 익숙하지 않았던 탓에 마침내 표 비서의 도움으로 치킨 한 마리와 맥주 캔으로 대신하는 거로 결정했다. 고소한 냄새가 올라오는 음식을 두고 두 사람은 거실에 나란히 앉아 TV 리모컨을 움직였다.

"곧 시끄러워질 거야."

이랑은 무릎을 모아 세우고 닭 다리 하나를 오물거리며 고개를 조용히 끄덕였다.

"학교 다니기 귀찮아질 수도 있어. 기자들이 앞다퉈서 네 존재를 부각시키려 할 수도 있거든."

"다시 휴학한다 해도 아쉬워하진 않을게요."

"의외네."

그가 맥주 캔을 들어 몇 모금 들이켜며 TV에 시선을 고정했다.

"어차피 1학기만 대충 마무리하면 인턴 신청을 해 볼 생각이었는데, 그마저도 현실감 떨어지는 생각 같아서 다 치웠어요."

"그 말은 마치 날 당분간 내조하겠다는 소리로 들리는데. 맞아?"

"……."

도환은 시선을 돌리던 차에 이랑이 이상하게 가슴께까지 라운드로 파진 옷을 입고 있다는 걸 발견했다. 자칫해서 몸만 틀었다가는 어깨가 늘어져 새하얀 피부가 드러나고야 말 텐데, 보자마자 이를 박아 세우고 싶은 충동을 못 이길지도 모른다는 생각이 들었다.

"그 옷은, 어디서 난 건데. 네 옷 맞아? 어디서 주워 입은 거 아니야? 딱 봐도 사이즈 네 게 아닌데."

"맞아요. 루즈하게 떨어지는 라운드 넥이 볼륨감 있어 보이게 만들어 준다 그래서 처음으로 홈쇼핑 보다가 산 거예요."

"……하."

도환은 기가 찬다는 듯 웃음을 흘렸다. 이랑은 그가 맥주 캔 두 개를 가져왔다는 걸 알았지만 어째서인지 캔 따개를 꺾지 않았다. 그도 처음과는 다르게 술을 권유하지 않았다.

"제가 여자로 안 보여요?"

"보여."

"근데……."

이랑은 분명 침대에서 멋대로 굴었던 행위가 왜 단번에 끊겨 버린 건지에 대해 추궁하고 싶어 했다.

"여자로 보이는 것도 맞는데, 처음부터 순서가 잘못된 것 같아서 반성하고 바로 잡는 시간이라고 치자."

이랑은 뼈가 데굴 구르는 앞접시를 내려놓고 무슨 소린지 도통 알 수 없어 입술을 삐죽 내밀었다. 그러다 그가 자신을 감정적으로 어느덧 품고 있다는 걸 확신하자, 며칠 내내 침대로 비집고 들어오지 않은 그에 대한 모난 기분이 사르르 녹는 것 같았다.

"주말 지나고 나면, 개강인가?"

"네. 알고 있었네요."

사실은 표 비서가 먼저 알았다고 구태여 말하지 않았다. 그것에 대하여 유치하게 질투를 하고 있는 것 또한 절대로 티를 내고 싶지 않았다.

"편하게 입어. 내일은……. 그냥 내가 제일 좋아하는 친구들 만나러 가는 자린데, 네가 불편하거나 격식을 차릴 일 없어."

"……."

"후드티는 이제 안 입을래요."

"애기라고 표현한 게 기분 나빴나?"

이랑은 이상하게 가슴께가 근질거렸다. 피부 겉까지 간질거림이 올라오는 것 같아 문지르려 하자 도환이 기름 묻은 손을 낚아챘다. 거실 테이블 옆으로 놓인 휴지를 몇 장 뽑아 작은 손가락 마디마디를 조심스럽게 닦더니, 다정하고 피곤한 눈으로 이랑을 바라봤다.

"애쓰지 않아도 좋으니까. 하던 대로 해, 그냥. 그리고 이딴 가슴 드러나는 옷 안 입어도 돼."

"왜요?"

"여자로서 나한테 어필하고 싶어?"

"네."

"……."

너무나도 쉽게 튀어나온 대답에 도환은 혀를 찼다.

"그렇게 속에 있는 말 툭툭, 쉽게 내뱉어도 안 돼."

"언제는 머리 굴리지도 말고, 거짓말도 안 된다고 했으면서."
이랑은 뽀송해진 손가락을 지분거리며 도환에게 볼멘소리를 던졌다.
"그건 아직도, 앞으로도 여전하겠지만."
이랑은 도대체 어느 박자에 맞춰야 할지 모르겠다며 툴툴거렸다. 어쭈, 라는 작은 소리에 이랑은 어깨를 움찔거렸지만 앞에 놓인 음식에 집중하는 척했다. 도환이 처음과는 다르게 이제는 날 선 눈을 더 이상 보이지 않는다는 것에 큰 변화를 느꼈다. 그리고 저 역시 감정이 피어나는 속도가 남달라졌음을 알 수 있었다.

* * *

"너무 짧아."
도환이 외출 준비를 먼저 끝낸 이랑을 향해 말했다. 평소 차림보다 조금은 신경 쓴 듯한 이랑의 외출 복장에 도환의 눈이 반짝이고 있었다.
"일부러 산 건데……."
"누가 치마 입으라고 했어?"
두 사람은 차로 이동했다. 직접 운전대를 잡은 그는 목적지를 향해 핸들을 부드럽게 돌렸다. 저녁 식사 겸 술도 마시는 경우가 많아 애매한 오후 일정을 싹 비우고 출발하는 거라며 덧붙였다.
"언제 적부터 친구예요?"
우리 안에 갇혀 지냈던 친구들은 언제부터 학업을 함께 하고, 유학 생활에도 얼굴을 마주쳤는지 이제는 그 기억들이 흐려지고 있었다.

"집안끼리 아는 경우에 친구가 된 애들도 있고, 대부분 고등학교부터 친구가 되긴 했지."

"그랬구나……."

"넌 일반 사립고 나왔다고?"

"네."

"왜 그랬는지 유 회장 의도가 궁금하네. 대부분 국제 학교에 진학시키는데."

"제가 그러겠다고 선택한 거였어요. 고등학교 때 제 아버지가 은나기업 유 회장님인 줄 모르는 친구들이 대부분이었어요. 그래도 제가 나온 고등학교 꽤 유명해요."

"친구들은 많았나?"

"절친은 없었던 것 같아요."

"왕따는 아니었고?"

"그 정도로 사회성 부족하진 않거든요?"

"벽을 많이 치고 살았다는 뜻으로 들리네."

"……."

아니라고 반박하기 힘들었다. 어느 정도 반반한 얼굴은 몇 선배들의 고백을 받는 데에 일조하기도 했다. 존재감 없이 잘 지냈다는 게 한편으로는 뿌듯하기도 했다.

"사춘기는 겪지 않았을 테고."

"왜 없었겠어요? 있었어요."

빨간 신호 앞에서 차가 잠시 정차하자, 도환은 이랑에게 나른한 시선을 던졌다.

"네 사춘기는 어떤 바람이 불었을지 궁금하네."

도환의 검지가 이랑의 흰 볼을 살짝 쓸었다.

"성적이 하락하고, 친엄마가 살던 고향으로 내려가겠다고 한 적도 있었거든요."

"그랬더니?"

도환은 이랑의 어릴 적 이야기를 더욱 듣고 싶었다. 그래서 말끝마다 덧붙이는 질문이 적극적이었다.

"당연히 반대하셨어요. 그렇다 한들 제게 별다른 관심을 더 준 것도 아니었지만……. 아버지는 나날이 바빠지셨고, 전 사랑이 부족했으니까."

"사랑이 부족했다라……."

"사실 관심받고 싶어 안달 난 여자애였는지도 몰라요."

"누구나 다 그래. 관심받고 싶고, 조명받고 싶어 하는 건 다 그래……."

도환은 공허한 눈으로 턱을 매만졌다.

"그게 허전한 마음이 들수록 더했던 것 같아요. 성적표를 들고 가면 아버지가 그리도 좋아하셨는데 어느 날부터 회사가 힘들어지니까, 성적표조차도 도움이 안 될 때가 많았거든요. 그러면……. 얼른 커서 아버지 일을 돕고 싶다는 생각을 하기 마련이었는데, 그렇게 되면……."

"그렇게 되면……. 미움받게 될 테니까."

도환은 액셀러레이터를 밟았다. 시원하게 뚫린 한강 대로변을 가로질러 검은색 세단이 무거움을 덜고 속도를 냈다.

"지금도 그래?"

"……."

이랑은 문득 도환의 옆모습을 바라봤다. 그에게 미움받고 싶지 않았던 건지 생각해 봤다. 그건 아니었다. 그가 어려웠지, 자신을 미워할 거라 여긴 적은 없었다. 왜인지 모르겠지만 본능이었다.

"지금은……. 저 때문에 손해 보는 일 없었으면 좋겠어요."

도환은 피식 웃으며 이랑의 머리를 큰 손으로 쓸었다.

얼마 가지 않아 '세인트'라는 영문이 주황빛으로 박혀 있는 모던하고 네모난 건물에 도착하자 직원이 도환의 차를 향해 다가왔다. 보조석의 문이 자연스럽게 열리자 이랑은 직원의 안내를 받으며 도환과 함께 건물 안으로 들어섰다.

"술 마시라고 권유해도, 못한다고 빼도 돼."

"비서님은 안 오시나요?"

"주훈이?"

"네."

"표 비서 찾는 거 보니까 며칠 전 이후로 궁금한 게 꽤 많은가 봐? 오늘은 그 생각 집어치우고 이 모임에 집중해. 나름 내 표심에도 한몫해 줄 애들이니까."

"아……."

이랑은 눈을 부릅떴다. 그의 곁에서 나란히 걸어도 되는 사람인지조차 분간이 안 되는 상황에서, 그가 데리고 온 자리가 부담이 안 되는 것도 아니었다.

"대표님?"

"……."

앞서 입구에서 기다리고 있던 여자가 두 사람을 향해 다가왔다. 이랑이 고개를 숙이고 인사를 했지만, 여자는 도도함에 눈으로만 인사를 받은 채 대표라는 지칭으로 먼저 도환에게 눈웃음을 건넸다.

"예전부터 마담은 왜 나를 보고 자꾸만 대표라고 할까."

"미리 줄 타 놓는 것도 나쁘진 않잖아요?"

그녀가 붉은 립스틱을 올린 입술로 예쁘게 웃었다. 이랑은 언뜻 배우처럼 곱고 예쁜 여자에게 입이 벌어지려던 차였다. 따듯해진 날씨에 옷차림도 가벼워져서 그런지 여자의 몸매가 더욱 드러나 보여 풍만함이 돋보였다.

"이쪽은……."

"인사해. 유이랑. 이쪽은……."

"세인트 주인이에요."

"세퍼트 같은 존재지."

도환은 표정 없는 얼굴로, 노골적으로 비웃었다. 이랑은 놀란 눈으로 여자를 바라봤다. 여자는 눈에 웃음기가 사라졌지만, 티 내지 않으려 입에 올린 웃음을 잃지 않고 있었다.

"들어가실까요?"

긴 계단을 따라 올라가자 카펫이 부드럽게 깔린 공간이 길게 나왔다.

"오늘 같은 날엔 외부 손님을 받지 않습니다. 장사가 안 되는 게 아니랍니다."

여자가 웃으며 이랑에게 말을 덧붙였다. 이랑은 여자가 제게 딱히 호감이 아니라는 것쯤은 눈치로 알 수 있었다.

홀로 보이는 공간에 입장하자, 안에는 부분마다 널찍하고 앤티

크한 소파들이 손님들이 앉을 수 있도록 배치가 되어 있었다. 앞서 멀리에는 파란 네온사인 아래로 작은 무대가 보였는데, 그 위로는 작게 재즈가 울렸다.

"오랜만이다. 두 번째 뵙네요."

먼저 술을 펼쳐 놓고 있던 무리 중에 남자 한 명이 일어나 두 사람에게 다가왔다. 자신의 이름을 영오라고 소개하는 남자의 어깨 너머로 뒤늦게 두 사람을 발견한 이들이 하나둘씩 일어났다. 두 사람과 같이 와이프를 데리고 온 사람도 있었고, 아직 싱글인 사람도 포함되어 있었다. 그사이 도환은 친구들에게 둘러싸여 이런저런 사업적인 이야기 먼저 주고받았다. 그중 낯이 익은 남자에게 시선이 가던 차에 그 남자도 이랑을 향해 비슷한 표정을 하고 다가왔다.

"우리 언젠가 본 적 있죠?"

"아……."

"요한이에요. 이름 대면 알려나."

"알아요. 얼굴은……."

"화정 선배한테 들었어요. 복학하게 됐다고."

"네……. 아! 알 것 같아요."

"그땐 키가 요만했는데. 이렇게 아가씨가 돼서 나타날 줄은 몰랐네요. 더더군다나 배도환의 아내로."

그는 이상하게도 이 중에서 가장 차분하고 다정해 보이는 인상이었다. 어릴 적 아버지를 따라 봉사 활동을 몇 번 다녔던 중, 교복을 입고 자주 나타났던 남자라는 걸 기억했다.

"같이 올 거라고 미리 소식은 들었는데 진짜 와서 은근 반갑고 좋네.”
그가 다가온 도환에게 말을 건넸다.
“둘이 어릴 적 얼굴 본 적 있다고 들었어.”
“응. 그땐 회장님 살아 계실 적이었는데……. 그 이후로 이랑 씨 소식을 들을 기회가 없었네요.”
요한의 씁쓸한 눈은 한동안 이랑을 향했다. 그걸 눈치챈 승민이 다가와 술병을 흔들었다.
“우리 전야제 하러 온 건데, 자기소개 그만하고 술이나 마시자. 그래도 이랑 씨가 와 줘서 평균 연령 낮아진 것 같아 고마운데?”
친구들이 웃자, 도환은 눈을 굴렸다.
빈 술잔에 독한 술이 채워지자 도환은 친구들과 술잔을 기울였다. 누군가의 와이프인지 머리에 새겨지기도 전에 살갑게 다가온 사람들은 이랑에게 이런저런 질문을 던졌다.
“여자들은 샴페인이나 마시자고요.”
어느새 다가온 마담이, 샴페인을 얼음통에서 꺼내 얇은 잔에 담자 기포가 얇게 유리잔 벽을 타고 올라왔다.
일 중독에, 알코올 중독만은 아닌 것 같았다. 친구들 사이에 끼어 이런저런 대화를 주고받는 그의 새로운 모습에 이랑은 눈을 떼려 해도 은연중에 가는 시선을 제대로 막지 못했다.
“학생이라고 들었어요.”
“네…….”
“전 남편이랑 같은 회사에서 일하다가 최근에 계열사를 분리해서 나왔는데, 속 편하고 좋아요.”
여자가 웃으며 맞은편에 앉은 제 남편을 눈을 가늘게 뜨고 바라봤다.

“결혼식 날에 봤는데 너무 앳돼 보였다 싶었는데, 정말 나이 차이가 좀 나네.”

이랑은 마셔 본 적 없는 샴페인에 입술을 가져다 댔다. 나이 차이라는 이야기가 불쑥 튀어나오자 할 말을 잃은 기분이었다. 상하가 있었다면 여자들끼리 있을 때 어떤 대화가 오갈 거라고 일러주기라도 했을 텐데, 아니면 선배에게라도 조언을 구하고 올 걸 약간의 후회도 들던 차였다.

뒤늦게 도착한 또 다른 남자에게 시선이 돌아갔다. 얼마 전 가구를 매입하러 백화점에 들렀을 때 사장실에서 능글맞은 웃음으로 툭툭 농담을 던졌던 유진이었다.

“어? 이랑 씨도 있네? 이야.”

“넌 늦게 와서는, 뭐 그리 큰 소리야. 얼른 앉아.”

“나 이랑 씨 옆에 앉아도 되나?”

순간 도환은 이랑의 팔을 쭉 잡아당겨 자신의 옆에 바짝 앉혔다. 그 모습에 친구들이 당황한 듯 서로 눈빛을 주고받았지만 개의치 않아 했다.

“아, 이 자식 은근 우리한테 내외하는 것 같단 말이지.”

그가 고개를 까딱거리며 서운한 티를 냈지만, 도환은 전혀 신경 쓰지 않는 투로 옆에 앉아 있던 영오와 마저 이야기를 나눴다.

친구 와이프 사이를 비집고 결국 이랑의 옆자리를 차지한 유진은 살갑게 자신도 샴페인을 먹겠다고 했다. 그러자 친구들의 야유가 터졌다.

“아, 왜. 내가 이럴 때 아니면 언제 대학생이랑 샴페인 잔 기울여 보겠어?”

유진 덕분에 분위기가 더욱 화기애애해졌다.

이랑은 집에서부터 언뜻 상상했던 것과는 달리 딱딱한 분위기가 아닌 것에 놀랐다. 그가 매일 아침 슈트를 잘 차려입고, 표 비서와 나누는 사적인 이야기조차도 마치 공적인 이야기로 들려서였는지 몰라도 그가 모이는 자리도 건조한 분위기일 거라고 상상했었다.

분위기 탓인지 이랑은 샴페인 한 잔을 금세 다 비워 버렸고, 그 잔을 핑계로 유진은 그녀의 잔에 또 다른 종류의 샴페인을 따랐다. 이랑은 그 때문인지 조금이나마 도환에게 의지했던 시선을 스스로 다른 곳에 두기도 했다. 또는 불쑥 들어오는 질문에 잘 정리해서 어리숙하지 않게 대답을 잘 하고 있는 것에 뿌듯한 기분도 들었다. 이건 분명 알코올의 힘이었다.

이랑은 볼이 발그레해지기까지 몇 잔 필요하지 않다는 걸 깨달았다. 은은하게 단맛이 나고 스파클링이 입 안에 감도는 게 재밌어 야금야금 먹는다는 게 벌써 다섯 잔을 넘어섰다. 도환은 은연중에 그런 이랑을 제재하지 않았고, 그렇다고 그 또한 술을 절제하지 않았다. 자유로웠고 그런 표정과 몸짓을 관찰하는 재미도 있었다. 마치 눈으로 안주를 집어 먹는 것 같았다.

* * *

“술이 약한가 봐요.”

이랑은 차가운 물을 연신 손가락에 적셔 볼을 식히던 중에 뒤에서 들린 목소리에 고개를 들었다. 거울에 반사되어 보이는 여자의 모습에 뒤를 돌았다. 그녀가 세인트의 주인인 건 맞았지만 어쩐지 이 세계의 사람으로서 인정받지 못하는 눈이 거슬렸다. 그렇다고 해서 자신이 이 세계의 사람이라고 스스로 자처하는 것도 아니지만, 어째서인지 은연중에 자꾸만 자신을 훑는 강한 시선이 불편한 건 사실이었다.

"원래 술을 잘 못해서요……."

얼얼하게 차가운 손가락이 발갰다. 그 손으로 연신 볼을 꾹꾹 찍어 내리던 중 그녀가 어디론가 손을 뻗어 통통하게 접혀 있는 수건을 제 손에 쥐여 줬다.

"배도환 이사님이 이랑 씨 보는 눈에서 꿀 뚝뚝 떨어지는데, 다들 그거 구경하느라 난리네요."

"……네?"

"두 사람만 모르고 있는 것 같아서. 말 안 해 주자니 조금은 약이 오르는 기분이고. 그래서 말해요."

그녀가 입에 호선을 그리며 여유롭게 웃어 보였다.

이랑은 둘만 모르는 사실이라고 하기엔, 자신들의 결혼 과정에 연애나 자연스러운 관계가 생략되었다는 걸 여기 사람들은 분명 알고도 남을 거라 예상했다.

"이렇게 본래 성향으로 돌아올 줄 알았으면, 애초에 샌드백이라도 만들어 드릴 걸 그랬나……."

이랑은 손 안에 감기는 부드러운 수건을 만지작거리다 순간 멈칫했다.

"요즘 보이는 배도환 이사님이 진짜 성격이고, 진짜 모습인데.

본래대로 잘 돌아온 것 같아 다행이에요."

"그, 그랬군요……."

"불시에 갑자기 결혼한다고 하셔서, 사춘기 방황도 이렇게도 심할 수 있구나……. 싶었거든요."

"배도환 이사님과는 오랜 시간 봐 오셨나 봐요."

배도환 이사를 은연중에 해석하고 제게 아는 듯 설명하는 여자에게 거부감이 들었다. 그녀는 여유롭게 립스틱을 위로 덧바르며 고개를 천천히 끄덕였다.

"네."

"……."

"첫째 형님, 둘째 형님도……. 이곳 단골이셨으니까. 답답하면 자주 들르기도 하셨고. 막내인 배도환 이사님은 교복 입고도 자주 들락거리셨답니다. 전 그때 주인은 아니었지만."

"아……."

꽤 오랜 시간 동안 그녀가 그들의 시간 속에 함께했다는 사실이 무기력하게 만들었다.

"제가 말이 좀 그랬죠?"

"네?"

"이것저것 반항심에 하신 일인데, 오히려 잘됐다는 말을 하려던 차였어요. 그런 표정으로 들으실 필요는 없어요."

"……."

이랑은 그녀가 하는 말을 애초에 처음부터 정확히 알아들었다. 둘째 형의 죽음으로 인하여, 배도환 이사가 불시에 반항심으로 치른 결혼이 마치 화풀이 대상이 필요해 했던 것과 다를 게 없다는 말이었다. 애초에 처음부터 팔려 온 거나 다름없는 자신의 위치에 불만을 가지거나 반항하려 든 적이 없었기에 그녀의 말에 딱히 반론을 제기할 수도 없었다. 누군가와 대립하고 있는 대화에서 이토록 패배감이 들어 보긴 처음이었다.

"결과적으론 잘됐잖아요? 이사님, 둘째 형님 돌아가시기 전처럼 다시 돌아오게 된 것도 이랑 씨 때문이라고 믿어요."

그녀가 이랑의 팔을 쓰다듬었다. 좋은 말로 상대를 깔아뭉개는 여자가 무서웠다. 팔에 소름이 돋을 즘, 자신의 몸에서 가녀리고 기다란 손이 떨어져 나갔다.

"아, 이사님 여자 취향 혹시 궁금해요?"

여자가 먼저 떠나려던 공간에서 다시 뒤를 돌아 이랑을 바라봤다. 대답을 하지 않고 그저 그녀의 얼굴만 바라봤을 뿐인데, 멋대로 해석한 그녀가 다시 입을 열었다.

"음……."

이랑의 머리끝부터 발끝까지 이제는 노골적으로 훑었다.

"어린 친구가 취향은 아닌 게 분명하죠. 여태껏 옆에 있었던 여자들로 비추어 봤을 땐……."

진지하게 골몰히 생각하는 표정을 끝으로 그녀는 사라져 버렸다. 그녀의 구둣발 소리가 멀리 사라질 때까지 이랑은 아무 말 없이 멍하니 그저 서 있기만 했다. 유치하면서도, 치졸한 공격이라고 여기면서도 그 말에 한 치 반론을 하지 못한 제가 이토록 한심할 수 없었다.

아마도, 그녀는 배도환 이사를 무척 아끼고 있는 사람 중에 하나일지도 모른다는 생각이 들었다. 그런 수많은 사람에게는 제가 고까운 존재일 것 같기도 했다.

자리에 돌아가는 걸음이 느려졌다. 그가 일전에 자신에게 내민 맥주가 제공했던 장난스러운 알딸딸함과는 차원이 다른 묵직함이었다. 이랑은 비틀거리지 않으려 최대한 노력했다. 멀리서 나른한 시선으로 자신이 걸어오는 것을 느긋하게 바라보는 도환과 눈이 마주쳤다. 그는 여기저기서 날아드는 질문에 대답은 하면서도 여전히 시선을 이랑에게 놓지 않았다.

"요즘 애들 이야기하고 있었는데."

"요즘 애들이요?"

도환은 그저 웃으며 잔을 들 뿐이었다. 승민은 웃으며 이랑의 샴페인 잔에 술을 채웠지만, 도환은 어쩐지 반갑지 않은 눈으로 이랑이 술잔을 드는 것을 바라봤다.

"원나잇도 스스럼없다고. 원나잇까지 가는 데 20분이면 충분하다고, 요즘은."

이랑은 놀란 눈으로 도환을 바라봤다. 친구들이 다른 주제로 넘어가며 시끄러운 소리로 분산돼 버리자 그가 알싸하고 향긋한 냄새를 풍기며 이랑의 허리를 잡아당겨 자신의 곁에 바짝 붙어 앉게 했다.

"요즘 애들은 어떤 식으로 섹스 어필하냐고. 승민이 말로는, 대놓고 말한다던데."

"어떻게요?"

"넌 몰라? 요즘 애들이잖아."

"요즘 애들이라도 다 그런 건 아니잖아요……."

"흠……."

이랑은 은연중에 툭툭 튀어나오는 어리다는 주제가 달갑지 않아 심드렁하게 대답이 튀어 나갔다. 도환은 샴페인 잔을 끌어당기는 이랑의 손가락으로 살며시 제지했다. 이제 와서 왜 못 마시게 하냐는 눈으로 바라보는 이랑에게, 도환은 귓가에 입술을 바짝 가져다 댔다.

"할까? 지금 바로 하고 싶은데……. 나갈래? 지금은 사람들 많아서 좀 그렇지?"

"……."

이랑은 화들짝 놀라 도환에게서 얼굴을 떨어트리고 정면을 바라봤다. 술이 전혀 취해 있지 않은 얼굴이었다.

"이런다던데? 아주 노골적으로."

"그, 그런 말은……."

도환은 주변 시선을 살폈다. 그리고는 정면을 바라보고 다시 날아드는 질문에 대답하며 아무렇지도 않은 척 굴었다.

조만간 있을 주주 총회 이야기로 갈무리된 모임은 새벽이 되어서야 끝이 났다. 세인트 입구에서 하나둘씩 차에 탑승해 배웅을 받으며 사라지는 와중에 도환은 친구들을 배웅하는 일을 마지막까지 했다. 마치 오늘만큼은 그래야 한다는 임무를 띠고 있는 것 같아 보였다. 마지막에 친구들이 다 떠난 뒤 두 사람이 차에 탑승하자 도환은 긴 숨을 내쉬었다.

"도대체 다들 너보고 조만간 또 보자고들 하는 건지 모르겠네."

"제가 사람들한테 제법 호감인가 봐요."

"유이랑 취했나 봐."

"……."

도환은 소리 없이 웃으며 이랑의 뒷머리를 쓰다듬었다. 이랑은 차에 타니 그제야 긴장이 풀리는 건지 머리가 빙빙 돌았다.

"많이 마신 것 같지 않은데……."

"주는 족족 받아 마셨는데 눈으로만 봐도 얼추 샴페인 한 병은 돼 보이더라. 네 주량은 알고 마시는 거야?"

"몰랐어요……."

도환은 자신의 미간 옆 관자를 꾹꾹 누르며 인상을 썼다.

"근데 맥주보다 이게 더 나은 것 같기도 하고……."

"그게 네가 말했던 알코올 중독자의 첫길에 입문하는 거지."

"매일 마시는 게 아니잖아요."

은연중에 말꼬리가 늘어졌다. 그 탓인지 도환은 고개를 천천히 돌려 이랑을 바라봤다. 발갛게 달아오른 볼은 아까부터 식을 줄 몰랐고, 이랑은 이제 몸까지 시트에 늘어져 눈을 느리게 깜빡거렸다.

"저……. 5분만 자도 돼요?"

"안 될 건 또 뭐람."

도환은 어이없는 투로 대답했다. 그게 마지막 기억이었다.

다시 눈을 뜬 건 흔들리는 몸이 차가운 가죽 소파에 닿는 느낌이 이질적으로 다가와서였다.

"으음……."

"일어나. 일어나라고."

"여기 어디예요."

"집. 일어나서 정신 차리고 물 한 잔 마시고 자. 이대로 자 버리면 다음 날 머리 아플지도 몰라. 어느 정도 술 깨고 자는 게 좋을 것 같아."

도환은 부드럽게 이랑의 볼을 쓸었다. 그 느낌이 생경해 눈이 번뜩 뜨였다. 부릅뜨는 바람에 쌍꺼풀이 세 겹이 된 걸 보며 도환은 킥킥거렸다. 그런 후 씻으러 간다며, 갈아입을 옷을 들고 샤워실로 들어가 버렸다.

이랑은 주섬주섬 옷을 갈아입었다. 거실 다른 한편에 딸린 화장실에 들어가 씻는 건 고사하고 세수를 하며 술을 깨려 찬물로 얼굴을 때렸다. 양치마저 하니 조금 정신이 드는 기분이었다.

품이 넉넉한 잠옷을 입고 비죽 물이 떨어지고 있을 샤워실을 바라봤다. 그 고요함 속에 남아 있는데 오늘은 이대로 잠들고 싶지 않은 이상한 기대 심리가 들었다.

잠시 뒤 도환은 머리를 털고 나와 이불을 들추고 눕더니 눈을 감고 베개에 머리를 몇 번 풀썩이며 잘 고정했다.

"……."

"안 자?"

"……."

이랑은 아직도 뜨끈한 볼을 손으로 마구 뭉개며 멍하니 도환을 바라봤다.

"술 좀 깼으면 곱게 자자."

이랑은 무릎을 꿇은 채로 침대를 기어가 도환의 가슴에 손을 짚고 몸을 기울였다. 막 샤워를 마치고 나온 그의 몸에선 기분 좋은 비누 향이 폴폴 났다. 살포시 다가오는 무게감에 도환은 문득 미간을 구겼다. 그리고 눈을 떴을 땐 이미 이랑의 입술이 도환의 입술에 조심스럽게 포개지고 있었다.

입술은 촉촉했고, 이랑의 입에선 샴페인 향이 났다. 이랑은 졸린 눈을 껌뻑이며 얼굴을 떼어 내고 도환을 멍하니 바라봤다. 무거운 정적이 두 사람 사이에 자리 잡았다.

"으앗!"

순식간에 잡아당겨 위치가 뒤바뀌어진 탓에 이랑의 머리가 빙빙 돌았다.

"너, 내일 아침에 기억 못 하면 혼난다."

* * *

개강을 앞두고 이랑에게 변한 게 있다면 어느 정도 운전을 혼자서 할 줄 알게 됐다는 거였다. 도환이 밤이 늦은 시간에도 데리고 나가 틈틈이 그녀에게 운전 연습을 시켰다는 점과 중간중간 답답함을 참아 내는 한숨에 생각보다 그가 참을성이 깊다는 사실을 알게 되기도 했다.

"아침 준비해 드릴까요?"

"아뇨……. 아무래도 빈속이 좋을 것 같아요."

상하 씨는 독감 이후로 일주일 정도 더 휴가를 가졌는데, 도환의 일방적인 권유 때문이었다. 아무리 다 나았다 하더라도 전염될 수 있는 걸 감안해 곧 개강을 앞둔 이랑의 컨디션을 지켜야 한다는 이유를 앞세웠지만, 옆에서 통화를 듣던 이랑은 인상을 가득 찌푸린 얼굴을 했다.

상하가 첫 출근을 하자마자 제 뜻이 아니었다고 손사래를 쳤지만 상하는 별 개의치 않아 하는 것 같았다. 덕분에 일주일이나 더

쉬게 되었다고 오히려 좋아하는 반응을 보게 되어 이랑은 속이 불편했던 게 나아졌다.

술에 취해 치렀던 그날 밤은 잡아먹을 듯 으르렁거렸어도, 그는 처음부터 끝까지 그녀의 허락을 애원하고 갈구하듯 마무리했다. 통증과 아픔은 모른 채, 끝까지 몇 번이고 아득하게 언덕을 오가며 이랑은 저도 모르는 소리가 터져 나왔다. 마지막엔 결국 스스로 입을 틀어막다 못해 그에게 다시 손목이 잡혀 버리는 과정을 반복해야만 했다. 이랑은 멍하니 그날 밤을 회상하다 상하의 물음에 놀라 몸을 돌렸다.

"사모님!"

"네?"

"무슨 생각을 그렇게 하세요. 어머. 얼굴이 왜 그렇게……. 혹시 열나시는 거 아니에요?"

"아, 아니에요!"

그녀가 손을 뻗어 이랑의 이마를 짚으려 했지만 이랑은 몸을 뒤로 빼며 가방을 챙겼다.

"오늘 학교 복잡할 텐데 대중교통 이용하지 않으셔도 돼요?"

"그죠? 저도 그 생각인데……. 오늘 주주 총회도 있는 날이고, 혹시나 결과에 따라 골치 아픈 일이 생길지도 모르니까 그에 대비해서, 차 안으로 몸을 피해야 한다고……. 표 비서님이 으름장을 하도 놔서……."

말끝으로 차 키를 위로 올려 그녀를 향해 흔들었다. 상하는 그녀가 흔드는 차 키를 보며 자신의 손목시계를 번갈아 바라봤다.

"이렇게 일찍 나가세요? 이사님 조금 전에 나가셨는데."

"네. 아무래도 차가 밀릴 것 같아서……."

상하는 이랑을 마중하며 운전을 조심하라는 말을 신신당부했다. 혹여나 모를 일에 대비해 집에서 올 때까지 대기하고 있겠다는 말을 끝으로 걱정스러운 얼굴로 그녀를 엘리베이터까지 마중했다. 이랑은 오늘따라 한 여사님이 그리웠다.

운전석에 앉아 그가 일주일을 투자해 연수를 시켜 준 덕을 보아 이제는 습관적으로 사이드미러와 백미러를 바라본 뒤 시동을 켰다. 그런다 해도 자신 외에는 이 운전석에 앉았던 사람이 없으니 바꿀 것이 없음에도 그는 습관적으로 자신이 늘 사용했던 것에 기묘한 변화가 없는지에 대해 살펴야 한다고 말했다.

– 여보세요?

"저예요."

– 이랑 아가씨예요?

"네. 저 오늘 개강이라서 학교 가는 길에 전화했어요. 이제 막 식사도 치우고, 한숨 돌리실 시간인 것 같아서요. 다들 출근하셨죠?"

– 아……. 네……. 아가씨는 잘 지내시죠? 어르신은 회사에 나가셨고, 아가씨 두 분도 오늘 회사에 따라 나가셨어요.

이랑은 비죽 둘째 언니까지 회사에 나갈 정도면 큰 행사가 있나 싶어 물었다.

"회사에 큰 행사라도 있어요? 둘째 언니까지 회사에 갔다고요?"

한 여사님은 대답이 없었다. 이상하게도 부스럭거리며 자리에서 일어난 듯한 소리만 들릴 뿐이었지 아무 말이 없어 그저 이랑은 성향대로 그녀가 말할 때까지 기다릴 뿐이었다.

"혹시 누워 계셨던 거라면 제가 다시 전화할까요?"

– 아, 아니에요. 아가씨. 별일 없으시죠?

"네……. 여사님은요. 혹시 몸이 안 좋으신 거 아니에요?"

– 그건 아닌데, 마침 오늘 아가씨한테 전화 드리려던 차였어요. 반찬도 떨어졌을 때가 됐을 것 같고…….

"이따가는 주주 총회 투표 결과가 나올 즘이라, 혹시나 그가 모르는 전화번호에 불통 될지도 모른다고, 받지 말라고 했어요. 그래서 미리 전화 드린 건데……. 제가 집에 들를까요?"

– 에고, 노인네 보러 일부러 들르다뇨. 아닙니다. 어르신도 오늘은 집에 늦게 들어오실 예정이시니…….

"그렇군요……."

아마도 한 여사님은 회사에 무슨 일이 있는지 잘 모르는 것 같았다. 그래서 선뜻 그 세 식구가 왜 늦게 들어오는지, 왜 둘째 언니까지 회사에 끌려 나간 건지에 대하여 자세하게 몰라 대답을 못하고 있는 것 같다고 여겼다.

– 아침은 먹고 등교하셔요?

"아……. 네."

한 여사가 나지막하게 웃었다. 아마도 어설픈 거짓말에 눈치를 채고 웃는 것 같았다.

"조만간 들를게요."

– 혼자 들르지 말고, 꼭 대표님과 들르세요.

"아직……. 대표 아니에요. 그리고 이사님 말대로면, 투표 결과가 어떻게 뒤집어질지 모른다고 했는걸요……."

내부 사정을 잘 모르는 자신이 한없이 작아 보이는 순간이었다. 경영권 승계를 두고 형제간에 피바람이 부는 전쟁터 안에 그가 무언가 함구하고 있는 것쯤은 눈치채고 있었다. 하지만 그가 알 필요가 없다고 한다면, 굳이 알려고 하지 않았다.

전화를 끊고 이랑은 서둘러 차를 끌고 시내를 달렸다. 예상대로 출근 시간대에 막혀 딱 맞게 도착한 학교 주차장에 주차하고 내려 첫 수업이 있는 건물로 걸음을 서둘러 옮겼다. 선배에게서 온 문자를 확인하고 수업이 있는 강의실에 들어서자 한두 명씩 이미 자리 잡고 있는 학생들이 눈에 들어왔다. 4학년들은 이제 얼마 남지 않은 대학 생활을 어떻게 마무리할 것인지, 어떤 것들을 양옆에 스펙으로 달 계획인지에 대해 서로서로 계획을 세우고 조언을 나누는 분위기였다.

안면이 있는 남학생과 여학생이 복학한 이랑에게 알은척하며 다가와 인사를 건넸다. 이름 정도 기억하고 있는 후배들이었는데 알은척해 주는 게 고마워 그들의 곁에 착석하고 책을 꺼내 놨다.

“와, 선배는 은연중에 학교 조용히 잘 다니네요. 복학한다는 소식 들을 연결 고리가 하나도 없어서 놀랐잖아요. 저기서 들어오는데 완전 깜짝 놀랐어요!”

“그, 그랬어요? 놀랄 것까지야…….”

“어휴. 언니는. 아직도 존댓말은 너무해요. 이제 말 좀 놓으세요.”

두 남녀가 커플인지, 혹은 절친인지 애매한 기억에 이랑은 존댓말을 잘 놓지 못하는 것에 대하여 질타를 받으며 쑥스러운 웃음을 지었다.

"에이, 잘됐다. 언니 전공과목 말고, 교양 과목 겹치는 거 뭐 뭐 있는지 봐요."

이랑이 강의 계획표가 담긴 휴대 전화를 펼쳐 보여 주자 두 사람은 겹치는 게 많다며 점심도 함께하자고 적극적으로 눈을 반짝이며 얘기했다.

"오, 이날이랑. 이날에 교양 과목 같이 듣고 점심 먹고 전공 수업 들으러 이동해도 되겠는데?"

나름 혼밥이 편한 인생인데, 선뜻 밥 친구를 권하는 그들에게 비호감이 드는 것도 아니어서 그러겠노라 고개를 끄덕였다.

"근데……. 둘이 커플이었나요?"

"네?"

여자가 얼굴을 붉히며 남자를 바라봤다. 남자는 묘한 표정으로 그런 여자를 바라봤다. 이랑은 순간 말실수를 한 것 같아 어색하게 웃었지만 왁자지껄하게 들어서는 학생들의 소음에 정확한 대답을 듣지 못한 채 교수님의 입장을 바라봐야 했다.

첫 개강을 앞둔 교수님은 수업에 앞서 4학년들이 가져야 할 마음가짐을 늘어놨다. 더불어 스펙이 사회생활을 앞둔 자세에 있어 전부는 아니라는 이야기로 한 시간 20분여를 잡아먹었다. 책은 한 페이지도 밑줄 하나 긋지 못한 채로, 그렇게 끝나 버렸다. 두 사람과 연락처를 교환하며 그제야 정확하게 이름을 확인하고 난 뒤 이랑은 캠퍼스를 걸었다. 완연한 봄이 도래했다는 걸 느꼈다. 선배를 만나서 한 달 반 전 들렀던 스산한 캠퍼스는 온데간데없었다. 앙상한 나무의 가지 위로 파릇파릇한 새싹들이 돋아나 있었는데 그것이 일전에 선배가 말했던 벚꽃의 봉우리라는 걸 깨달았다.

이랑은 두 번째 수업을 듣기 위해 서둘러 이동했고 점심은 패스하기로 마음먹었다. 그사이 오전 업무를 끝내고 두 번째 강의가 있는 건물로 찾아온 선배의 인영이 멀리서 보였다.

"한참 기다리고 있었어요?"

"너는, 참……. 문자 해도 답이 없어서 여기 와서 기다릴 수밖에."

그녀가 기지개를 쭉 켜며 툴툴거렸다.

"죄송해요. 정신이 없었어요. 복학했는데 마침 아는 얼굴들이 있어서 연락처 교환하는 바람에……. 그리고 선배한테 전화하려고 했는데, 시간에 쫓겨서 이리로 오는 중이었거든요."

"알아, 알아."

화정은 나긋하게 웃으며 대답했다. 문득 그녀가 여유롭게 웃는 모습 위로 따사로운 햇살이 드리워졌다. 그리고 은연중에 표 비서의 모습이 스쳐 지나갔다.

사실 그날 밤 표 비서를 가리키며 엄청난 사실을 알려 준 도환 때문에 당장 화정에게 전화를 걸려 했지만 때를 놓쳤다. 그 때를 놓치는 시간이 계속 길어지자 입술은 달싹거려질 뿐 쉽게 열리지 않았다.

"왜? 할 말 있어?"

"네? 아니요……."

표 비서님이 선물했던, 만년필이 과 잠바 주머니에서 만지작거려졌다. 손끝에 매만져지는 기분이 매끄럽고 집중력이 생기는데 서적을 볼 때마다 요긴하게 쓰였다.

“수업 40분짜리지?”

“네. 기다리실 거예요?”

“참내.”

화정은 눈을 위로 굴렸다.

“사무실 가서 이것저것 정리하고 나올 테니까. 근처 가서 맛있는 거 먹자. 첫날이니까 기념으로 내가 쏠게.”

“안 그래도 혼자 있기 싫었어요…….”

“암요. 오늘은 혼자 있으면 너무 힘든 날이지. 대학교 입학 결과 받는 날과 비슷한 심정이야?”

무엇을 의미하는 질문인지 잘 알고 있었다. 이랑은 씁쓸하게 그녀를 바라보며 억지로 웃어 보였다.

“어떤 결과든, 그 사람 잘할 거야. 한번 믿어 봐. 보통은 아니니까.”

이랑은 화정과 헤어지며 건물로 들어섰다. 그리고 습관적으로 아까와 비슷하게 휴대 전화를 켜서는 포털 사이트 메인에 뜬 기사를 확인했다. 아직까지 하상 그룹과 관련된 기사는 뜨지 않았다. 마음이 초조해지기 시작했다.

〈2권에 계속〉